Uday Prakash: Das Mädchen mit dem gelben Schirm

Uday Prakash

Das Mädchen mit dem gelben Schirm

Aus dem Hindi übersetzt
von Ines Fornell, Reinhold Schein
und Heinz Werner Wessler

Draupadi Verlag, Heidelberg

Wir danken Herrn Prof. Dr. Heinz-Horst Deichmann, Honorarkonsul von Indien, für die Förderung dieses Projektes.

Uday Prakash:
Das Mädchen mit dem gelben Schirm
Aus dem Hindi übersetzt von Ines Fornell, Reinhold Schein und Heinz Werner Wessler

Draupadi Verlag, Heidelberg
Erste Auflage: 2009
Zweite Auflage: 2011
ISBN 978-3-937603-39-1

Draupadi Verlag
Dossenheimer Landstr. 103
69121 Heidelberg

info@draupadi-verlag.de
www.draupadi-verlag.de

Lektorat: Gerlinde Wientgen

Grafische Gesamtgestaltung: Claudia Hüfner

Gewidmet

Nirmal Verma[1] mit seiner einzigartigen moralischen und kreativen Präsenz und meinem Freund und Herausgeber Arun Maheshwari, der mir die Mittel und die Gelegenheit verschaffte, diesen Roman zu vollenden.

[1] Nirmal Verma (1929-2005), Hindi-Autor, Kritiker und Essayist.

Vorwort

Eine Geschichte von verbotenen Träumen

„Das Mädchen mit dem gelben Schirm" war bereits beim Verfassen ein Abenteuer auf dem Gebiet der Sprache, doch das Nachspiel im wirklichen Leben erwies sich als bizarrer Albtraum. Als Autor dieses Romans machte ich eine in jeder Hinsicht völlig neue Erfahrung. Von Anfang an war ich mit der schäbigen Rachsucht von tonangebenden Kreisen der Hindi-Literaten in Indien konfrontiert. Dieses absurde Theater wurde jedoch durch den Beifall zum Verstummen gebracht, den die Erzählung von den Lesern erhielt, die sie zu einem Bestseller in Hindi und bald darauf auch in anderen Sprachen machten.

Der Roman – eigentlich eine Art überlange Kurzgeschichte – wurde wie das Drehbuch einer Seifenoper im Fernsehen in Episoden verfasst und allmonatlich in der populären Hindi-Literaturzeitschrift „Hans" veröffentlicht. Zunächst handelt es sich um eine Love Story, die sich zwischen Anjali und ihrem Freund Rahul entwickelt. Die Angelegenheit verwandelt sich jedoch in die Geschichte eines erbitterten, grausamen Kastenkonflikts, da die beiden arglosen jungen Liebenden zwei diametral entgegengesetzten Kasten innerhalb der Hindu-Gemeinschaft angehören. Die eine Kaste (Brahmanen) fordert Respekt, stellt sie doch den „Kopf" der religiösen Hierarchie dar, und die andere (Shudras) nimmt, da sie den Status der „Füße" besitzt, die unterste Rangstufe ein. Wie können Füße von einem Liebesverhältnis mit dem Kopf auch nur träumen? Können überhaupt Füße mit dem Kopf Liebe machen? Das ist unmöglich – sowohl in der Praxis als auch im übertragenen Sinne. Zu träumen, zu lieben, zu reden und alles andere ist gemäß den Schriften, die für den Kopf verfasst wurden, für die Füße verboten.

Durch diesen Roman wurde mir erstmals klar, dass jede Sprache als eine Arena dient, als Epizentrum aller sozio-kulturellen Konflikte um die Macht. Sprache ist das Drehkreuz des Gewissens einer jeden Gesellschaft. Sie ist das Nervenzentrum, ein nicht wahrnehmbarer Innenbereich der Gesellschaft. Verborgen im ruhenden Zentrum der Sprache liegen die Aktionsprogramme von Menschen aller Ethnien, Hautfarben, Geschlechter oder Kasten mit ihrem Hass und ihrem Argwohn gegenüber den jeweils anderen.

Rahul ist für die Kaste, der Anjali angehört, der „Andere". Genauso stand ich als Schöpfer dieser Figur als der „Andere" gegenüber einer Kaste da, die in fast allen Bereichen tonangebend ist – in den Medien, im Bildungswesen, in der Regierung, im gesamten Gemeinwesen, das mit meiner Sprache verbunden ist, mit dem Hindi.

In einer Lebensphase, in der ich von überall her Angriffe zu ertragen hatte, nahm die Popularität dieses Romans überraschenderweise von Tag zu Tag zu. Er wurde besonders bei den jungen Lesern beliebt, quer über die Grenzen von Kaste, Hautfarbe und Glaubensrichtung hinweg. Und was noch bemerkenswerter ist: Manche, die sich den Herausforderungen einer Welt im raschen Wandel stellen, blicken skeptisch auf bestimmte mittelalterliche und vormoderne kulturelle Mikrostrukturen und betrachten diese als obskur und überflüssig. In kürzester Zeit wurde „Das Mädchen mit dem gelben Schirm" in mehrere indische Sprachen, einschließlich Englisch, übersetzt und in Sonderausgaben von Literaturzeitschriften und Magazinen in ganz Indien wiederholt abgedruckt. In Pakistan erschienen zwei Urdu-Versionen von zwei verschiedenen angesehenen Übersetzern.

Ich bin wirklich sehr glücklich, dass dieses Werk nun in deutscher Sprache erscheint, einer Sprache, zu der ich eine ganze besondere Beziehung habe. Es begann damit, dass Professor Lothar Lutze, der verdienstvolle Indologe und Kenner indischer Literatur, Kontakt zu mir aufnahm und einige erstaunliche, überwältigende Worte über meine Arbeit sagte. Das war für mich etwas, wovon ich nicht zu träumen gewagt hätte. Wie hätte ein kleiner, unbedeutender, eingeschüchterter Autor in einer indischen Regionalsprache je daran denken können, jemanden von seiner Statur zu erreichen? Aus Zuneigung und Wohlwollen übersetzte er fünf meiner Kurzgeschichten[2]. Später kamen weitere bedeutende Freunde und Wissenschaftler aus Deutschland hinzu.

Meine Erfahrung hat mir die Augen geöffnet, dass in der Hindu-Gesellschaft jene, die sich lautstark gegen kommunalistische, religiöse oder ethnische Konflikte in der indischen Gesellschaft aussprechen, auffallend still bleiben, wenn es dabei um ihre eigene Rolle geht. Es ist eine Farce, wenn jemand laut seine Stimme gegen Imperialismus, Faschismus und den Kapitalismus multinationaler Konzerne erhebt, sich jedoch über die Kastenunterdrückung in nächster Nähe ausschweigt.

Mein Dank geht an Heinz Werner Wessler, Reinhold Schein und Ines Fornell für die Energie, mit der sie den Roman ins Deutsche übersetzt haben. Ich war gerührt, dass Ines Fornell sich den Strapazen einer Reise in mein Dorf ca. 750 km südöstlich von Delhi ausgesetzt hat, um mit mir am Text zu arbeiten. Mir ist klar, dass es den Übersetzern nicht leicht fiel, Zeit von ihren vielfältigen akademischen und sonstigen Verpflichtungen abzuzweigen. Auch muss es eine echte Herausforderung gewesen sein, für die Idiome und Sprichworte im Hindi-Original deutsche Äquivalente zu finden.

Besonders danke ich Christian Weiß, dem Gründer des Draupadi Verlags, der einen lebhaften Kontakt mit mir

---

[2] Diese fünf Kurzgeschichten wurden 2007 unter dem Titel „Der goldene Gürtel" im Draupadi-Verlag veröffentlicht.

aufrechterhielt, ganz gleich ob ich in Delhi oder in meinem abgelegenen Dorf Sitapur im Distrikt Anuppur war. Sein Wohlwollen ist ein Glück für mich. Neben meiner Freude und Begeisterung über die Übersetzung möchte ich auch die gespannte Erwartung nicht verhehlen, mit der ich darauf warte, wie dieses bescheidene Werk eines Autors, der vom Establishment seines Landes der Subversion bezichtigt wurde, von der deutschen Leserschaft aufgenommen wird.

Ich hoffe, dass alle, die sich für das heutige Indien und seine einfachen Menschen interessieren, etwas davon in der schlichten Liebesgeschichte von Anjali und Rahul erkennen, die sich so komplex, turbulent und chaotisch entwickelt.

Wenn ich auf Gabriel García Márquez zurückgreifen darf, so ist „Das Mädchen mit dem gelben Schirm" die Geschichte einer „Liebe in den Zeiten der Cholera". Einer jugendlichen Liebe inmitten einer sozialen Umwelt, die in ihren widerwärtigen und völlig verkommenen Traditionen befangen ist.

Uday Prakash

Zur Einführung

„Das Mädchen mit dem gelben Schirm" (Hindi: „Pili chatri vali larki") von Uday Prakash ist zunächst in fünf Folgen von August bis Dezember 2000 in der Hindi-Literaturzeitschrift „Hans" erschienen. Die Buchausgabe erschien wenig später (2001) im Verlag Vani Prakashan. Der Roman – oder, so der Autor in seinem Vorwort zur deutschen Ausgabe, die „überlange Kurzgeschichte" – gehört zu den meist gelesenen und heftig diskutierten Prosatexten der Hindi-Gegenwartsliteratur.

Im Anhang werden im Glossar wichtige Personen und Stichwörter erläutert.

Im Roman werden zahlreiche Namen genannt, insbesondere von Stars des Bollywood-Films, Autoren und Politikern, die dem indischen Leser vertraut, dem europäischen Leser dagegen meistens vollkommen unbekannt sind. Ins Glossar sind sie nur dann eingegangen, wenn dies den Übersetzern für das Textverständnis wichtig erscheint. In den meisten Fällen lassen sich darüber hinaus detaillierte Informationen im Internet auffinden.

Namen von Institutionen, Abkürzungen und zahlreiche Fachbegriffe, die im Roman auftauchen, wurden ebenfalls in das Glossar aufgenommen. Der Roman enthält außerdem zahlreiche Anspielungen auf Mythen, alte und neuere Geschichte, Natur und Philosophie. Gewiss lässt sich das eine oder andere der Einfachheit halber beim Lesen übergehen. Die wunderbare Liebesgeschichte von Rahul und Anjali und die Komplikationen, die sie auslöst, lassen sich trotzdem nachvollziehen. Damit verknüpft ist ein Sittenbild studentischen Lebens in der zentralindischen Provinz und der sozialen und politischen Zustände im gegenwärtigen Indien überhaupt.

Film und Filmmusik sind im öffentlichen Leben in Indien und insbesondere in der Jugendkultur sehr präsent. Im Roman werden immer wieder Filmsongs zitiert, wodurch die Akteure Filmszenen und Filmstars in Erinnerung rufen, mit denen sie sich identifizieren und die ihre Gefühle zum Ausdruck bringen. Der gegenwärtige Hindi-Leser dürfte in den meisten Fällen die entsprechenden Songs kennen.

Die Texte der in diesem Roman eingesetzten Hindi-Filmsongs und Volkslieder als auch religiöse Formeln spielen an mehreren Stellen eine wichtige Rolle, teilweise in verballhornter Form. Der originale Wortlauf in Hindi wird in dieser Übersetzung in einer vereinfachten lateinischen Umschrift kursiv angegeben, die Übersetzung in Anführungszeichen darunter. Die Nachweise der Lieder finden sich im Anhang. Ebenfalls kursiv gedruckt sind literarische Werktitel und Namen von Institutionen.

Ein Wort zur Sprache des Autors: Das Hindi hat über die Jahrhunderte seiner Entwicklung zahlreiche Lehnwörter aus verschiedenen Sprachen in sich aufgenommen, darunter vor allem Wörter persischer oder arabischer Herkunft und insbesondere seit dem 20. Jahrhundert Wortbildungen auf der Grundlage von Wortstämmen aus dem Sanskrit. Darüber hinaus gibt es zahlreiche Wörter und Redewendungen aus dem Englischen, die im Hindi fest eingebürgert sind. Gebildete Sprecher verwenden oft gemischte Codes mit eingeschobenen Satzteilen oder ganzen Sätzen in Englisch. Oft handelt es sich um kommunikative Gehalte, auf die der Sprecher einen besonderen Nachdruck legen will. Diese spontan gemischten Sprachcodes finden sich auch in unserem Roman. In der Übersetzung haben wir teilweise die englischen Worte und Sätze unübersetzt belassen.

Ähnlich wie im Deutschen („du" und „Sie") sind im Hindi verschiedene Ansprachen an Personen möglich. Den deutschen Leser mag dabei verwundern, wenn Professoren ihre Studenten mit „du" ansprechen, während umgekehrt die Studenten das „Sie" verwenden oder wenn Studenten sich teilweise untereinander mit „Sie" anreden. Dies entspricht den Gepflogenheiten im Kontext der Colleges und Universitäten in Indien. „-ji" (respektvoll: „Herr; Frau") und „-bhai" („Bruder") bzw. gelegentlich „-didi" („Schwester") wird gängiger Weise an Namen angefügt.

Bei der Übertragung der indischen Namen in lateinische Schrift haben wir die übliche englische Schreibweise gewählt: „sh" (wie in „Parashuram") wird wie das deutsche „sch" ausgesprochen, „ee" (wie in „Neeru") ist ein langes „i" (bzw. deutsch „ie" wie in „Siegfried"), „oo" ist ein langes „u" (wie in „Udo"). Wo möglich werden allerdings die eingedeutschten Bezeichnungen verwendet („Kaschmir").

Bei Worten, die gängigerweise im Deutschen mit dem im Sanskrit ausgesprochenen kurzen „a" am Wortende geschrieben werden, haben wir diese Schreibung gewählt (z.B. „Mahabharata"), obwohl im Hindi der Schlussvokal nicht ausgesprochen wird. Im Fall des berühmten indischen Epos schreiben wir „Mahabharat" (ohne das „a" am Wortende) nur an einer Stelle, wo nämlich die in den 1980er Jahren entstandene indische Fernsehserie gemeint ist, die auch in der Selbstbezeichnung in römischer Schrift ohne das „a" im Auslaut geschrieben wird. „Ram" schreiben wir der Hindi-Aussprache gemäß (Sanskrit „Rama"), ähnlich „Ravan", „Parashuram" etc.

Herzlich gedankt sei an dieser Stelle unseren Lektoren Gerlinde Wientgen und Christian Weiß für ihre gründliche Durchsicht der Rohübersetzung. Christian Weiß hat darüber hinaus diese Übersetzung als Verleger von Anfang an mit Zuspruch und einer immer wieder ansteckenden Begeiste-rung begleitet. Uday Prakash selbst, unserem Autor, sei herzlich dafür gedankt, dass er stets ein offenes Ohr für die vielen kleinen Anfragen seiner Übersetzer hatte.

Die Übersetzer

Das Mädchen mit dem gelben Schirm

Dieser nackte Rücken von Madhuri Dixit war es, auf den Salman Khan mit seiner Zwille gezielt und den er mit dem Kügelchen getroffen hatte. Ruckartig zuckten die geschmeidige Taille und der Rücken zusammen. Madhuri Dixit drehte den Kopf und schaute sich um. Schmerz war in ihrem Blick nicht zu erkennen. Eher etwas Kokettes, Schmachtendes – etwas, das zu ihrem Rücken einlud. Das waren nicht Madhuri Dixits Augen, sondern die einer aufgeschreckten Gazelle. Einer einfältigen, lüsternen und verrückten Gazelle, die sich aus Liebe immer wieder freiwillig ausliefert, wenn ihr Jäger kommt.

Dieses Faltposter aus dem Mittelteil der Filmzeitschrift ‚Stardust' hatte Rahul mit Fevicol direkt auf die Fensterscheibe in seinem Zimmer geklebt. Dort drang nämlich die gleißende Sonne ein und ab mittags war es wegen der Hitze in Zimmer Nr. 252 im zweiten Stock kaum auszuhalten. Doch jetzt hielt Madhuri Dixits von dem Geschoss der Zwille verletzter nackter Rücken die mittägliche Gluthitze aus diesem Wohnheimzimmer fern. Mit zurückgewendetem Kopf blickte sie Rahul mit ihren einfältigen, lüsternen und verrückten Augen fortwährend an, als wäre er es gewesen, der mit der Zwille auf ihren geschmeidigen, bloßen und wohlgeformten Rücken gezielt hatte.

Keiner außer Rahul wusste, wie er irgendwann in einem heimlichen, ganz privaten Moment im Zimmer 252 Salman Khan stillschweigend hinausbefördert und selbst dessen Platz eingenommen hatte. Sobald er daran dachte, überkam seinen Körper eine sonderbare Erregung – ein Zittern, als wäre er selbst es gewesen, der den schönen üppigen Rücken von Madhuri Dixit attackiert hatte, als wäre es seine eigene Zwille gewesen, die ihr mit einem Zischen den Volltreffer verpasst hatte. Kaum war das Kügelchen mit einem Klatsch aufgeprallt, entfuhr Madhuri Dixit ein „Uiiii" und sie erstarrte auf dem Poster von ‚Stardust'.

Mädchen mögen es, wenn sie geschlagen werden. Sie sind keine Schmusekätzchen oder Eichhörnchen, die schnurrend dahin schmelzen, wenn man ihnen ganz langsam und zärtlich den Rücken streichelt. Mädchen sind anders: Sie haben umso mehr Spaß, je mehr du sie schlägst, je härter du sie knuffst. In Wirklichkeit lieben Mädchen einfach Stärke und Gewalt.

Dies war der Grund, warum Rahul angefangen hatte, in das Fitness-Studio der Universität zu gehen, um sich Muskelpakete in den Armen, eine Gepardentaille und einen Pantherkörper wie bei Salman Khan anzutrainieren. Er wollte sich selbst in ein geschmeidiges, gewalttätiges, schönes, barbarisch-wildes Tier verwandeln – was brauchte er sonst noch? Eine Sonnenbrille von Ray Ban, Blue Jeans von Wrangler oder Levi's und ein T-Shirt, Nike-Socken und hochwertige Schuhe von Woodland.

Wenn er Lara Dutta, Manpreet Brar oder Gul Panag sah, fragte er sich manchmal, warum er dabei nicht dasselbe empfand wie beim Anblick von Madhuri Dixit. Obwohl Madhuri Dixit doch viel älter war als er. In einem neuen Film präsentierte Miss World Aishwarya Rai ihren Rücken zwar ganz genau wie Madhuri Dixit und drehte ihn ständig herum, reckte ihren Hals hin und her und schaute Rahul mit ihren strahlend blauen Augen an. Doch verdammt! Das half nichts! Wo war dieses gewisse Etwas, das die Madhuri hatte? Zwischen dem Rücken von Madhuri und dem der anderen war ein Unterschied wie zwischen Himmel und Erde. Etwas ganz Besonderes lag in Madhuri Dixits Rücken, in seiner Haut, in seiner Form oder seiner Farbe, das weder Aishwarya noch die anderen besaßen.

Rahul betrieb fortwährend vergleichende Studien. Ihm schienen die Körperformen von Gul Panag, Sushmita oder Lara und die der übrigen irgendwie künstlich fabriziert, konstruiert mittels Diät und Sport, wobei permanent mit einem Zentimetermaß das Design-Modelling kontrolliert wurde. Obendrein Wachs-Epilation, kosmetische Gesichtsbehandlungen, Sauna und wer weiß, was sonst noch alles. Rahul erschienen sie wie synthetische Puppen, nicht mehr wie menschliche Wesen. Auch ihre Kopf- und Körperhaare erschienen ihm irgendwie unecht. Sogar der leicht grün-bläuliche Schimmer, der nach dem Rasieren unter den Achseln erscheint, kam ihm eingefärbt vor. Lass sie mal nur zwei Wochen wie gewöhnliche Menschen essen und trinken und wie normale Mädchen leben, viel mehr braucht es nicht – und schon verlieren sie ihre Spannkraft und werden schlaff wie Säcke. Man würde sie kaum mehr wiedererkennen! Aber bei Madhuri Dixit lag die Sache anders. Selbst wenn sie anfinge, in einer Mietskaserne oder in diesem Wohnheimzimmer zu leben, wenn sie in der Mensa Dal, Roti und Gemüse essen würde, bliebe sie so, wie sie ist. Genauso perfekt. Genauso berauschend.

Der Rücken von Madhuri war einfach natürlich. Naturbelassen. Auf sonderbare Weise war dies ein echt indischer Rücken. Die übrigen Rücken waren synthetisch und ausländisch. Gerade deswegen fehlte ihnen der Charme, folgerte Rahul. Doch eine andere Schlussfolgerung war noch ernster, dass nämlich Mädchen in Wahrheit Schläge, Schmerz, Gewalt und Kraft liebten. Insbesondere mochten sie es, sich an der Nase herumführen zu lassen, drangsaliert zu werden und sich vernaschen zu lassen, ohne eigene Ansprüche anzumelden. Die Zeiten hatten sich geändert. Sie waren nicht mehr verrückt nach Männern im Stil der sechziger und siebziger Jahre, nach Shammi Kapoor, Rishi Kapoor, Vishvajit oder Jitendra, sondern nach Machos oder sadistischen Kerlen wie Salman Khan, Sunny Deol oder Ajay Devgan. Wie gefährlich und gewalttätig war doch Shahrukh Khan in dem Film ‚Angst'! Nachdem er Juhi Chawla permanent telefonisch belästigt, sie verfolgt und zu vergewaltigen versucht hatte, schlug er sie auch noch windelweich und blutig. Vor Angst konnte sie nur noch stammeln. Trotzdem waren alle Mädchen an der Universität verrückt nach diesem halb wahnsinnigen Shahrukh Khan.

Die Mädels brauchten einen wie Shahrukh, einen Kraftkerl, und keinen lammfrommen Ehemann vom Typ Krishna oder so. Rahul hatte dieses Geheimnis begriffen. Daraufhin war Madhuri Dixit am Außenfenster seines Zimmers Nummer 252 eingezogen. Das war jetzt seit vier Monaten so.

Rahuls Karriereplan war ein bisschen ungewöhnlich. Nach dem MSc-Abschluss in organischer Chemie hatte ihn plötzlich die Wahnsinnsidee gepackt, den MA in Ethnologie zu machen. Die genauen Gründe bleiben etwas nebulös, doch möglicherweise stand dahinter der Einfluss eines seiner Cousins, der Ethnologe von internationalem Rang und zurzeit Generaldirektor des Anthropological Survey of India war. Er kam gelegentlich zu Rahul nach Hause, in sein Dorf. Manchmal blieb er sogar einige Wochen lang. Rahuls Vater war nämlich sein Lieblingsonkel. Die beiden verstanden sich ausgezeichnet. Rahul war dafür zuständig, sich um seinen Cousin Kinnu Da zu kümmern.

Rahul hatte gehört, dass bei Penguin ein Buch von ihm über Adivasis herausgekommen war, das weltweit Aufsehen erregt hatte Bevor dieses Buch erschienen war, hatten alle angenommen, nur die Brahmanen, die Krieger- und die Händlerkaste oder aber Hindus und Muslime gemeinsam hätten den Widerstandskampf gegen die Engländer ausgefochten. Die Nationalhelden, die die Historiker bis in die Gegenwart aufs Podest gehoben hatten, kamen alle von diesem Hintergrund. Adivasis und Dalits waren praktisch keine unter ihnen. Genannt wurden immer Lakshmibai, Tantya Tope, Nana Sahab, Kunvar Singh, Azim Ullah, Mangal Pandey, Fürsten, Großgrundbesitzer, Nawabs usw. Später, im 20. Jahrhundert, gab es dann noch mehr Führer von der Art – Nehru, Gandhi, Tilak, Jinnah, Suhrawardy, Patel usw. Die meisten von ihnen waren Leute von hoher Kaste und wohlhabender Klasse. Zwischendurch tauchte gelegentlich der Name Doktor Ambedkars auf, der ein Dalit war und dem man aufgrund seines herausragenden Intellekts die Aufgabe anvertraut hatte, eine Verfassung für das unabhängige Indien zu erarbeiten. Doch auch über ihn wurde verbreitet, er sei ein Spion der Engländer gewesen sei, habe den Hinduismus vernichten und stattdessen den Buddhismus in Indien durchsetzen wollen. Das heißt, er sei mehr ein Bösewicht als ein Nationalheld gewesen.

Das Buch von Kinnu Da erregte Aufsehen, weil darin zum ersten Mal anhand vieler Originaldokumente und Fakten die Geschichte vom Kampf der Stammesführer aus der Region von Chhota Nagpur einschließlich Jharkhand und Singhbhumi dargestellt worden war. Ihre von geschichtlichen Tragödien gezeichnete Führerschaft war heute ausschließlich in der ‚Folklore' der zurückgebliebenen Adivasi-Landkreise von Bihar, Orissa und Bengalen lebendig.

Kaum fing Kinnu Da an zu sprechen, kam Rahul die organische Chemie mehr und mehr wie Humbug vor. Was soll ich mit dem Studienabschluss anfangen? Ich werde Chemiker in einer Brauerei oder in einem multinationalen Unternehmen für Lebensmittelverarbeitung. Oder ich werde Dozent an einem Universitäts-College. Wenn er über seine Zukunft nachdachte, erschien ihm ein dicker, aufgeschwemmter Mann vor Augen, der schmatzend wie ein Schwein Pizza fraß, mit Joghurt oder Essig angemachten Fisch mampfte, dabei auch noch Schnaps trank und im besoffenen Zustand mit einem angemieteten Mädchen im Teenageralter zu tanzen anfing, wobei er seinen Hängebauch, der aussah wie ein riesiger Tonkrug, und seine schwabbeligen Gesäßhälften, die gewaltigen Kürbisse glichen, schlenkern ließ.

Dies ist der Mann – gefräßig, dickbäuchig, geil, schamlos, intrigant und schwerreich, dem zu Diensten zu sein dieses System und diese Regierung eingesetzt wurden. Der riesige Markt, die ganze Polizei und das ganze Militär existierten einzig und allein für das Glück und für den Genuss dieses Menschen! Wenn ich als organischer Chemiker arbeite, dann werde ich mein Leben damit zubringen müssen, die Speisen und Getränke eines solchen Mannes noch leckerer, nährreicher und schmackhafter zu machen. Das Leben, das der unendlich barmherzige Schöpfer des Weltalls aus übermäßiger Gnade mir Unwürdigem nur dieses einzige Mal geschenkt hat.

Shit! Der Mistkerl schnauft, mit einem Fuß steht er im Grab, kann nicht ordentlich laufen, weil er so dick ist, aber er hört nicht auf zu fressen. Er braucht unendlich viele Fressalien zu den Mahlzeiten, seine Zunge braucht endlos Aromastoffe. Weltweit forschten Wissenschaftler in Laboratorien, um seinen Gaumen zu befriedigen. Alle Sinnesorgane seines fleischklopsartigen, abgeschlafften Körpers brauchen unübertreffliches Wohlbehagen, grenzenlosen Spaß und den permanenten ‚Kick'. Seine Schnauze, groß wie bei einem Rhinozeros, verlangt nach tausenderlei Wohlgerüchen. Die ganze Parfümindustrie ist dazu da, Gestank von seiner Nase fernzuhalten. Als Experte für organische Chemie habe ich die unaufhörlich wachsenden Gelüste seiner Sinne und die Begierden dieses schwelgerischen Fettkloßes mit meinem ganzen Talent, meinem Wissen und meiner Kreativität zu befriedigen.

Dies ist der Mann, für den auf der ganzen Welt die Frauen ausgezogen werden. In den Schönheitssalons der Metropolen werden die Frauen hingelegt. Dann werden mit Wachs oder mit Elektrolyse die Haare von ihrer Haut entfernt, so wie in früheren Zeiten die Schäfer Wolle vom Schafsbalg herunter geschoren haben. Rahul erschien es klar vor Augen, wie die Mädchen aus den Häusern der mittleren und unteren Mittelschicht aller Städte und Städtchen ankamen und in die überall wie Pilze hochschießenden Schönheitssalons wie die Lämmer herdenweise einfielen. Und dann ließen sie sich auf dem Wanst dieses Mannes nieder, wobei sie aufreizend ihre Beine spreizten. Diese Mädchen nennt das Fernsehen ‚bold and beautiful' und der aufgedunsene dicke Alte selbst war ‚rich and famous'.

Dieser Mann war sehr mächtig. Die diabolischen Genies der ganzen Welt hatten ihn mit viel Mühe, unter Einsatz ihrer ganzen Trickkiste von Kapital und Technik konstruiert. Bei seiner Erschaffung hatten die neuen Technologien eine Schlüsselrolle gespielt. Wie mächtig dieser Mann war, kann man schon daraus ermessen, dass er viele der in vergangenen Jahrhunderten entwickelten philosophischen Systeme, Grundsätze und Gedankengebäude mit einem Mal zu Abfall deklariert und sie in die Mülltonne hinter seiner herrschaftlichen Villa geworfen hat. Das waren jene Grundsätze, die dazu dienten, die menschlichen Begierden ab einer gewissen Grenze unter Kontrolle zu bringen, sie zu zügeln und dem Menschen Würde zu verleihen.

Iss so viel, aber nicht noch mehr, häufe nicht zu viel Geld an, sei nicht zu gewalttätig, sei nicht zu begehrlich, schlafe nicht zu viel, tanze nicht zu viel … all diese Grundsätze, die sowohl in den heiligen Schriften als auch in den soziologischen, naturwissenschaftlichen und politologischen Werken standen, hatte man allesamt in die Mülltonne geworfen. Dieser Mann hatte in den letzten Jahrzehnten des 20. Jahrhunderts alle Kräfte von Kapital, Macht und Technik an sich gerissen und die Freiheit ausgerufen. ‚Freiheit!', schrie er. ‚Lasst alle eure Begierden sich frei entfalten! Lasst all eure Sinne in dieser Welt frei grasen und umherstreifen! Was immer hier auf Erden existiert, ist nur dazu da, von euch genossen zu werden! Es gibt weder Nation noch Heimatland! Das ganze Weltall gehört euch. Nichts ist moralisch oder unmoralisch. Es gibt weder Sünde, noch tugendhaftes Handeln! Fresst, trinkt und amüsiert euch! Tanzt… Boogie-Woogie. Singt… Boogie-Woogie. Fresst…! Fresst euch satt! Bereichert euch, sahnt nur tüchtig ab! Boogie-Woogie. Alle Waren dieser Welt sind da, damit ihr sie genießt. Boogie-Woogie…! Und merkt euch, auch eine Frau ist eine Ware! Boogie-Woogie!'

Dieser mächtige Konsumenten-Fettkloß hatte einen neuen Grundsatz aufgestellt, den der indische Finanzminister akzeptiert hat – und dann ist der Minister selbst ihm in den Geldbeutel gekrochen. Der Grundsatz besagte: Hindere diesen Mann nicht am Fressen. Während er frisst und frisst und sein Bauch dabei immer dicker wird, lässt er

Essensreste von seinem Teller fallen. Die können die Abermillionen von Hungrigen auflesen. Nährstoffreiche Essensreste der kontinentalen Küche! Hindere diesen Mann nicht an seinen fleischlichen Freuden. Er wird Viagrapillen schlucken und immer neue Mädchen vernaschen, die er danach wieder aus seinem Bett stößt. Danach können die Abermillionen betrogenen einheimischen Junggesellen diese ‚Jungfrauen' lieben, mit ihnen ihr eigenes Haus und Heim einrichten.

Das war die ganze Lehre, die der Mann über sämtliche Nachrichtenkanäle der Welt in alle Richtungen verbreitet hatte – und unversehens war die menschliche Zivilisation eine andere geworden. Über alle Fernsehsender, über alle Computer jagte und verbreitete sich dieses Prinzip.

Das waren die Methoden am Ende des 20. und an der Schwelle zum 21. Jahrhundert, als die Leute anfingen, sogar die Namen Premchand, Tolstoi, Gandhi oder Tagore zu vergessen. In den Buchläden verkaufte sich am meisten *The Road Ahead* von Bill Gates.

Dieser fette, reiche, verfressene Mann ließ sich gerade massieren, während er mit nackten Schönheitsköniginnen aus der armen Dritten Welt in einer teuren Ferienanlage in Island herumlag. Plötzlich fiel ihm etwas ein, er nahm sein Handy und wählte eine Nummer.

Eine der Schönheiten gab ihm eine Viagra-Tablette, die er herunterschluckte, woraufhin er ihre Brüste presste: „Hello! I'm Nikhalani, speaking on behalf of the IMF. Get me to the Prime Minister."

„Yes … yes! Mr. Nikhalani! Sagen Sie, wie geht es? Hier spricht der Premierminister."

„Pack ordentlich zu! Feste! Ok!", wies der Mann zärtlich die Miss World zurecht, dann sprach er ins Handy: „Warum hast du so lange gebraucht, Exzellenz! Beeil dich! Strom, Informationstechnologie, Nahrung, Gesundheit, Ausbildung … das alles! Privatisiere alles, Exzellenz! … Ein bisschen flott! Und verkauf Aktien aus dem öffentlichen Sektor ... Stoß alle ab...! Ich will alles kaufen, Exzellenz ...!"

„Gut, gut! Sie sollten sich etwas gedulden, Bruder... Ihr ergebener Diener ist ja am Werk. Sie kennen doch mein Problem. Diese Regierung ist wie ein Eintopf: Nicht alle Hülsenfrüchte werden gleichzeitig gar, Herr Nikhalani."

„Nimm ihn in den Mund. Lol... my Lolita." Der Dicke, ‚rich and famous', streichelte den Kopf der Schönen und stöhnte. „I'm disappointed, Panditji! Wieviel habe ich in die Parteikasse geschleust. Über geheime Kanäle, aber auch direkt. Ihr kriecht wie Regenwürmer! Wie soll sich da die wirtschaftliche Lage verbessern? Bis heute habt ihr nicht mit den Subventionen aufgehört!"

„Das wird schon noch, Herr Nikhalani! Wir haben zuerst die Sache mit dem Import von Speiseöl erledigt, deshalb sind die Bauern, die Sojabohnen, Sonnenblumen und Sesam anbauen, mittlerweile ruiniert. Hätte man unmittelbar danach die Subventionen gestrichen, dann wäre es zum Tumult gekommen. Es wird ganz nach Ihrer Anweisung gearbeitet, Bruder... Wir denken gründlich nach, bevor wir Maßnahmen einleiten."

„Mach schnell, Pandit! Ich hab einen Bypass, zu viel Aufregung ist nicht gut für meine Gesundheit. Lass sie doch verrecken, diese blöden Scheißbauern... Ok?"

Der Mann schaltete das Handy aus, trank einen guten Schluck Scotch und sagte nervös: „Wo ist diese Vize-Miss-World aus Venezuela jetzt wieder hin? Ruf sie her!"

Kinnu Da sagte zu Rahul: „Die größte Besonderheit der Adivasis ist, dass sie so geringe Bedürfnisse haben. Natur und Umwelt schädigen sie am wenigsten. In Singhbhum, Jharkhand, Mayurbhanj, Bastar und im Nordosten leben Adivasi-Gemeinschaften, die bis jetzt noch immer Landwirtschaft mit traditioneller Brandrodung und Breitsaat betreiben und nur Rohes, Geröstetes oder Gekochtes essen. Das Braten in Öl mögen sie nicht. Sie sind naturverbundene Menschen. Für ihre Autonomie und ihre Eigenständigkeit haben auch sie gegen den britischen Kolonialismus heldenhaft gekämpft. Aber die Historiker haben ihren Beitrag zur indischen Geschichte nicht gewürdigt. Die Geschichte ist in Wirklichkeit ein politisches Dokument der Macht ... Klassen, Kasten oder Ethnien, die an der Macht sind, konstruieren die Geschichte so, wie sie ihren Zwecken dienlich ist. Die wahre Geschichte dieses Landes und seiner Gesellschaft muss noch geschrieben werden."

Rahul bekam es mit der Angst zu tun. Erst vor kurzem hatte er den Film ‚Stigmata' gesehen. ‚The messenger will be silenced.' Der Bote Gottes wird zum Schweigen gebracht. Die Wahrheit lässt sich nicht als Nachricht verpacken. Für die Nachrichtenindustrie ist die Wahrheit ein Sprengstoff. Deshalb muss die Wahrheit unterdrückt werden. The truth has to be diffused.

Plop. Ein weiteres Blatt wird herunterfallen.

Plop. Eine heilige Frucht wird vorzeitig zusammen mit dem in ihr enthaltenen Nektar still und leise an einer verlassenen Stelle hinunterplatschen.

Plop. Es wird noch einen Mord oder Selbstmord geben, der am nächsten Tag auf der dritten Seite einer Zeitung eine Nachricht von ein paar Zentimetern hergeben wird.

Plop! Plop! Plop! Die Zeit vergeht. Die Erde dreht sich um ihre eigene Achse.

Kinnu Da wird immer wieder in den Adivasi-Landkreis versetzt. Er ist ein Verrückter, ein Spinner – in der Verwaltung redeten alle darüber. Obwohl er schon seit vielen Jahren im höheren Staatsdienst ist, hat er außer seiner angesparten Altersversorgung kein Geld. Er kann sich kaum eine Wohnung in Delhi leisten.

Rahul verspürte zusehends Abneigung gegen die organische Chemie. Dieses Fach war für ihn mit dem strengen Geruch von Vergärendem und von Essig verbunden. Organische Chemie – der Name stand für ein Zimmer, das von den Rülpsern und den Fürzen des dicken, genusssüchtigen Mannes durchdrungen war.

Ich werde einen Master in Ethnologie machen, dann den Doktorabschluss. Und ich werde versuchen, bis zur Quelle dieses menschlichen Problems vorzustoßen. Höchster Vater im Himmel, gib mir Kraft und Ausdauer zu ergründen, wie der Teufel die Geschichte zu seinen Gunsten sabotiert hat.

Aber Madhuri Dixit?

Und ihr Rücken?

Und ihre erschrockenen gazellengleichen Augen?

Rahul legte ein Kügelchen aus Papier in die Zwille, zog das Gummi bis ans Ohr und Peng! Das Papierkügelchen klebte an Madhuri Dixits Rücken.

„Uiiii …“, ertönte eine weiche, melodiöse, von stechendem Schmerz erfüllte Stimme und die Gazelle drehte ihren Nacken und blickte ihren Jäger liebevoll an.

„Thank you, Rahul! For the injury! ... I love you.“

Es war der zweite Monat nach der Einschreibung. Die Universität lag auf einem mehrere Quadratkilometer großen Gelände inmitten von Bergen, die sich bis in die Ferne erstreckten. Sie wurde einmal das Cambridge Indiens genannt. Studenten aus Japan, Indonesien, Fidji, Mauritius bis hin zu afrikanischen Ländern kamen zum Studium hierher. Der Leiter des Fachbereichs für Geologie, Professor Watson, war ein Gelehrter von internationalem Rang. Er hatte alle akademischen Angebote aus Amerika, Frankreich und Deutschland abgelehnt und sich dafür entschieden, in Indien zu leben, weil die Vielfalt, die es in diesem Land im Hinblick auf geologische Lehre und Forschung gab, einzigartig war.

„Dieses Land ist ein einmaliges lebendiges Museum. Viele Kulturen, viele historische Epochen, zahllose Völker und Ethnien – die vergangene Zeit von mehreren hunderttausend Jahren menschlicher Kultur kann man hier als lebendig, aktiv und pulsierend beobachten. Und genau dies trifft auch auf die hiesige Erdoberfläche zu."

Das pflegte Dr. Watson zu sagen. Dann beugte er sich vor und nahm einen Stein auf. Und während er ihn betrachtete, wurde er ernst: „Seht ihn euch an. Dieser Stein offenbart, dass der Berg, auf dem sich diese Universität befindet, aus Sediment besteht. Hier, seht aufmerksam her! Dies hier ist ein Fossil. Mehrere tausend, vielleicht hunderttausend Jahre alt. Es ist die Versteinerung irgendeines unterseeischen Lebewesens. Hier, genau an diesem Ort, an dem wir stehen, war früher das Meer."

Die Leute rissen vor Erstaunen die Augen auf. Das Meer? Hier? In Madhya Pradesh?

Rahul fühlte sich wohl. Ihm wurde Zimmer 252 in der zweiten Etage des Tagore-Wohnheims zugeteilt. Er hatte einen Zimmerkollegen. OP, Omkar Prasad: ein Meter neunzig groß, aufrecht und gestreckt wie ein Bambusstab, spindeldürr, mit einem langen Hals wie bei einem Reiher, der beim Gehen mit jedem Schritt mitschwang. Ein Spaßvogel, ein redseliger Mensch. OP sagte oft: „Ich werde einmal ein zwergenhaftes Mädchen von einem Meter vierzig heiraten. Wenn wir im Stehen Liebe machen, werden die Bergbewohner etwas zum Staunen haben."

Rahul stellte sich Folgendes vor: Er steht am Fuße des Berges, wo sich die Stadt erstreckt, und blickt von dort unten hinauf. Es ist eine Vollmondnacht. Der Mond hängt am Himmel wie ein großer, runder, glühender Teller aus Gold und dort, auf dem Gipfel des höchsten Berges steht nackt ein mächtig langer Riese...!

Und an seine Taille geschmiegt ist eine winzig kleine weibliche Gestalt ... In dieser Atmosphäre erklingt etwas, das der Trommel Shivas gleicht. Tapp ... tapp ... tapp...

Die Gestalten wiegen sich im Rhythmus. Wer sind diese Gestalten? OP und das Mädchen seiner Träume oder... oder die Bergjungfrau... die Tochter des Berges... Parvati und Shiva, der Herr des Tanzes!

Und dies ist der uranfängliche Liebesakt der Schöpfung ... tapp ... tapp ... tapp.

Vater stand jeden Morgen um halb fünf auf, nahm ein Bad und betete dann zu Shiva. Wenn Rahul manchmal aus dem Schlaf erwachte, tönten diese Zeilen des Gebets durch die Stille des Hauses:

namami shamisham nirvanarupam,
vibhum vyapakam bahmaveda svarupam
ajam nirgunam nirvikalpam niriham,
cidakasham akashavasam bhajeham.
nirankaram omkaramulam turiyam...

OP erwies sich als sehr guter Freund. Um seine Lebenskosten zu bestreiten, musste Rahul zwei Schülern Nachhilfeunterricht geben, die OP ihm vermittelt hatte. Er war seit zwei Jahren an der Universität, hatte hier seinen MSc in Kriminologie abgelegt und saß jetzt an einer Forschungsarbeit. An Geld mangelte es ihm nicht, denn er erhielt ein Stipendium der UGC.

Doch sehr bald stellte sich heraus, dass die Universität in einem schnellen und grundlegenden Wandel begriffen war. In den letzten vier, fünf Jahren hatten ausländische Studenten aufgehört, sich hier einzuschreiben. Wissenschaftler und Professoren von internationalem Rang wie Dr. Watson wollten so schnell wie möglich von hier fort und irgendwo anders hin. Die Situation verschlechterte sich mehr und mehr.

Man hatte erfahren, dass im vergangenen Jahr einige lokale Gangster ein Mädchen aus Mauritius entführt und vergewaltigt hatten. Danach hatten sie es ermordet und seine Leiche unter eine kleine Brücke am Fuße eines Berges geworfen. OP hatte Rahul gewarnt: „Hier musst du immer wachsam und auf der Hut sein. Wenn du in die Stadt gehst, dann versuche nicht, dich dort mit jemandem anzulegen. Wenn du in einem Kino eine Eintrittskarte kaufst, dann hol keinen Hundert- oder Fünfhundert-Rupien-Schein aus deiner Tasche. Nicht nur der Mann am Kartenschalter könnte ein Spitzel sein, sondern bis hin zu den Pan- und Imbiss-Verkäufern könnten die Verbrecher ihre Leute haben. Wenn der Verdacht entsteht, dass du der Sohn eines reichen Mannes aus Assam bist, dann werden sie eines Tages ins Wohnheim kommen, dich ergreifen und verschleppen. Jedes Jahr gibt es hier Dutzende Fälle von Entführungen. Dies hier ist ein altes Räubergebiet. Devi Singh, Malkhan Singh, Mohar Singh, Tehsildar Singh ... alle diese Räuber treiben hier in diesem Landstrich ihr Unwesen."

Es stellte sich rasch heraus, wie viel Wahrheit in OPs Worten steckte. Sogar der Briefträger machte mit den ortsansässigen Gangstern gemeinsame Sache. Häufig trafen in der ersten Woche eines Monats die Geldanweisungen von den Familien der aus Südindien oder von weither stammenden Studenten im Wohnheim ein. Die Gangster hatten für gewöhnlich eine vollständige Liste, welcher Student eine Überweisung bekam, und in welcher Höhe. Sobald es neun, halb zehn Uhr abends schlug, tauchten an diesen Tagen ein bis zwei Jeeps auf dem Gelände des Wohnheims auf. Messer, Hockeyschläger, Fahrradketten, Tigerkrallen, Stangen und gelegentlich auch Pistolen, die problemlos zu geringen Kosten bei den Schmieden aus der Gegend zu bekommen waren, bildeten die Waffen dieser Gangster. Sie hatten üblicherweise Namen wie Ajju, Lacchu, Acchan, Babban, Lota, Penda, Guddu, Dabba, Baksa und damit war – ihrem Alter oder ihrer Rangordnung entsprechend – die Anrede mit jüngerer Bruder, älterer Bruder oder Guru verbunden. Beispielsweise Acchan Guru, Bruder Lacchu. Mitunter auch Ustad wie Parsu Ustad. Diese Leute pflegten sogar Beziehungen zu den lokalen Politikern, zur Polizei usw. Selbst in die Universitätsleitung und in die Angelegenheiten von Studenten und Lehrern mischten sie sich in beträchtlichem Maße ein. Die Gangster nannten Studenten, die aus den nordöstlichen Gebieten wie Manipur, Arunachal oder Assam kamen, gewöhnlich ‚Mallu' oder ‚Monkey' und ein Junge, der aus einem südindischen Bundesstaat kam, war für sie ein ‚Rundu'.

Im Zimmer 212 wohnte ein Student aus Manipur. Sapam Tomba. Hübsch, klein und rundlich, schnell im Lernen und ein guter Badminton-Spieler. Er war mit Rahul befreundet. Sapam studierte gerade Botanik im ersten Jahr seines Master of Science. Gerade zwei Wochen zuvor war bei einem Schußwechsel in der Nähe von Imphal sein älterer Bruder, der dort Lehrer an einer Grundschule gewesen war, ums Leben gekommen. Sapam weinte bitterlich. Er konnte nicht nach Manipur fahren, um an den Totenriten für seinen Bruder teilzunehmen, denn zum einen hatte er kein Geld für die Fahrkarte. Zum anderen hatte ihn auch sein Vater davon abgehalten herzukommen. In Manipur hatten die Fälle von gewaltsamem Widerstand gegen den Staat zugenommen. Ganz Manipur stand unter der Kontrolle des Militärs und der Grenzsicherheitstruppen. Täglich gab es Militäroperationen zur Beruhigung der Lage und Übergriffe gegen die Zivilbevölkerung.

„Wenn ich hinfahre dort, dann werden die Leute mich Mitglied von PLA bezeichnen und erschießen. Hier ich bin safer als da", hatte Sapam in seinem gebrochenen Hindi gesagt.

Die Gangster waren auch in Sapams Zimmer eingedrungen. Sie hatten ihm seine Uhr, die sechshundert Rupien, die mit der Überweisung angekommen waren, einen Teekessel und eine Thermosflasche weggenommen. Nicht nur das, sie zwangen Sapam dazu, nackt auf ein angeschaltetes Elektroöfchen zu urinieren. Als Sapam dies tat, nachdem sie ihn schwer misshandelt hatten, bekam er einen gewaltigen Stromstoß ab. Durch den Schock wurde er bewusstlos. Bis heute war es ihm nicht gelungen, darüber hinweg zu kommen. Sapam war völlig gebrochen. „Wo ich soll hingehen? Wie kann ich studieren weiter?" Er weinte.

OP, Rahul und zwei oder drei andere Jungen beglichen zusammen Sapams Rechnung in der Mensa und sammelten für seine Studiengebühr. „Die Menschen von Manipur wollen getrennt von Indien leben. Wenn es heute eine Volksabstimmung gäbe, dann würden in Manipur und Nagaland noch mehr Prozent der Menschen für eine Abtrennung votieren als in Kaschmir." Warum geschah so etwas?

Sapam erzählte, dass seine Tante und viele Frauen aus Manipur, nachdem sie verwitwet waren, nach Vrindavan gingen. Dort wurden in jedem Dorf Ras-Lilas aufgeführt und Lieder zu Ehren Krishnas gesungen. Im 17. Jahrhundert hatte der aus Bengalen kommende Gaurang Mahaprabhu Chaitanya ganz Manipur mit seinen Versen und Gesängen erfüllt. Einschließlich der dortigen Adivasis waren alle Vishnu-Anhänger geworden. Ihren Vornamen hatten sie Familiennamen wie Sharma oder Singh hinzugefügt. Sie waren einfache, arglose Meithei und Adivasi der mongolischen oder tibeto-birmanischen Volksgruppe, die in den Bergen ein hartes Leben führten. Es war, als ob Chaitanya ihr ausgetrocknetes kulturelles Leben mit dem Wasser eines neuen beseligenden Flusses bewässert hätte. Nach 1947, als Indien unabhängig wurde, hatte sich Manipur aus eigenen Stücken, auf Wunsch der Bevölkerung, dazu entschlossen, ein Teil der Republik Indien zu werden.

Wie hatte es am Ende soweit kommen können? Warum wollte sich nun nach fünfzig Jahren dort jedermann, neunundneunzig Prozent, von diesem Indien lossagen?

„Die Mayang, die Fremden, uns haben extrem ausgeplündert, unsere Mädchen mitgenommen, zum Narren uns gehalten. Unser Markt, Handel, öffentlicher Dienst – alles wird von die Mayang beherrscht. Wenn du etwas sagst dagegen, man schimpft dich Separatist. Wenn du heute von dort die Armee abziehst, dann wir werden morgen unabhängig." Sapam sagte ferner: „Zur Zeit der Engländer wir gaben Subhas Chandra Boses Indian National Army unser Blut. Unsere Leute haben bis Burma gegangen und gekämpft für die Freiheit Indiens. Jetzt wir werden für unsere eigene Freiheit kämpfen. Du kannst es von mir schriftlich bekommen, wir werden noch vor Kaschmir frei sein von Indien."

Rahul schien es, dass das Leben an der Universität nicht so einfach war, wie er es sich vorgestellt hatte. Hier ungefährdet zu studieren, Ethnologie zu lernen, den Ursprung der menschlichen Zivilisation und der Völker zu verstehen und mit dem Blick auf Madhuri Dixits Rücken zu leben, war nicht so leicht. Immer wieder werden die örtlichen Gangster in die Zimmer eindringen und uns bestehlen. Es ist eine brutale, niederträchtige und verbrecherische Zeit, in der wir gegenwärtig gefangen sind. Eine Zeit der Gauner, Betrüger, Intriganten, Diebe und skrupellosen Unternehmer. Und jeder rechtschaffene, ehrbare und anständige Inder in dieser Republik ist zurzeit ein Kaschmiri oder ein Manipuri oder gar ein Naxalit.

„Im vergangenen Monat wurde ich zur Teilnahme an einem Seminar nach New York eingeladen. Ich hatte den bewilligten Minimalbetrag von 500 Dollar bei mir. Soviel hatte ich noch niemals bei mir, denn soviel Geld kann man auch gar nicht ausgeben. Aber dieses Mal wurde ich erstmals befragt. Auf ungehörige und eindringliche Weise, wie ich denn mit solch einem geringen Betrag zurechtkommen würde. Warum ich nicht mehr Dollar mitnähme", erzählte Kinnu Da. „Tatsächlich ist die Welt heutzutage zu einer Welt der Händler, der Kaufleute geworden. Sie reisen mit hunderttausenden Dollars und Pfund umher. Da werden Transaktionen von Milliarden und Abermilliarden getätigt. Diese Leute können sich überhaupt nicht vorstellen, dass es in Indien noch Leute gibt, die keinen großen Reichtum nötig haben und die nicht nach Frankreich und Amerika reisen, um Geschäfte zu machen, sondern aus akademischen oder anderen Gründen."

Ist denn die Globalisierung, wie sie gerade vor sich geht, nur für diejenigen, die Teil des Weltmarktes sind? Börsenspekulanten, Unternehmer, Ganoven, Verbrecher oder Minister und Regierungsbeamte? Wenn heutzutage solche Leute wie Dr. Kotnis nach China reisen wollten, oder Leute wie Rahul Sankrityayan nach Russland und Mittelasien, wäre das überhaupt möglich?

„Not at all!", antwortete Kartikey. „This is the end of the civil society. Von der Zivilgesellschaft ist nichts mehr übrig. Es gibt nur Regierungen, Unternehmen, Institutionen, es gibt die Mafia und Interessengruppen. Und wenn du heutzutage einen Schriftsteller, Dichter oder Wissenschaftler mit einem Flugzeug ins Ausland reisen siehst, dann stellst du fest, dass er ein Mitglied oder Agent einer Firma, eines Handelsunternehmens, einer Institution oder einer Interessengruppe ist. Always doubt his integrity."

Kartikey Kajle stammte aus Pune. Während er seine Forschungsarbeit in Geologie machte, arbeitete er daran, in den höheren Beamtendienst einzusteigen. Er riet Rahul, ebenfalls in den höheren Dienst zu gehen.

Außer Sapam hatten diese Gangster Madhusudan, einen Jungen aus Kerala, ausgeraubt und ihn dann auch noch derartig verprügelt, dass er vor Angst aus der zweiten Etage gesprungen war und sich die Beine gebrochen hatte. Man hatte ihn ins Krankenhaus eingewiesen. Rahul hatte ihn zusammen mit OP und Kartikey im Krankenhaus besucht. Von Madhusudhans Vater war aus Cochin ein Telegramm eingetroffen, dass er von dort weggehen und nach Kerala zurückkommen solle. Er war ganz durcheinander. Seine ganze Karriere war ruiniert.

Eines Tages verließ Rahul zusammen mit Anima, Abha, Deepti, Manmohan und Raju sein Seminar und war gerade auf dem Weg in die Kantine bei der Bibliothek, als ihn vom Straßenrand her einer aus einer Gruppe von fünf bis sieben Jungen mit einem Stein traf. Der Brocken traf ihn hinten am Kopf. Anima schrie auf, sie blutete aber nicht. Dann rief ein Junge aus dieser Gruppe: „He, du Held! Deine Locken haben einen Styling, genau wie bei Rahul Roy ..."

„Was ist das für ein Flegel?", schimpfte Anima.

„Was ist los mit dir, Didi! Was stolzierst du hier mit diesem Eunuchen als Ehegatten an uns vorbei? Such dir lieber einen richtigen Mann."

Daraufhin ertönte schallendes Gelächter.

„Es ist nicht gut, sich mit denen anzulegen. Bleibt ruhig und geht weiter", riet Manmohan.

Schweigend setzten sie ihren Weg fort. Es schien, dass sich alles beruhigt hatte. Aber kaum hatten sie bei der Bibliothek den Weg zur Kantine eingeschlagen, als ein zweiter Stein hergeflogen kam und Abha traf. Sie schrie und fiel hin. Ihre Brille ging zu Bruch. Ihre Stirn war aufgeschlagen.

„Bist du zum Studieren an diese Universität gekommen oder um dich mit Mädchen zu vergnügen? Wir sagen es dir noch einmal im Guten. Das ist unsere letzte Warnung. Nimm dich in Acht, du Held. Sonst blasen wir dir den Marsch“, sagte einer von ihnen aus dem Hintergrund. „Geh und fick deine Bau!“ ‚Bau‘ bedeutete Mutter.

Sie gingen zum Büro des für Anstand und Ordnung zuständigen Dozenten, um sich zu beschweren. Ein solches Mafia- und Rowdytum war unglaublich. Abha war zur Sanitätsstelle gegangen und hatte sich einen Verband anlegen lassen. Ohne Brille konnte sie nicht richtig sehen. Obendrein standen die Semesterabschlussklausuren bevor.

Verantwortlich für Anstand und Ordnung war Dr. Chaturvedi. Er hörte sich die ganze Sache an. Mit einem Zahnstocher pulte er in seinen Zähnen nach hängengebliebenen Betelnussstückchen, dann sagte er mit ernster, aber verschlagen klingender Stimme: „Seht mal, das hier ist nicht Delhi, nicht London. Wenn ihr euch in der Art mit Mädchen vergnügt, dann muss doch irgendetwas passieren. Die Mädchen werden von allen beobachtet. Mal abgesehen von den Studenten, die Dozenten stehen da auch nicht zurück. Heute wurdet ihr von einem Stein getroffen, morgen rasselt ihr durch die Prüfung.“

„Aber Sir, wir haben uns nicht amüsiert, wir waren lediglich auf dem Weg in die Kantine, um uns vor unserer nächsten Unterrichtsstunde zu stärken“, argumentierte Rahul.

„Wo kommen Sie überhaupt her, mein Herr? Warum tragen Sie Ihr Haar in der Mitte gescheitelt? Heutzutage mögen die Mädchen diesen Stil, nicht wahr?“, fragte der Anstandsbeamte Chaturvedi spöttisch. „Also, Mister, wenn du so versessen darauf bist, mit Mädchen Liebschaften einzugehen, dann füll deinen Geldbeutel auf. Fahr im Auto, warum spazierst du vor allen Leuten mit ihnen zu Fuß herum? Es kommen doch lauter Autos aus der Stadt auf diesen Campus. Was weiß ich, was alles hinter den getönten Scheiben passiert. He, dann gibt es diese ganzen Hotels, geh dort hin. Wenn du weiter so herumspazierst, dann ist es nicht nur für dich gefährlich, sondern auch für diese Mädchen. Die Stimmung ist hier nicht gut. Bald wird man noch obszöne Sprüche an die Wände schreiben. Dir ist es vielleicht egal, aber das arme Mädchen bleibt letzten Endes mit einem schlechten Ruf sitzen!"

„Sir, Sie verstehen da was falsch, Sir!" nuschelte Manmohan.

„Nicht ich verstehe was falsch, sondern Sie", sagte Chaturvedi, wobei er aufhörte, in seinen Zähnen herumzustochern. „Vom vielen Fernsehen haben Sie den Verstand verloren. Konzentrieren Sie sich auf Ihr Studium. Was den heutigen Vorfall betrifft, sagen Sie, soll ich den Beamten auf der Wache benachrichtigen? Lassen Sie doch eine Anzeige aufnehmen. Aber begreifen Sie wenigstens das eine: Diese Jungs sind von hier. Heute haben sie Sie nur gewarnt, indem sie lediglich einen Stein geworfen haben. Wenn Sie sich mit denen anlegen, werden sie morgen ins Zimmer Ihres Wohnheims eindringen und Sie zusammenschlagen. Mein Rat ist, dass Sie alle still und leise in Ihr Seminar zurückkehren und von jetzt an nicht mehr in gemischten Grüppchen umherspazieren."

Sie kamen zurück. Abhas Stirn tat immer mehr weh. An Rahuls Hinterkopf hatte sich eine kleine Beule gebildet. Dies ist die postmoderne Zeit, da in den kleinsten Städten Valentinstag gefeiert wird und wegen der TV-Werbung zu Neujahr selbst in den entlegensten Nestern der Absatz an Kuchen und Grußkarten angestiegen ist. Sieh, ein Wilder mit der Haarlocke eines Brahmanen trinkt Pepsi und führt vor einem Tempel für Ram Lala einen Break Dance auf und an seinem Geschlecht ist eine Pistole befestigt. Und im Gewandzipfel steckt schwarzes Geld, das der Mafioso Ibrahim aus Dubai verschoben hat. Wähle ihn, er wird die Hindu-Herrschaft errichten.

Die Beule an Rahuls Kopf tat weh. ‚Hoffentlich gibt das kein Blutgerinnsel', sorgte sich Rahul.

In Rahuls Leben geschah es an jenem Nachmittag gegen halb drei – das Ereignis, das im Leben eines jeden irgendwann mit Sicherheit zum ersten und vielleicht einzigen Mal eintritt.

Am Himmel waren leichte Wolken. Zwei Tage zuvor hatte es geregnet. Alle Bäume und Gebäude auf dem Campus leuchteten frisch gewaschen in der strahlenden Mittagssonne.

Die Farbe des Monats August ist für gewöhnlich ein sattes Grün und seine Tage sind erfüllt von einem frischen Duft nach nassem Gras. Wenn jemand im August die Straße entlanggeht, dann sind seine Schuhe von jungen Pflanzentrieben, Grasblumen und -halmen verklebt. Es ist die Saison für geröstete Maiskolben.

Seit dem Vorfall mit dem Steinwurf waren Rahul und seine Freunde sehr vorsichtig geworden. An jenem Tag, als sich Rahuls Leben schlagartig änderte, saßen sie im Gemeinschaftsraum ihres Fachbereichs. Abha, Seema Philip, Manmohan, Rana, Anima, Raju, Renu, Neera Didi und Bhagvat. Sie aßen gerade geröstete Maiskolben und waren in ihrer Diskussion über Filmsong-Quiz, Cricket, TV-Serien und Filme bis in die Phase gelangt, in der man auf den Tisch schlägt, wie auf eine Tabla, und der Reihe nach Lieder singt. Fenster und Türen waren von innen verriegelt, damit kein ortsansässiger Schläger kommen und Ärger machen konnte. In zwei Tagen war das Rakshabandhan-Fest. Es wurde gerade darüber Buch geführt, welches Mädchen welchem Lehrer oder Jungen ein Rakhi umbinden und auf diese Weise einer einseitigen romantischen Soap Opera ein jähes und dauerhaftes Ende bereiten würde. Raju und Neera Didi verfügten über einen interessanten Schatz solcher zuverlässigen Informationen.

„Herr Agrawal kommt dieser Tage ständig mit Mütze zur Universität. Einmal wurde seine Mütze im Regen völlig durchnässt und verwandelte sich in einen Lappen, aus dem nur so das Wasser tropfte. Selbst daraufhin nahm er die Mütze nicht ab. Er fürchtet, dass Rita Saxena ihn beim

Anblick seines kahlen Schädels verlassen und sich mit einem anderen liieren würde", berichtete Neera Didi.

„Herr Agrawal hat 'nen kahlen Schädel, wenn's drauf sitzt, rutscht's runter, das Mädel", sang Raju, während er auf den Tisch schlug wie auf eine Tabla.

„Und der Hindi-Dichter, Herr Tiwari. Man sagt, dass ihn vorgestern die Bibliothekarin vor allen Leuten angefahren hat: ‚Kommen Sie nun hierher, um sich die Bücher anzusehen oder um die Mädchen auszuspionieren und sie anzustarren?'"

„Er ist ein Spanner, ein Voyeur! Man sagt, er ruft regelmäßig die Eltern der Mädchen an und informiert sie. Einmal haben sie ihn auch schon verprügelt."

„Den Padma Shri hat er sich erschlichen, der Schuft. Er weiß, wie man etwas für sich organisiert, dieser Parasit. Erst kürzlich ist er nach London geflogen. Zur Welt-Hindi-Konferenz."

Anima trug an diesem Tag eine dunkelviolette ärmellose Bluse und einen meerblauen Sari. Einen Seidensari. Ihre dunkle Haut wurde davon gleichsam beleuchtet und fing an zu strahlen. In ihrem pickligen, flachen Gesicht lag eine kindliche Spitzbübigkeit, dabei hatte sie Unschuldsaugen. Sie sang:

Bachpan ki mohabbat ko dil se na juda karna.
Jab yaad meri aye, milne ki dua karna.

„Reiße nicht aus deinem Herzen
die Liebe aus Kindertagen,
erinnerst du dich meiner,
dann bete für unser Wiedersehen."

und dann:

Ye rishta char ankhon ka, mere sajan na tutega.
Jo mujhko ajmana ho, to doli le ke a jana.
Sun mere sajana … hooo.

„Diese heimliche Beziehung, mein Geliebter,
wird nicht zerbrechen.
Willst du mich auf die Probe stellen,
so komm mit der Hochzeitssänfte her.
Höre mein Geliebter ... hmm hmm."

Animas Kehle klang wie eine melancholische Flöte, deren Töne nicht herauskamen, sondern gewissermaßen immer weiter ins Innere eindrangen. Raju war ganz darin vertieft, mit den Fingern auf den Tisch zu trommeln. Was für ein Schmerz musste im Innern dieses dunkelhäutigen Mädchens stecken, der ihre Stimme so traurig werden ließ?

Abha sang einen Rap-Song, den sie selbst geschrieben hatte. Er war anzüglich. Rahul sang Punjabi-Pop von Hansraj:

Soniye ni soniye ni soniye, mukhra na ja ni morke,
chal mere sang nal sara jag chor ke.

„Mädchen, he schönes Mädchen,
wende dein Gesicht nicht ab,
los, lass die ganze Welt hinter dir zurück
und komm mit mir."

Das Lied war so mitreißend, dass Rana, Neera Didi, Abha, Anima und alle anderen mit einstimmten.

„Und nun etwas von Daler Mehndi ...", forderte Rahul. Alle stimmten ihm zu.

Doch genau in diesem Augenblick klopfte jemand an die Tür.

Poch ... poch ... poch ...!

Die Tabla verwandelte sich wieder zurück in einen klingenden Holztisch und im Zimmer breitete sich Schweigen aus. Wer konnte das um diese Zeit sein? Sämtliche Lehrer waren zur Residenz des Vice-Chancellors gegangen und würden um fünf Uhr nachmittags zurückkehren.

Was, wenn nun eine Gangsterbande eingetroffen war? Im Rausch des Gesangs hatten sie völlig vergessen, dass ihre Stimmen wohl nach draußen bis auf die Straße gedrungen sein mussten. Rahul ging und machte die Türkette auf.

Und an der Tür war sie. Sie, die Rahul zum ersten Mal in seinem Leben von nahem sah. Zwei schöne, große, erstaunt blickende Augen. Lippen, die kurz bevor sie lachten, zögerten und innehielten, eine schmale kleine Nase..., ein dunkelgrünes Tuch mit gelben und roten Tupfen im Jaipur-Bandhej-Stil. Eine frühlingsfarbene lange Bluse und eine weiße Pumphose. Ein leicht ins Helle tendierender weizenfarbener Teint.

„Hi Anjali", begrüßten sie Seema Philip und Anima.

„Was lief denn hier gerade ab? Ich habe euch doch nicht gestört oder?", fragte Anjali. Sie hatte sich auf einen Stuhl neben Anima gesetzt.

„Nein, meine Liebe, hier lief doch gerade unser www.time-pass-musical.com", erwiderte Seema.

„Willst du etwas gerösteten Mais essen? Ich habe noch einen halben übrig," bot Renu an.

„Sie ist doch Brahmanin. Wenn sie deinen angeknabberten Maiskolben isst, versaut sie sich ihre brahmanische Reinheit", spottete Seema.

Anjali indes pulte die Körner aus dem Maiskolben und fing an zu essen. Rahul blickte sie an. Wie konnte ein Mädchen so schön, so makellos und so hilflos aussehen?

Ihm schien es, als sei mit Anjalis Eintreffen eine einzigartige Ruhe und angenehme Frische ins Zimmer eingekehrt.

Chappa, chappa charkha chale,
auni bauni beriyon tale ...

„Immer weiter dreht es sich –

das Rad des Lebens.
Kurze und lange Freundschaften –
sie alle entstehen unter deinen Beri-Bäumen ..."

Raju hatte wieder angefangen, auf dem Tisch zu trommeln. Aber ganz sachte und Rana sang ebenso leise dazu. Auch Rahul stimmte immer wieder mit ein.

Es stellte sich heraus, dass Anjali die Tochter von Landesminister Joshi war. L. K. Joshi, Minister für Öffentliche Bauvorhaben. Seine Vorfahren müssen einst im Gebirge gelebt haben, doch seit einigen Generationen war seine Familie hier ansässig. Früher hatte er einen holzwirtschaftlichen Betrieb, dann wurde er zum Bauunternehmer. Er verdiente Hunderttausende, viele Millionen. Diesmal war er zum ersten Mal für die Landesparlamentswahlen in einem Wahlkreis aufgestellt worden. Nach seinem Sieg erhielt er ein Ministeramt. Hinter ihm stand die gesamte Macht der Händler, Unternehmer und Immobilienmakler. Er hatte auch Unterstützung aus Kreisen von Verbrechern wie Acchan, Bablu und Lakhan Pande.

Joshi war noch gerissener als Chanakya. Darüber bestand in der Gegend allgemeiner Konsens. Einige Leute waren der Meinung, dass er es in der Landespolitik noch sehr weit bringen werde. In dieser Hinsicht hatten die Astrologen in seiner Handfläche ganz deutlich eine günstige Sternenkonstellation ausgemacht.

Aber was war mit Anjali? Mit dem Mädchen, das ganz unbekümmert die Körner aus dem Maiskolben pulte und aß?

Anjali war mit Anima und Seema Philips befreundet. Alle drei hatten früher am selben Mädchen-College studiert. Sie waren seit ihrer Schulzeit zusammen. Anima sagte, dass Anjali gerade ihren Master in Hindi machte.

Master in Hindi? Rahul fuhr zusammen. Vor seinen Augen tauchte die Hindi-Abteilung der Universität auf: schmutzige, düstere und ungesund aussehende Wände, die Ecken voller Betelflecken, Dreck und Staub. Es schien, als sei dieser isolierteste Teil der Universität in eine gottverlassene Finsternis getaucht. Ein geheimnisvolles Gebäude, das zu lebenslanger Einzelhaft verurteilt war.

Und dann die Leute, die dort ein- und ausgingen. Sie machten überhaupt nicht den Eindruck, als seien sie Menschen unserer Zeit. Von diesen unterschieden sie sich komplett von der Kleidung bis hin zu der Art und Weise, wie sie sich bewegten und redeten. Auf dem Campus sah man sie häufig in einer Rotte. Ihr Anblick verstörte die Mädchen. Sie unterhielten sich immer sehr lautstark und lachten kreischend los, wobei sie husteten oder laut in die Hände klatschten. Es schien, als käme das Lachen von einem primitiven Homo sapiens jenseits der Schwelle zur Zivilisation. Ha-ha, hi-hi, ho-ho.

Sie wirkten lächerlich und schrecklich zugleich. Man wurde im selben Augenblick von Mitleid und von Furcht erfasst, wenn man sie sah. Sie unterhielten sich in einer seltsamen Sprache. Es war die Sprache der Geister einer ausgestorbenen Zivilisation.

Hindi, Urdu und Sanskrit – von diesen drei Abteilungen der Universität wusste niemand so recht, warum sie überhaupt existierten. Welche Zukunft den hier lernenden Studenten bevorstand, wenn sie diese Seminare verließen, wusste man ebenso wenig. Sie waren ungehobelte, hinterwäldlerische Außenseiter, bedauernswerte Jungs, die von den aktuellen Informationen abgeschnitten waren. Genauso absonderlich wirkten ihre Lehrer! Der eine kaute Pan und spuckte dabei ständig aus, der andere kratzte sich ungeniert in aller Öffentlichkeit die Gegend zwischen seinen Schenkeln, wieder ein anderer mit der Haarlocke eines Brahmanen und in Dhoti mit Raghupati-Druck starrte wie ein Schimpanse auf ein Mädchen.

Die Jungs auf dem Campus nannten das Seminar scherzhaft ‚Resteladen'. Die Mädchen, deren Aussehen und Verstand in Ordnung waren, wurden in anderen Fächern zugelassen und tauchten in den Mainstream der Universität ein. Nur die Mädchen und Jungen, die dann noch übrigblieben, schrieben sich dort ein. Schon wenn man sie anblickte, merkte man, dass sie minderbemittelt waren.

Und in eben dem Hindi-Seminar war Anjali Joshi? Und was, wenn auch sie sich in einiger Zeit in ein Gorillaweibchen verwandeln würde? In eine Apabhramsha und Pali sprechende, mit einer Paste aus Gelbwurz und Kichererbsen gegerbte Dämonin oder in die Tochter eines Rishis, die von Kuhmilch lebte?

Von Anima erfuhr er, dass Anjali zur Zeit der Bachelor-Abschlussprüfungen schwer erkrankt war. Sie hatte Gelbsucht. In diesem Zustand hatte sie die Prüfung abgelegt. Die Klausurarbeiten waren danebengegangen, und sie bestand nur ganz knapp. Ihr Vater sprach mit dem Leiter der Hindi-Abteilung, Acharya S. N. Mishra, und daraufhin wurde Anjali dort immatrikuliert.

Kinnu Da hatte einmal gesagt: „Keine Sprache verschwindet, solange sie von einer Gemeinschaft gesprochen wird. Trotz einer derartig großen Verbreitung und Ausdehnung der europäischen Sprachen, trotz der jahrhundertelangen kolonialen und imperialistischen Unterdrückung wurden die Sprachen vieler kleiner Ureinwohnerstämme Afrikas und Asiens nicht ausgelöscht. Sie sind heute noch lebendig, so wie das Ho aus der austroasiatischen Sprachfamilie, das nur von sehr wenigen Adivasis gesprochen wird, noch heute existiert ..."

„So, they are the tribals! Sie sind die Adivasis der Gegenwart."

„Nein, sie sind keine Adivasis, sie sind Mullahs und Purohits. Merk dir, ein Adivasi ist niemals rückwärtsgewandt. Er ist nicht stur", hatte Kartikey in die Diskussion eingeworfen.

Auch ich werde zum Gorilla. Zu einem Homo sapiens. Einem Purohit. Auch ich werde Pan und Gutka schlucken, mit einer Rotte umherlaufen und lachen: Ha-ha, hi-hi, ho-ho ...

Rahul blickte aus dem Korridor. Zwischen Anima und Seema Philips lief Anjali Joshi. Sie gingen zusammen fort. In ihrer rechten Hand war ein Schirm. Ein gelber Schirm.

Dies war ganz bestimmt der Rücken, der am Fenster seines Wohnheimzimmers 252 die Sonne davon abhielt einzudringen. Hätte er jetzt eine Zwille bei sich, hätte er das Gummiband bis ans Ohr gezogen und ein Kügelchen abgeschossen.

Ein in Musik, Dankbarkeit und süße Pein getauchter „Uiiii"-Laut wäre aus Anjali Joshis Kehle gekommen, sie hätte den Nacken gedreht und ihn aus erschrockenen und zugleich koketten und einladenden Augen angeblickt.

Und wäre erstarrt.

Tatsächlich war es das erste Mal in Rahuls Leben, dass ein quicklebendiges reales Mädchen zu einem Bild erstarrte.

Und der Name des Mädchens war Anjali Joshi.

Auf dem Platz unterhalb des Tagore-Wohnheims fand abends um neun Uhr, nach dem Abendessen, die Krisensitzung statt. So ziemlich alle Jungen aus dem Maharshi Arvind-, C.V. Raman- und dem Bhula Bhai Desai-Wohnheim kamen auf dem Platz zusammen. Es gab auch zwei Mädchenwohnheime: Das M.L.B. (Maharani Lakshmi Bai) und das Sarojini Naidu Girls' Hostel. Parvez und Kannan waren dorthin gegangen und hatten sie eingeladen. Tatsächlich waren fünfundvierzig Mädchen von dort eingetroffen.

„Nieder mit Vice Chancellor Agnihotri… Nieder…!"

„Weh dir, Professor Chaturvedi!"

„Wohnheimaufseher Upadhyay… komm raus… komm raus…!"

„Kameraden, wir sind heute wegen einer sehr wichtigen Angelegenheit hier zusammengekommen. Wenn wir heute nicht aufwachen, werden wir untergehen. Diese Universität ist zu einem Treffpunkt für Gangster und Asoziale geworden. In aller Öffentlichkeit machen sie, was sie wollen. Unsere Kameraden aus den Wohnheimen werden euch selbst berichten, welche Gemeinheiten ihnen diese Gangster angetan haben. Als ersten rufe ich auf: den Studenten aus dem ersten Jahr des MSc von Zimmer Nummer 212, Tagore-Wohnheim, Sapam Tomba, … er ist aus Manipur zum Studium hierher gekommen …"

Sapam kam auf das Podium und fing an, in seinem gebrochenen Hindi und in Englisch zu erzählen, was mit ihm passiert war. Während er erzählte, wurde seine Stimme zunehmend belegt und er fing mitten auf dem Podium an zu weinen. Da er heute die große Menge an Studenten sah, oder auch aus emotionaler Überwältigung oder aus Verwirrung – jedenfalls erzählte er zum ersten Mal auch ein Detail, das er vorher nicht einmal den Autoritäten der Universität berichtet hatte.

Während Sapam, von Schluchzen unterbrochen, von den Gemeinheiten berichtete, die die Gauner ihm angetan hatten, hielt er plötzlich einen Augenblick inne. Seine Augen wandten sich ins Leere und verloren sich darin, er bedeckte sein Gesicht mit beiden Handflächen und dann brach es aus ihm heraus: „Sie haben versucht, mir zu vergewaltigen. Bevor sie mir gezwungen haben, auf das Elektroöfchen zu pissen." Und er brach zusammen.

Sein Gesicht, hinter den Handflächen, wurde von neuem von Tränen regelrecht überströmt. Es war, als wenn ein riesiger Vogel am Himmel mit seinen verwundeten Flügeln flatterte und mitten in die Menge stürzte. Plötzlich herrschte allgemeines entsetztes Schweigen. Alle Geräusche verstummten. Die Gesichter der Studenten und Studentinnen, die sich auf dem Platz beim Tagore-Wohnheim versammelt hatten, verdüsterten sich vor Schmerz und Entsetzen, aus ohnmächtiger Wut und Scham. Ein erdrückendes, unerträgliches Schweigen dröhnte plötzlich allen in den Ohren und ging einem ans Herz. Vom Podium her kamen Sapam Tombas schluchzende Laute.

„Ich bin kein Schwuler. Tell me, sag's mich ... wie soll ich leben? Warum soll ich leben?" Sapams Weinen war, als würde plötzlich ein Sturm losbrechen, der bis zum letzten Augenblick zurückgehalten worden war. Sein kleiner hübscher Körper zitterte in jenem stürmischen Wirbel wie ein zartes Pflänzchen. Erst vor wenigen Tagen war sein leiblicher älterer Bruder in Manipur erschossen worden, der Lehrer an einer Grundschule gewesen war, und nun war hier dieses Unglück mit ihm selbst passiert.

„Jeden Tag ich denke, heute ich bringe mich um. Aber ... aber ich werde es sicher noch machen. Das könnt ihr von mich schriftlich haben. Wenn nicht heute, dann ich bring mich morgen um. Warum soll ich leben? Für mein Studium schickte mein Bruder mich das Geld. Wer soll es denn jetzt schicken? Sag's mich ... tell me."

Alle bekamen feuchte Augen. Man konnte das Schluchzen der Mädchen vernehmen. Rahul ging zu Sapam und legte ihm eine Hand auf die Schulter. Er konnte sich selbst nicht mehr beherrschen. Mit belegter Stimme brachte er mühsam heraus: „Jetzt komm. Geh runter, Sapam. Du brauchst nichts mehr zu sagen. Reiß dich zusammen." Sapam blickte Rahul mit seinen geschwollenen roten Augen an und stieg mit seiner Hilfe ganz langsam die Stufen des Podiums hinunter.

Die Versammlung dauerte bis um zwölf Uhr nachts. Man war sich einig, dass die Sicherheitslage an der Universität entweder unzureichend war oder dass niemand etwas gegen die Übeltäter und Gauner unternahm, weil sie zur ortsansässigen Bevölkerung gehörten. Ob sie sich aus Angst so verhielten oder ob sie dabei eine besondere Absicht hatten, wusste man nicht. Außer Sapam Tomba wurden bei der Versammlung Madhusudan, Praveen, Niketan, Masud usw. nach vorne gerufen. Die Gangster hatten sie hier im Hause verprügelt und ihnen ihr Geld und ihre Sachen weggenommen. Pratap Parihar, dessen Onkel Polizeioffizier war, berichtete, dass diese Gangster von politischen Führern, von Angestellten der Universität und von der Polizei gedeckt wurden. Letztes Jahr hatte ein älterer Student namens Jay Prakash Bhuiyan gegen einige Gangster auf der Polizeiwache eine Strafanzeige eingereicht. Einige Monate später, als er gerade auf den Zug wartete, um in sein Dorf zu fahren, verprügelten ihn die Gangster auf dem Bahnsteig vor den Augen der Bahnpolizei und brachen ihm beide Hände. Daraufhin musste er das Studium abbrechen.

Es wurde beschlossen, dass alle Studenten aus Wohnheimen zusammenhalten und den Gangstern widerstehen sollten.

„Wir sollten nicht denken, dass diese Ganoven von allen ortsansässigen Studenten aus der Stadt unterstützt werden. Ich habe mich heute mit den Studenten unterhalten, die in der Stadt wohnen. Sie unterstützen uns. Möglich, dass sie nicht offen zu uns stoßen, weil sie aus ein und derselben Stadt sind und einander kennen, aber auf indirekte Weise werden sie uns helfen."

„Ihr könnt mir glauben, diese Ganoven sind ihrer Zahl nach nur ganz wenige. Nur weil sie bewaffnet sind und protegiert werden, spielen sie sich als mächtig und mutig auf. Wenn wir ihnen ein einziges Mal eine richtige Lektion erteilen, dann werden sie es sich zehnmal überlegen, ob sie noch einmal in das Wohnheim eindringen.

Die Rede von Pratap Parihar und von Kartikey hinterließ einen nachhaltigen Eindruck. Es wurde entschieden, dass die ganze Universität bestreikt wird, wenn in Zukunft noch einmal so etwas passiert.

Streik – es lebe die studentische Solidarität!

Das Treffen war tief beeindruckend und im vollen Sinn erfolgreich. Rahul spürte, dass das Blut in seinen Adern plötzlich schneller floss und vor Hitze kochte. Er sah sich die Muskeln in seinen Oberarmen an. Da zeigte sich, wozu das Fitnessstudio nützlich war! Ich gehöre zu einem kriegerischen Geschlecht. Ich werde bis zum letzten Atemzug für die gerechte Sache kämpfen. Leise sang er:

Ham jiyenge aur marenge ai watan tere liye.
Dil diya hai, jaan bhi denge ai watan tere liye …

„Ich lebe und ich sterbe, o Vaterland, für dich.
Ich habe das Herz hingegeben,
werde auch das Leben hingeben,
o Vaterland, für dich …"

Er klopfte Sapam, der neben ihm stand, auf die Schulter, blickte in seine Richtung und lächelte.

Sapam aber konnte nicht lächeln. Seine Augen blickten immer wieder ins Leere. Was war dort? War dort sein verstorbener älterer Bruder, der jetzt nur noch Sapam mit seinen traurigen, hilflosen und abgestorbenen Augen ansehen, jedoch nichts anderes tun konnte? Weil er eben mit einer Kugel erschossen worden war. Aus seiner Schläfe floss auch jetzt noch das Blut. Sapam sah, dass er dort, in einer Ecke auf dem Platz am Tagore-Wohnheim, still dasaß und ihn mit seinen toten Augen anblickte.

Jeden Morgen hatte er sich zusammen mit seinem jüngeren Bruder Sapam auf das Fahrrad gesetzt und war mit einem Netz zum Fischen gefahren. Zuhause gab es jede Menge Enten. Hinter dem Haus begannen der Wald und die Berge, deren Farbe sich im Tagesverlauf unaufhörlich in den Sonnenstrahlen und im Wolkenschatten veränderte. Ein Berg, der am Morgen noch blau war, wurde gegen Mittag bräunlich oder hellbraun, und wenn dann der Schatten einer Wolke auf ihn fiel, wurde er ganz grün. Richtig unheimlich war es, wenn diese Berge, während man sie anschaute, plötzlich unsichtbar wurden. Keine Spur war mehr von ihnen zu sehen. Man sah nur noch den Nebeldunst, der sich über sie gelegt hatte. Sein Bruder meinte dazu: „Sapam, bei so was stürzen Flugzeuge ab. Der Pilot denkt, dass hier einfach nur Nebel ist, doch da steht ein kompletter hoher Berg!“

Im Sommer trockneten die Bambus-Wälder aus, und wenn dann nachts kräftige Böen durch den Wald strichen, pfiff es im Bambus, als fingen tausende Bambusflöten auf einmal an zu tönen. Vater meinte immer, dass die Bambusflöten stets dann spielten, wenn Krishna Rukmini liebte. Rukmini kam aus dem Nordosten hierher. Die Bambusbäume hatten von Krishna die Flöte zu spielen gelernt. Auch jetzt noch verwandelte sich Rukmini in Wind und kam immer wieder her, um sich mit Krishna zu vereinigen, der sich im Wald versteckte.

Vater schlug bei der Lobpreisung sehr schön die Seitentrommel. Er spielte und sang immer weiter, versenkte sich derartig darin, dass die Leute meinten, dass Chaitanya in ihn gefahren sei. Chaitanya Mahaprabhu!

Sapam war zu einer Steinfigur erstarrt.

Rahul freute sich. Er sah seinen Zimmergefährten und Freund OP, den ein Meter neunzig langen Bambusstab, sein Hals lang und zart wie bei einem Schwan oder bei einem Reiher. Wenn er sich bewegte, bog er sich bei jedem Schritt. Er hatte sich mitten in der Menge aufgestellt. Sein schmales, lang gezogenes Gesicht funkelte wie eine glühende Kohle.

Rahul stellte sich schweigend hinter OP, hielt ihn mit den Armen fest und sagte: „O mein Herausforderer für das Guinness-Buch der Rekorde, halt mal nach einem kleinen Mädchen für dich Ausschau. Es wird schon eine unter denen dabei sein. Vergiss es, dich mit den Gaunern anzulegen. Wenn es dir gelingt, eine zu verführen, bricht dein sagenhaftes Knochengerüst an zehn Stellen auseinander."

„Halt's Maul! Das ist keine Zeit für Späße." OP regte sich auf, aber als Rahul ihn noch mehr zusammenquetschte, prustete er vor Lachen los.

„Lass mich los, lass mich endlich los!"

Aus fünfundzwanzig Jungen wurde die SMTF gebildet, die Special Militant Task Force. Abgesehen von Eisenstangen, Krummdolchen, Rampuri-Dolchen, Hockeyschlägern, Schlagringen, Fahrradketten und Schlagstöcken, hatte Pratap Parihar drei Pistolen aus örtlicher Fabrikation besorgt.

Rahul und Madhusudan hatten dem Buch ‚Venceremos' von Che Guevara eine Anleitung zum Herstellen von Molotow-Cocktails entnommen und zehn Sodaflaschen mit Benzin, Ätznatron und Nägeln usw. gefüllt und damit einige Molotow-Cocktails vorbereitet. Sapam und Kartikey machten aus Pulver, Pottasche, Glassplittern, Scherben und Nägeln primitive ‚Handgranaten', die explodierten, wenn man sie warf. Sie waren dazu da, vom Dach des Ayudh-Wohnheims geworfen zu werden, und zwar auf die Jeeps der Gangster, wenn sie in der Nacht kommen sollten.

Venceremos, venceremos!
Ham honge kamyab … honge kamyab ek din!
Ho ho ho! Man mein hai vishvas!

„We shall overcome ... we shall overcome some day!
Oh, deep in my heart, I do believe…"

Der Wohnheimaufseher Professor Chandramani Upadhyay fühlte sich nach dieser Nacht zunehmend wie eine aufgeschreckte und verstörte Maus. Seit einiger Zeit hatte er die sich anbahnende Verhaltensänderung der Jungen deutlich bemerkt. Die zum Gruß zusammengelegten Hände kamen nicht mehr so hoch, und wenn manchmal noch ein paar kriecherische Grußgesten an die vergangenen glücklichen und glänzenden Zeiten erinnerten, dann waren das die Jungen aus seiner eigenen Abteilung oder es waren gewiefte Schleimer, die sich verstellten, um sich wichtig zu tun. Wenn es darum ging, die Jungen zu durchschauen, war der forschende Blick von Herrn Upadhyay unfehlbar und treffsicher – wie sollte er sich auch täuschen lassen, wo es doch sein eigener Clan war? Wenn er früher durch die Gänge des Wohnheims zog, gingen die Jungen zur Seite, wenn sie ihn sahen und machten ihm ehrerbietig und höflich grüßend Platz. Nun standen sie zusammengerottet auf dem Gang und schauten ihn wie ein unbekanntes Insekt an, ignorierten ihn jedoch und diskutierten miteinander einfach weiter. Aus Angst quetschte er sich selbst gegen die Wand. Wer weiß, ob diese Idioten ihn nicht noch stoßen würden.

Wie man so sagte, das Zeitalter der Technik und der Information, das im Land und in Delhi angekommen war, zog seine Kreise und war sogar bis zu dieser Universität vorgedrungen. Über jeden hatten die Jungen massenweise Informationen. Ganz in der Nähe des Wohnheimkomplexes hatte das ‚Max Computer Center' aufgemacht, wo die Jungen ‚de-facto-Dateien' über mehrere Beamte und Dozenten der Universität eingerichtet hatten. Bei dieser Sache war ein Student des Mathematischen Instituts namens Hemant Barua aus Assam der aktivste. Er besuchte auch gleichzeitig im NIIT einen Kurs in E-Commerce. Ein ausgezeichneter Schachspieler mit einem bemerkenswerten Talent beim Durchrechnen von Daten und Zahlen, die er auswertete, ein kleinwüchsiger, dunkelhäutiger Junge mit gelocktem Haar und kleinen blinzelnden, fröhlichen Augen. Hemant spielte jeden Tag mit Rahul etwa eine Stunde Schach. Als Rahul ihm die Sache mit Anjali erzählte, sagte er: „O.K., hab ein wenig Geduld, ich besorge dir ein vollständiges Profil dieses Mädchens."

Jedenfalls stand in der de-facto-Datei des Wohnheimaufsehers Dr. Chandramani Upadhyay, die im ‚Max Computer Center' angelegt war, folgendes:

Name: Dr. Chandramani Upadhyay. Alter: 55 Jahre, sieben Monate, vier Tage. **Ehestand**: Verheiratet, hat aber seine brahmanische Frau mit den sechs Kindern in seinem Dorf in Uttar Pradesh zurückgelassen. Er lebt jetzt mit seiner Geliebten zusammen, die über Frauenangelegenheiten schreibt. **Eigentum**: Hat zwei Eigentumswohnungen gekauft, sowie drei Baugrundstücke in der Stadt, wohnt aber in der Wohnung für den Wohnheimaufseher. Neben der Altersversorgung und Gehaltszuschlägen verschiedene freiwillige Versicherungen. Hat eine Kreditkarte. Spekuliert und investiert an der Börse. **Bemerkungen**: Absolut verschlagen. Gnadenloser Speichellecker von Herrn Vice Chancellor Ashok Agnihotri. (Danach hatte ein Student noch einen Eintrag in die Datei hinzugefügt.) **Sondereintrag**: Die gesamten Lebenshaltungskosten von Herrn Upadhyay gehen auf Kosten des Wohnheims. Von der Gemüseration bis zu Büromaterialien und Taxirechnungen geht alles auf Kosten des Wohnheims. Drei seiner Neffen hat er schon den Zugang zur Universität ermöglicht. Die Dissertation seiner Geliebten hat er von einem armen Dalit-Jungen schreiben lassen und ihr damit den Doktortitel verschafft. Ständiger Höfling beim Landesminister für öffentliche Bauvorhaben, L. K. Joshi. Er behauptet, Marxist zu sein, in Wirklichkeit ist er jedoch ein fundamentalistischer Brahmanist.

Am Morgen standen keine Wolken am Himmel. Nach langer Zeit kam endlich noch mal eine blitzblank glänzende Sonne hervor. Aus einer Fensterecke von Zimmer Nummer 252 fielen die schrägen orangefarbenen Strahlen ein, trafen auf seinen Bettbezug und hüpften dort wie die Spatzen herum. OP war zum Waschen ins Badezimmer gegangen und Rahul putzte sich neben Madhuri Dixit die Zähne, wobei er aus dem Fenster schaute. Auf der Kochplatte in der einen Zimmerecke stand ein kleiner Topf mit Tee. In der Mensa gab es zum Frühstück nur eine Tasse Tee, doch OP und Rahul schlürften beide tagsüber zig Tassen Tee. Deswegen hatten sie im Zimmer ihr eigenes Arrangement dafür getroffen.

Das Wohnheim lag auf einem Hügel. Davor war der Abhang zum Tal hin. Ein sehr großer ebenerdiger Platz lag dahinter, an dessen einer Seite sich das städtische Krankenhaus, die Bank und ein Postamt befanden. Die Wohnsiedlung lag direkt daneben. Auf dem Platz fanden Cricket- und Fußballspiele statt. Mit einem Fernrohr hätte man von Zimmer Nummer 252 aus das Spiel komplett verfolgen können, ohne hinzugehen. Es war das universitätseigene Spielfeld. Die Straße führte halbkreisförmig um den rechteckigen Platz herum.

Da sah Rahul von fern von der Wohnsiedlung her einen gelben Flecken auf der Straße langsam näher kommen. Ein in der Morgensonne flimmernder gelb glänzender Farbtupfer.

Doch diese gelbe Farbe schien ein wenig sonderbar. Ganz anders als die üblichen Gelbtöne. Weil sie durch Rahuls Augen direkt ins Blut überging und zu seinem Herzen vordrang. Er bemerkte augenblicklich, wie sein Herz anfing zu klopfen. Das Geräusch dieser Schläge pochte ihm in den Ohren.

Poch ...poch ...poch ...!

Ein sonderbares Begehren hatte Rahul ergriffen. Sein Zimmer erschien ihm plötzlich zunehmend mickrig und eng. Von wo aus konnte er nur diesen gelben Farbtupfer, der auf der Straße dahin schlenderte, noch besser und vollständiger betrachten? In wenigen Augenblicken würde er nun auf der Straße weiterlaufen und hinter dem Bild verschwinden, das mit Fevicol an das Zimmerfenster geklebt war, hinter dem von einer Zwille getroffenen Rücken Madhuri Dixits. Danach würde es unmöglich sein, ihn noch weiter mit Blicken zu verfolgen. Schade, dass ich kein Fernglas habe.

Ganz sicher war das der gelbe Schirm, der auf der Straße am Rande des Spielfelds wie ein Schmetterling mit seinen zarten Flügeln ganz langsam daherflog und sich in Richtung Universität bewegte. Darunter wird wohl sie sein. Sie, die ich an jenem Tag gesehen habe. Wenn sie es nun ist, die unter diesem gelben Schirm ist, was dann? Rahul fing am ganzen Körper an zu glühen, wie bei einem mäßigen Fieber. Der Herzschlag wurde immer schneller… eine Unruhe, die seinen ganzen Körper erfasste. Sein Atem setzte aus… die Augenlider hörten auf, sich zu bewegen. Einige Momente verstrichen einfach so und während er ihn anstarrte, schob sich Madhuri Dixit vor den gelben Schirm. Shit…! Shit…! Das war unerträglich. Zum ersten Mal überkam Rahul ein maßloser Zorn auf Madhuri Dixit und ihren Rücken. Das war kein Film, das war das Leben, das Leben! Meine Dame, das ist kein Bild, es ist eine Realität. Verstanden?

Rahul zog hastig Hose und T-Shirt an. An seinem Mund klebte noch ein bisschen verschmierte Zahnpasta. Und er raste die Treppen hinunter, indem er immer drei oder vier Stufen auf einmal nahm.

Er musste so schnell wie möglich an der Biegung des Tals ankommen, wo er Klarheit finden konnte. O Gott! Wenn sie es nun ist, die unter diesem gelben Schirm steckt? Sie selbst … sie selbst? Und wenn es eine andere ist, was dann? O Gott! Wer auch immer unter dem Schirm ist, mach sie zu dieser … zu dieser…! Ich werde für immer dankbar sein.

Die Abkürzung war ziemlich steinig und voll von Büschen und Sträuchern. An mehreren Stellen rutschte und schlitterte er auf dem Schotter mit den leicht wegrollenden runden Kieselsteinen. Ohne dass seine Füße ein Geräusch verursacht hätten, schlich er sich schließlich wie ein Leopard an den Felsen, hinter dem er sich verstecken und die Straße ganz deutlich überblicken konnte.

Ah…! Sie war es. Anjali Joshi. Sie hatte eine katechubraune, hellrot bestickte handgewebte ärmellose Bluse angezogen. Über der Schulter trug sie ein tief auberginefarbiges leichtes Schultertuch. Ganz sicher, das war natürlich vegetabil gefärbt. Eine Farbe aus natürlichen Blumen und Blättern. Oho, dann sind Sie wohl eine Umweltschützerin, haben eine Vorliebe für Ethno-Look. Wunderbar. Wo haben Sie es wohl gekauft? In Jaipur? Sie sind einfach großartig. Weil Gott Sie hergeschickt hat, gerade so, wie Sie sind. Doch in dieser Welt werden Sie nicht ruhig leben können. Das gebe ich Ihnen schriftlich. … Los, komm mit mir und lass die ganze Welt hinter dir zurück ...!

Mit dem Schuh stieß Rahul versehentlich einen Stein los, der weiterrutschte und auf die Straße zurollte, wo gerade Anjali vorüber ging. Sie blieb stehen. O Gott! Die aufgerissenen, erschreckten und fragenden Augen eilten einmal rasch über das Gelände und dann noch einmal ganz langsam. Diese Augen wandten sich auch in Richtung Felsen, hinter dem sich Rahul versteckt hatte, und kehrten dann beruhigt wieder zurück. So wie eine erschrockene Gazelle plötzlich vier-fünf Sprünge macht und sich dann wieder beruhigt.

An Rahuls Mund war immer noch die verschmierte Zahnpasta und sein Atem roch angenehm nach Minze. Er sah dem sich langsam entfernenden Rücken nach, bis er an der nächsten Ecke hinter zwei Neem-Bäumen, einem wilden Jujube-Strauch und einem großen blödsinnigen Felsen verschwand. Shit!

Als er in sein Zimmer zurückkehrte, stellte OP ihn schimpfend zur Rede. Der Grund war, dass auf der Kochplatte in der Ecke der kleine Topf mit Tee völlig verkohlt war. Das Zimmer war voll von den Rauchschwaden des verbrannten Tees. „Sorry, Kamerad ... very sorry. Really, I am sorry."

„Aber wo bis du denn überhaupt hingegangen? Warum hast du soviel Erde und Dreck an deiner Hose? Und nach dem Zähneputzen hast du dir noch nicht einmal den Mund ausgespült, was?", sagte OP, während er ihn anstarrte.

„Ich spüle ihn mir noch aus, ich spüle ihn mir noch aus, OP, mein Freund ... mir war nur eine wichtige Sache eingefallen", sagte Rahul.

Dann flüsterte er langsam: „Die Sache mit der gelben Farbe."

Doch das war für OP nicht zu hören.

Rahul saß zusammen mit Gopal Dwivedi im Empfangszimmer des Hauses Nr. 18A im Professorenviertel. Es war das Empfangszimmer des Leiters der Hindi-Abteilung, S. N. Mishra: Sri Shyam Narayan Mishra, MA, PhD, DLitt, geehrt als ‚Juwel der Literatur' etc. Bevor Rahul hierherkam, hatte er sich im Max Computer Center die de-facto-Datei von Mishraji angeschaut. Darin stand: Er hat zwei Empfangsräume, einen für seine Schüler und unliebsame Besucher und einen anderen für seine Ehrengäste und Mädchen.

Aha, dann ist auch dieser schriftgelehrte Gorilla ein Genießer!

Nach einer langen Wartezeit bewegte sich der Vorhang und herein kam ein rundlicher dickbäuchiger Mann von negrider oder dravidischer Herkunft, mit einem Stirnzeichen, der ein weißes Hemd und einen Lungi – beide handgewebt – trug. Gopal Dwivedi, der eine Forschungsarbeit in Hindi schrieb und laut de-facto-Datei Mishrajis ergebenster Schüler war, warf sich plötzlich nieder, mit dem Gesicht auf den Teppich. Ausgestreckt wie ein Holzstock lag er da auf dem Teppich, wie ein Brett. Oho, das ist also der ergebene Lieblingsschüler! Rahul geriet in Panik. Was soll ich tun? Welche Position soll ich einnehmen? Plötzlich kamen ihm TV-Serien wie Mahabharat oder Om Namah Shivay in den Sinn und dies bewahrte ihn davor, dass nicht etwa altmodische Anredeformeln wie ‚Lieber Junge' oder ‚Verehrter Herr' seinen Lippen entschlüpften.

„Respektvollsten Gruß, verehrter Meister!", war es, was schließlich aus seinem Munde kam.

OP, Kartikey und Pratap Parihar hatten immer wieder auf Gopal Dwivedi eingeredet und ihn mitgeschickt, dass er Rahul begleitet. Er nahm seine Aufgabe sehr ernst: „Dies ist Rahul, Sir. Er studiert hier Ethnologie im ersten Studienjahr MA. Er hat aber großes Interesse an Literatur. Aus diesem Grund möchte er in die Hindi-Abteilung überwechseln."

„Aber es ist doch schon so spät. Das erste Semester ist beinahe zu Ende“, sagte der gelehrte Herr und warf einen desinteressierten Blick auf Rahul.

„Dieser Student ist außergewöhnlich ergeben, diszipliniert und dienstbeflissen. Er hat auch schon einen MSc in organischer Chemie abgeschlossen“, sagte Gopal Dwivedi quasi flehentlich.

„Mit welcher Note hast du abgeschlossen?“ Zum ersten Mal musterte der Meister Rahul von Kopf bis Fuß.

„Note eins, Sir!“, erwiderte Rahul. „So auch in der BA-Gesamtnote.“

Rahul sah ganz deutlich, wie aus Mishrajis Gesicht das Wohlwollen verschwand und sich stattdessen ein Ausdruck von Verstimmung ankündigte. Gopal Dwivedi bemerkte das sofort und versuchte, die Situation zu retten: „Er ist für mich wie mein jüngerer Bruder, Sir. Er wird ihnen immer ergeben sein. Er wird ihnen sein Leben opfern, um jeden ihrer Wünsche zu erfüllen. Das schwöre ich Ihnen, Sir!“

Zum ersten Mal zeigte die grobe und feiste Gestalt, die wie ein Büffel wirkte, Anzeichen von Zufriedenheit. Auf den wulstig dicken Lippen unter der platten breiten Nase wurde die feine Linie eines Schmunzelns sichtbar und sein krugförmig vorgewölbter Wanst sah aus, als würde er gekitzelt. Gopal Dwivedi nutzte diesen Augenblick aus und stellte einen großen Tontopf, der in einer Plastiktüte steckte, auf den Tisch neben Mishraji.

„Ich war heute früh in der Stadt. Zufällig fand ich Vrajvasis Laden offen. Pandit Jagannathji persönlich drängte darauf, dass ich hereinkam, und gab ihn mir“, sagte Gopal Dwivedi.

„Shakun! Shakuntalaaaaa! Lass Tee für die Jungs bringen!“ Aus Mishrajis Kehle ertönte der Sieges-Raga, doch die Melodie ging daneben.

Rahul schöpfte erstmals Zuversicht. Gopal Dwivedi hatte ihm gesagt, dass wenn ihnen der Meister Tee servieren würde, dann könne er davon ausgehen, dass die Sache gut gelaufen sei.

„In unserer Abteilung wird viel intrigiert. Mach ihm klar, dass er seine ganze Aufmerksamkeit auf das Studium konzentrieren soll. Bei irgendwelchen Problemen soll er sich mit dir oder direkt mit mir in Verbindung setzen. Es ist nicht nötig, jemand anderen hereinzuziehen. Und morgen Punkt zehn Uhr soll er mich mit einem schriftlichen Antrag in der Abteilung aufsuchen", sprach der Meister. „Wie weit ist übrigens deine Abschlussarbeit gediehen?"

„Nur noch die letzten beiden Kapitel stehen aus, Sir. Ich denke, in diesem Monat wird sie fertig. Wenn nicht die Hochzeit meiner Schwester dazwischen gekommen wäre, dann hätte ich sie bereits ...!"

„Verstehe, verstehe. Aber du solltest das Tempo beschleunigen. Ich stehe immer mehr unter Druck, den Posten auszuschreiben. Solange ich noch da bin, wird es schon laufen. Danach ist Radha Raman an der Reihe. Ein waschechter Nobel-Brahmane. Pandit Suryakant Tripathiji zufolge ist er ein undankbarer Mensch, der sich erst mit einem anfreundet und ihn dann gnadenlos hintergeht. Er ist absolut illoyal. Jeden Tag intrigiert er mit dem Vice-Chancellor gegen mich. Selbst unser lieber Agnihotriji ermutigt solche Elemente", sagte der Meister erregt. Dann wurde er zum ersten Mal Rahul gegenüber gnädig:

„Du hast ein gewisses Interesse an Literatur. Ausgezeichnet. Was hast du denn bisher gelesen? Dichtung oder Prosa?"

„Von beidem ein wenig, Sir-ji!" Wer weiß, warum Rahul das Verlangen verspürte, an das Wort „Sir" noch die Silbe „ji" anzufügen?

„Sehr gut. Nenne doch mal einige Titel."

„Sir, Dostojewskis *Schuld und Sühne*, Tolstois *Krieg und Frieden* und *Die Auferstehung* und seine Erzählungen. *Der alte Mann und das Meer* und Tagores *Gora, Gitanjali* und *Das Heim und die Welt*, Márquez' *Liebe in den Zeiten der Cho-*

lera, Milan Kunderas *Der Scherz,* Italo Calvinos *Eines Nachmittags, als Adam ...* Arundhati Roys *Der Gott der kleinen ...*"

„Ach so! Sogar Supermodels schreiben heutzutage moderne Literatur? Von dieser Arundhati habe ich noch nichts gelesen, aber ich habe sie in ihrem Werbespot für Lux im Fernsehen gesehen. Miss World war sie doch, nicht wahr? ... Und von wem stammt doch *Der alte Mann*? Mir ist, als ob ich davon schon gehört habe." Der Meister zeigte sich interessiert.

„Von Hemingway, Sir! Ernest Hemingway. Und Sir ..." Rahul wollte noch weiterreden, aber der Meister schnitt ihm das Wort ab.

„Hast du neben der westlichen auch indische Literatur gelesen?"

„Ja, Sir! Premchands Romane, Nirmal Vermas *Antim Aranya,* Alka Saraogis *Kalikatha via bypass,* Vinod Kumar Shuklas *Naukar* ...!"

„Hast du frühe Hindi-Dichtung gelesen? Und Ghananand, Matiram, Bihari, Dev?", fragte der Meister.

„Nein, Sir!"

„Und Alam, Bodha?"

„Nein, Sir."

„... und Vidyapati, Surdas und Tulsidas?"

„Von Tulsidasji habe ich gehört, Sir. Ich habe Ramanands Serie *Ramayana* im Fernsehen gesehen und bei uns werden um Dussehra stets große Ram-Lila-Laienspiele veranstaltet. Und Mutter kannte das ganze *Sundarkand* auswendig."

„Ausgezeichnet. Komm morgen her. Aber wenn du die Hindi-Literatur ernsthaft verstehen möchtest, dann hol dir noch heute Ramchandra Shuklas Geschichte der Hindi-Literatur aus der Bibliothek und fang mit dem Lesen an."

„Welcher Shuklaji, Sir?", fragte Rahul hastig und verwirrt.

„Ha ... ha ...! Ha ... ha ...!", lachte der Meister. „Gopal wird dir alles erklären, er ist ein begabter Student."

„Jawohl, Sir!"

Nach dem Tee traten Rahul und Gopal Dwivedi auf die Straße. Es dämmerte schon. Es fielen bereits keine Schatten mehr. Allmählich senkte sich die Dunkelheit herab.

„Thank you, Gopalji. Haben Sie vielen, vielen Dank", sagte Rahul. Gopal Dwivedi bleckte grinsend die Zähne.

„Nur mit einem einfachen Dankeschön ist die Sache nicht getan, Rahulji. Wenn Sie zugelassen werden, dann müssen Sie Süßigkeiten ausgeben."

„Gewiss, gewiss! Sie können sich auf mich verlassen, Dwivediji." Rahul war sehr glücklich. Aber dann fügte Gopal Dwivedi hinzu: „Mich beunruhigt nur eine Sache. Hoffentlich hat er nicht das Gefühl, dass Sie ihn in Verlegenheit bringen könnten."

„Was meinen Sie damit?" Rahul verstand nicht, was er sagte.

„Nichts. Ich kümmere mich darum. Ich meinte, was Ihre Kaste betrifft", sagte Gopal Dwivedi und spielte die Angelegenheit herunter.

Rahul blickte zum Himmel. Wolken, die sich am Abend zusammenziehen, regnen sich über lange Zeit aus. Also wird es heute Abend regnen. Vor seinem geistigen Auge tauchte immer wieder das Gesicht von Meister Shyam Narayan Mishra auf.

„In der tausendjährigen Geschichte dieses Landes sind immer wieder zahllose Kasten, Ethnien und Kulturen hierher gekommen und haben sich untereinander vermischt. Wohin sind die Skythen, die Hunnen, die Mongolen, die Kushanas verschwunden? Kannst du all diese Gruppen heute noch finden und auseinanderhalten?", hatte Kinnu Da gefragt. Dann hatte er etwas gesagt, was Rahul niemals vergessen konnte: „Schau mal, da heutzutage soviel über die indische Mittelklasse geredet wird, mach es doch einfach so, dass du aus der großstädtischen, gutsituierten großen indischen Mittelschicht eine Familie auswählst, bei der noch vier Generationen zusammenleben, von den Urgroßeltern bis zu den Enkeln. Jetzt setze sie alle zusammen hin und nimm ein Foto von ihnen auf, so wie es am

Schluss eines Bombay-Films kurz vor ‚The End' erscheint. Dann vergrößere das Foto. Und danach erstelle eine morphologische Analyse für jedes einzelne Mitglied der Familie .... Ha! ... Ha! ... Ha!" Kinnu Da war in Lachen ausgebrochen.

„Weißt du, was geschieht? Dieses eine Familienfoto eröffnet dir die genetische Geschichte Indiens von Tausenden von Jahren. Yat pinde tat brahmande. Wie das Individuum, so ist das Universum. Es ist möglich, dass du auf dem Foto dieser einen Mittelklassefamilie die Nachkommen aller Ethnien und Kasten findest, die irgendwann einmal in dieses große Land gekommen sind. Denk aber daran, gerade dies ist der Teil unserer Gesellschaft, der von einem Überlegenheitskomplex befallen ist. Unsere großartige reinheitsbewusste, sektiererische, hedonistische, rassistische indische Mittelschicht. In dieser Familie wird einer hellhäutig sein, einer schwarz, einer hellbraun oder dunkelbraun. Einer hat eine flache Nase und dicke Lippen, einer eine lange schmale Nase, schöne große Augen und breite Stirn, einer ein gelbes rundes Gesicht. Ha ...! Ha ...! Ha ...! ... Da sitzen sie alle beieinander! Aryas, Draviden, Negride, Mongolen, Austro-Asiaten ... alle von einer Abstammungslinie."

Kinnu Da war ernst geworden: „Dieses Land war in der Geschichte der menschlichen Zivilisation niemals ein vom Rest der Welt abgeschnittenes Voodooland wie die Andamanen und Nikobaren oder wie Afrika oder das heutige großartige Amerika. Hier trafen immer wieder zahllose Neuankömmlinge ein, wurden heimisch und blieben. Zwischen dreizehn und siebenundachtzig Prozent der genetischen Interaktion ereignete sich hier. Verstehst du die Bedeutung von ‚genetischer Interaktion'? Dies ist etwas aus einer Zeit, als es noch kein AIDS gab, noch keine Kondome. Ha ... ha ... ha!"

Heute begriff Rahul, wovon er gesprochen hatte. ... „Dann ist also der Leiter der Hindi-Abteilung, S. N. Mishra – jener kleinwüchsige, korpulente, plattnasige und dicklippige dunkelhäutige Mann mit dem Stirnzeichen in Wirklichkeit das Resultat aus dem Samen eines Nicht-Aryas oder Barbaren, der in die Gebärmutter einer Vorfahrin gespritzt wurde. Der Dämon, der die *Manusmriti* als Aufstiegsleiter benutzte und sich damit an die Spitze der soziokulturellen Macht gesetzt hat, geht noch heute in Gestalt der Kastenordnung umher. Dieser verdammte Bastard-Nachkomme von Ravan. Wenn ich irgendwann die Gelegenheit bekomme, werde ich ganz gewiss seine ‚Genom-Karte' erstellen und seiner de-facto-Datei beifügen."

Rahul blickte zu Gopal Dwivedi. Er zerrieb gerade etwas Kautabak.

„Gopalji, wer von beiden ist wohl Arya: Hema Malini aus Tamil Nadu oder Dr. S.N. Mishra aus Uttar Pradesh? Könnten Sie das sagen?"

Gopal Dwivedi, der eine Portion Kautabak mit der Zunge in seine Backentasche beförderte, entgegnete: „Was soll denn diese Frage, Rahulji?

„Sie denken doch sicher, dass es Mishraji sein wird, nicht wahr?", sagte Rahul. Dann fragte er: „Und ich? Was bin ich: Dravide oder Arya?"

Gopal Dwivedi fing an zu lachen. „Hi ... hi ...! Jetzt vergessen Sie die Ethnologie, mein Lieber! Lesen Sie Ramchandra Shuklas Geschichte der Hindi-Literatur. Hi ... hi ... hi ...!"

„Hup ... hup ... huuuuup ...!" Jetzt gab auch Rahul laute Gorilla-Laute von sich.

Seine Laute gingen in das Grummeln der sich am Himmel zusammenballenden Wolken ein und waren weithin über den Campus zu hören. In ihnen war etwas, das Gopal Dwivedi zum ersten Mal etwas Unbehagen bereitete.

Am nächsten Tag verbrachte Rahul die ganze Zeit damit, von einem Büro zum anderen zu laufen, um alle Formalitäten für seine Aufnahme in die Hindi-Abteilung zu erledigen. Zur Mittagszeit traf er auf Anima, Bhagvat, Raju, Seema Philip, Rana und Abha. Alle waren sie niedergeschlagen. Warum Rahul plötzlich davon besessen war, Hindi-Literatur zu studieren, konnte niemand von ihnen nachvollziehen. Selbst OP hatte ihm gesagt: „Ich kann es nicht begreifen, warum du eigentlich solche Dummheiten machst. Mensch, denk lieber zweimal nach. Hinterher wirst du es bereuen."

Rahul lächelte und drückte OP an sich: „Mein Lieber, da gibt es doch diesen kleinen Vogel, nicht wahr? Was nützt die Reue, wenn der Vogel groß geworden ist und bereits die ganze Ernte verzehrt hat?"

„Du Bastard, kaum bist du dort eingeschrieben, da fängst du schon an, Hindi-Sprichwörter zu verwenden. Du verdammter ...!"

Rahul bemerkte, dass Anima heute nicht ein einziges Mal lächelte. Rahul konnte nicht verstehen, warum dieses stets traurige Mädchen heute besonders niedergeschlagen war.

Aber an jenem Tag sah er Anjali Joshi kein einziges Mal in der Abteilung. Vielleicht war sie nicht zur Universität gekommen.

Nach dem Abendessen in der Mensa zogen OP, Kartikey, Pratap und Praveen los, um spazieren zu gehen. Unterwegs trafen sie Hemant Barua. Heute war der fünfte Tag des Monats. Der Angriff der Banditen auf das Wohnheim erfolgte für gewöhnlich zwischen dem achten und fünfzehnten Tag. Es wurde beschlossen, dass am folgenden Abend in Praveens Zimmer ein Treffen der S.M.T.F. stattfinden und diesmal ein direkter und entscheidender Kampf mit den Banditen ausgefochten werden solle. Zwei Tage zuvor hatte man den Postboten auf dem Campus gesehen. Er war ein Mann in mittleren Jahren, glatzköpfig und schäbig gekleidet, aber raffiniert. Der Schuft gab den

Banditen die gesamte Liste mit den Namen der Studenten samt dem Betrag der für sie eingegangenen Zahlungsanweisungen oder Barschecks. Ob er dies nun aus Angst tat oder aus Gier nach der Provision, konnte man schwerlich herausfinden. Rahul hatte ein Hindi-Gedicht gelesen und einen chinesischen Film gesehen, die beide von Postboten handelten. Das Bild jener vorbildlichen Charaktere wurde von diesem Postboten hier regelrecht konterkariert. Tatsächlich war eine Zeit hereingebrochen, in der jedermann in seinem Leben nur das eine Ziel hatte: Geld. Der ‚zornige junge Held' der vergangenen Dekade hatte sich unversehens in einen habgierigen, gerissenen Börsenspekulanten mittleren Alters verwandelt und die von ihm moderierte Fernsehsendung war zurzeit ein Supererfolg. Diese Sendung hieß ‚Wer wird Millionär?'.

Sie erwähnten auch Sapam Tomba. Er sprach und lachte nicht mehr. Er erschien auch nicht mehr auf dem Badminton-Platz. Heute war er nicht einmal in der Mensa aufgetaucht. Was er gerade durchmachte, konnten sich alle vorstellen.

Kartikey und Pratap hatten Madhusudhan, der aus Kerala stammte, überredet, nicht zurückzugehen. Man war übereingekommen, dass einige Jungen gemeinsam seinem Vater einen Brief schreiben sollten, dass es nicht notwendig sei, Madhusudhan zurückzurufen. Seine Karriere solle nicht zerstört werden. Es sei nicht nötig, sich Sorgen zu machen, alle stünden ihm bei.

Dann ist dies die Globalisierung, die sich gerade vollzieht? Die ganze Welt wird zu einem Dorf? Alles wird sich in ein Amerika verwandeln. Wenn das stimmt, warum will dann Dr. Watson von hier fortgehen? Warum schweigt Sapam Tomba? Warum fordert Madhusudhans Vater seinen Sohn auf, nach Kerala zurückzukehren? Warum wurde der christliche Missionar Staines mit seinen kleinen Kindern in seinem Auto verbrannt? Warum sind in Kalkutta die Nicht-Bengalis und in Mumbai die Nicht-Marathen so verängstigt? Warum lassen die wenigen Hindus in Kaschmir Haus und Hof zurück und gehen als Flüchtlinge von Tür zu Tür?

Sollen an dieser Universität jetzt nur noch die einheimischen Jungs aus dieser Gegend studieren? Sollen nur die ortsansässigen Leute als Lehrer und in der Verwaltung tätig sein? Rahul schien es, als seien die Universität und das hiesige Studentenwohnheim ein ‚Diorama' der föderativen Struktur dieses Landes gewesen, die sich nun im Auseinanderbrechen befand. Regionalismus, Kommunalismus und erbärmliche kleine Kräfte waren nun plötzlich aus dem Untergrund empor getaucht und damit beschäftigt, alle noch bestehenden Identifikationsbilder dieses Landes sowie die gemeinschaftsstiftenden Mythen zu zerstören.

Er hatte einen Film mit dem Titel ‚Critters' gesehen. Es waren winzig kleine, kugelrunde ‚Kreaturen', die sich wie Bälle rollend fortbewegten und alles attackierten und in Windeseile auffraßen. Von irgendwoher tauchten sie plötzlich als Meute auf und zerstörten und verschlangen alles, was ihnen in den Weg kam.

Sie waren nicht von hier. Sie waren von einem anderen Planeten auf die Erde geschickt worden. Oder sie waren aus dem Ei eines Außerirdischen geschlüpft, das hier heruntergefallen und zerbrochen war. Und in Windeseile hatten sie ihre Anzahl ungeheuerlich vervielfacht. Eines Tages würden sie die gesamte Erde vertilgen und in eine fürchterliche Einöde verwandeln. Dies war ein Horrorfilm, ein wissenschaftlicher noch dazu. Ein Science-Fiction-Film.

„Schau mal dort, mein Freund, was für ein Poster hängt dort gegenüber der Bibliothek?", bemerkte Pratap.

Links vom Haupteingang der Bibliothek, wo die Treppen endeten, war ein 90 mal 60 cm großes Plakat angebracht worden, auf dem ein Mädchen in einem schwarzen Minirock zu sehen war, das die Hände in die Seiten gestützt hatte und mit dem herausgestreckten Hinterteil und den vorgereckten Brüsten aussah, als versuche es, den Buchstaben ‚S' nachzubilden.

Unter dem Mädchen stand in großen Buchstaben auf Englisch geschrieben, was übersetzt bedeutete:

Shipra International Enterprises präsentiert:
den ersten Schönheitswettbewerb,
gesponsert von Femina India.
Eine großartige Gelegenheit, ‚Miss World' und ‚Miss Universe' zu werden.
Die beste Chance für eine Karriere in der Model-, Schauspiel-, Werbe- und Modebranche.
Datum: 10. September.
Tag: Sonntag.
Ort: Auditorium der Universität.
Zeit: Von 9 bis 11:30 Uhr abends.

Es war in der Zeit vom fünften bis fünfzehnten September.

In jenen Tagen spielten sich nacheinander so viele Ereignisse ab, dass Rahul das Gefühl hatte, er hätte plötzlich einen surrealen Film im Schnelldurchgang gesehen.

Der sechste September war ein Mittwoch. Gleich nachdem Rahul an jenem Tag aufgestanden war und noch bevor er seine Zähne geputzt und sein Gesicht gewaschen hatte, bestand seine erste Aktivität darin, noch mit halbgeschlossenen Augen sein Taschentuch immer wieder ins Wasser einzutauchen und sich vollsaugen zu lassen und damit Madhuri Dixits Rücken aufzuweichen, bis sich das Fevicol löste und das Foto, das auf dem Ausfalter im Mittelteil von ‚Star Dust' abgedruckt war, von der Fensterscheibe des Zimmers 252 auf den Fußboden herabfiel.

Das aufgeweichte Papier war transparent geworden. Auf Madhuri Dixits Augen und Rücken schien die Werbung für Hero Honda Splendor und Elle Deodorant, die auf der Rückseite abgedruckt war, durch. Nicht mehr vorhanden waren die Augen der aufgeschreckten Gazelle und der von Salman Khans Zwille getroffene üppige, wohlgeformte, angeschossene und lüsterne Rücken.

Rahul rubbelte und putzte, bis das Fenster in seinem Zimmer richtig sauber war. Nun waren von dort aus das Spielfeld im Tal und die halbkreisförmig darum führende Straße deutlich einsehbar.

Von hier aus konnte er ohne Fernglas ganz deutlich jenen leuchtend gelben Fleck sehen, der in der Ferne wie ein Schmetterling dahintrieb und bei dessen Anblick sofort sein Atem heftiger zu werden und das Blut in seinen Adern schneller zu fließen begann.

Und in seinen Ohren vernahm er klar und deutlich das pochende Geräusch seines Herzens.

Poch ... poch ...! Poch ... poch ...!

The night has a thousand eyes,
And the day but one;

Yet the light of the bright world dies
With the dying sun.
The mind has a thousand eyes,
And the heart but one:
Yet the light of a whole life dies
When love is done!

Er bückte sich und hob die auf dem Boden liegenden feuchten Fetzen des Papiers auf, auf denen Madhuri Dixits Bild gewesen war, und er warf sie in den Abfalleimer draußen vor seiner Zimmertür.

Leben Sie wohl, Mrs. Nene! Bye ... bye!

An diesem Tag ging Rahul zum ersten Mal als ein MA-Student des ersten Studienjahres in die Hindi-Abteilung. Eingeschrieben war er bereits. Dr. Loknath Tripathi unterrichtete gerade. Das Thema war ‚Die Literatur der Bhakti-Zeit'. Die Bhakti war in Südindien entstanden, fortgeführt hatten sie Ramanand, Kabir, Tulsidas, Surdas, Dadu, Mirabai, Nabhadas, Tukaram, Gyaneshvar.

O.K., Herr Tripathi, wie Sie sagen, waren Surdas usw. Mitglieder der im Jahr 1936 von Mulk Raj Anand, Sajjad Zahir und Premchand gegründeten Progressive Writers' Association. Herr Tulsidas war Aktivist der Communist Party of India, und er unterstützte die Notstandsregierung, worüber Indira Gandhi glücklich war und ihn mit dem Orden ‚Padma Vibhushan' geehrt hatte. Und wenn Kabir Das heute noch am Leben wäre, hätte er von einer Firma, die Toiletten baut, 250.000 Rupien als Preisgeld bekommen, und man hätte Fotos von ihm geschossen. Mit Auszeichnung und Ehrenschal. Bleibt nur zu erforschen, Tripathiji, bei welchem Verlag in Dariyaganj das *Ramcharitmanas* des Tulsidas gedruckt worden wäre und welcher Minister zur feierlichen Buchpremiere erschienen wäre. Und auf welchem Lehrstuhl für kreatives Schreiben sich Mirabai niedergelassen hätte.

Im ersten Jahrgang waren insgesamt 18 Studenten. Zwölf Jungen, sechs Mädchen. Alle Mädchen saßen rechts, dicht aneinandergedrängt auf den Stühlen. Als sei das ein abgesonderter Verein. Chandra, Lata, Sharmishtha, Parvati Mehandale, Shubha Mishra und sie.

Sie, das heißt Anjali Joshi.

Der Schöpfergott wird wohl im Zustand tiefer Verlegenheit, Langeweile und Ermüdung gewesen sein, als er diese Mädchen aus der Hindi-Abteilung geschaffen hatte. Wahrscheinlich war er eigentlich gerade dabei, ein anderes Wesen dieser Schöpfung zu kreieren, zum Beispiel eine Antilope, eine Giraffe, ein Nilpferd, ein Gangeskrokodil, einen Elefanten, einen Frosch, eine Schildkröte oder ein Pferd, aber aus Überdruss hatte er schließlich die da in die

Welt gesetzt. Sie waren gemacht, damit man merkte, was erbärmlich und stumpfsinnig war und was die Ausnahmen von den Regeln menschlicher Form und Aussehen waren. Sie brachten eingepacktes Essen von zuhause mit, zogen sich in den Pausen zwischen den Stunden von allen unauffällig zurück und aßen für sich in ihrer Gruppe. Einmal beschlossen sie, alle in der Gruppe zu promovieren und ein anderes Mal wollten sie ihren eigenen Hausstand einrichten. Doch alberten sie oft einfach zwitschernd herum. Dabei kam ein Glanz in ihre Augen, die Zahnreihen zeigten sich und sie bemühten sich dann immer, die Enden ihrer Schultertücher oder ihrer Saris vor den Mund zu ziehen – wenn man sie so sah, dann fühlte man sich in die Zeit von Filmen wie ‚Fliegendes Bettchen', ‚Die unvergleichliche Uhr', ‚Die verrückten Augen' oder ‚Die Regenzeit' versetzt. Die modernsten unter ihnen trugen Oberteile oder Blusen, die nicht zu den am Straßenrand gekauften billigen Jeans passten, oder sie glichen Statistinnen aus Tamil-Filmen, oder noch am ehesten Sadhana, der Heldin des Films ‚Mera saaya', in deren Haarknoten ein umgedrehter Becher aus rostfreiem Stahl steckte. Und genauso waren die Jungen. Rahul fühlte sich in der Hindi-Abteilung, als wenn ihn eine Zeitmaschine in eine andere Zeit und einen anderen Raum versetzt hätte.

Und mitten unter ihnen war Anjali Joshi.

War sie Alice, die zurzeit im Wunderland war? Oder war auch in diesem schönen, zauberhaften Körper genau so eine Seele, die auf einheimisches Ghee, Pickles, religiöse Fastentage, fromme Zusammenkünfte, Gewürzmischungen, Hauswirtschaft, Bollywood-Kino und den chemischen Vorgang beim Lesen sentimentaler Romane beschränkt war?

Aber im Rechnungsbuch vom sechsten September ist auch eingetragen, dass diese Furcht Rahuls sich als falsch erwies. Um drei Uhr kamen seine alten Freunde. Anima, Rana, Abha, Raju, Neera Didi und Renu. Sie gingen alle zusammen zur Kantine. Anjali Joshi war auch mit dabei.

Es war ein Glücksfall, dass sich ihnen unterwegs kein Schlägertyp in den Weg stellte.

Für jeden einen Samosa und eine Tasse Tee. Mit diesem Menü hatte Rahul in der Hindi-Abteilung seinen Einstand gefeiert. Er hatte gerade sein Geld für die Schülerhilfe bekommen, deshalb war er noch einige Tage von der Pleite entfernt.

„Du wirst hier zugrunde gehen, Rahul", meinte Rana. „Wir haben keine Ahnung, wann dich die Wahnsinnsidee befallen hat, Hindi-Literatur zu studieren."

„Was willst du denn mal machen, wenn du das studierst? Willst du einen miesen akademischen Job annehmen? Man macht doch ein Studium, für das heute ein Bedarf da ist. Unter den Studenten, die da aufgenommen worden sind, sind solche, die nichts anderes gekriegt haben, die anderen sind einfach aus Gewohnheit hingeschleppt worden. Dr. Tripathi, Awasthi, Mishra, Herr Tiwari usw. strengen sich jedes Jahr an, damit die Abteilung nicht geschlossen wird", verkündete Raju.

„Dieser Balram Upadhyay, der kocht zuhause bei Dr. Tripathi", sagte Neera Didi.

„Ich weiß, warum Rahul sich eingeschrieben hat." Anima unterbrach zum ersten Mal ihr Schweigen. In dem, was sie sagte, war etwas, das Rahul so vorkam, als krabbelte etwas seinen Rücken entlang.

„Warum hat er's denn gemacht?", fragte Neera Didi.

„Soll ich's sagen?", fragte Anima, während sie Rahul mit forschendem Blick ansah.

„Sag's doch!" Rahuls Kehle wurde ganz trocken. Sein Gesichtsausdruck war plötzlich ernst geworden, wie bei einem Kind, das in Verwirrung geraten ist, das sein kleines Geheimnis vor allen anderen verstecken will.

„Soll ich's sagen?", sprach Anima nochmals aus. Dabei hatte sie eine entsagungsvolle, kühle, traurige, aber feste Stimme.

„Sag's doch! Warum gibst du Rätsel auf?" Neera Didi wurde langsam ärgerlich. Alle Augen waren auf Anima gerichtet.

Anima stand auf. Sie legte ihre Hand auf Anjali Joshis Schulter und sagte: „Anjali, los sag du, warum Rahul die Ethnologie aufgegeben und sich in Hindi eingeschrieben hat."

„Was meinst du damit?" Anjali Joshis Augen gingen weit auf.

„Ich meine damit, dass wenn du keine Gelbsucht bekommen hättest und deine Examensarbeit nicht so miserabel gewesen wäre und wenn du dich irgendwo anders eingeschrieben hättest und du nicht in unsere Abteilung gekommen wärst, um Maiskolben zu knabbern, dann wäre dieser arme Junge auch jetzt noch in der Ethnologie!", sagte Anima. Alle prusteten vor Lachen los.

Anjali Joshi sah sich zum ersten Mal Rahul genau an. Rahul bemühte sich zwar ehrlich, loszulachen, aber in seinem Gelächter klang etwas mit, als gestehe er seine Schuld ein.

Es war etwas wie ein Fieber oder wie ein leichter Rausch, was am Mittwoch, dem sechsten September, seit 15 Uhr 35 über Rahul gekommen war. Er konnte nichts sagen. Stattdessen verharrte er in einem Stillesein, das tief und komplex war, so dass sich seine Gedanken immer wieder darin zu versenken anfingen. Es war eine erste unvergleichliche, neue und bis jetzt vollkommen unbekannte Erfahrung.

Er war an diesem Tag kurz bevor die Sonne unterging in sein Zimmer Nummer 252 gekommen und hatte sich auf sein Bett gelegt. Die Fensterscheibe hatte er erst heute Morgen mit seinem Tuch ausgiebig sauber gewischt. Mehrfach stand er auf und blickte aus dem Fenster. Die herrlich grünen Büsche und Bäume am Hang standen reglos in der Abendsonne. Auf dem felsigen Abhang zog gerade ein goldener Glanz herauf. Dahinter lag der breite ebenerdige Platz, auf dem sich der Schattenriss der Bäume in einer Linie jeden Augenblick länger hinzog.

Rahuls Blicke suchten unaufhörlich den Horizont nach dem gelben Flecken ab, der vielleicht gerade in Richtung Wohnbereich zurückkehrte. Immer wieder erschien ihm in seinen Gedanken Anjalis Gesicht vor Augen. Sie sah ihn auch jetzt noch immer an. Immer wieder schloss er die Augen und versenkte sich reglos in den Gedanken an sie.

Es war überhaupt kein Zorn in diesen Augen. Eher Schmerz, weil sie plötzlich ein Kügelchen mit der Zwille abbekommen hatte, und Neugierde.

Rahul wusste nicht, wann der Schlaf über ihn gekommen war. OP weckte ihn auf, indem er ihn gründlich schüttelte. „Du willst wohl nicht zum Essen gehen, was? Die Mensa ist doch schon wer weiß wie lange auf! Du bist doch nicht etwa krank?"

Schwankend kam Rahul irgendwie auf die Beine. Er ging ins Badezimmer, drehte den Hahn auf und hielt seinen Kopf darunter. Das war frisches Wasser, erfrischend und kalt. Gegen sechs Uhr war er eingeschlafen und jetzt war es gerade halb neun. In diesen zweieinhalb

Stunden Schlaf war viel Zeit vergangen. Alles davor war Teil eines anderen Lebens, dies jetzt war wie eine Liebessehnsucht, wie ein leichtes Fieber, es war ein ganz anderes Leben.

Rahul rieb sich Tropfen kalten Wassers aus den Augen. Ich bin doch wohl wach oder nicht?

„Du kommst jetzt hoffentlich runter in die Mensa. Ich gehe jetzt los“, rief OP von draußen.

In der Mensa traf er Hemant Barua. Er kam gerade an, nachdem er Professor Agrawal im Schach besiegt hatte. Hemant erzählte ihm zwei Dinge. Das erste war, dass Sapam Tomba seit zwei Tagen nicht mehr aufgetaucht war und dass das Schloss außen an seiner Tür zu war.

Und das zweite war, dass Rahul einen furchtbaren Fehler gemacht hatte, als er sich in der Hindi-Abteilung eingeschrieben hatte, denn in dieser Abteilung waren vom Dienstboten bis zum Abteilungsdirektor alle ausnahmslos Brahmanen. Auch im ersten Jahr des MA-Studiengangs waren es alle, außer Rahul, Shaligram und Shailendra George.

Nach Hemant Barua, der aus Dibrugarh in Assam stammte und einen MSc-Abschluss in Mathematik hatte und der auf brillante Weise Statistiken, Informationen und Fakten sammelte und auswertete, war in der Hindi-Abteilung, was die Kaste angeht, das Verhältnis von Brahmanen zu Nichtbrahmanen 88 zu 12. Nicht nur das, unter denen, die hier promovierten und anderswo eine Anstellung fanden, war das Verhältnis das gleiche.

Barua meinte: „Rahul, du bist da in ein Labyrinth hineingeraten, in dem sie dich eines Tages lynchen werden. Sei vorsichtig. Noch ist es nicht zu spät.“

Beide Informationen bereiteten Rahul Sorge. Wo war Sapam? Vor seinen Augen erschien das Gesicht jenes hübschen rundlichen Jungen aus Imphal.

Rahul merkte nicht, wie die Nacht verging.

Doch auch in dieser Betäubung flatterte ein gelber Schirm wie ein Schmetterling langsam auf der gewundenen Straße dort unten in Richtung Tal. Er wurde von Augenblick zu Augenblick größer, so dass er Rahuls Schlaf vollständig umgarnte. Weit weg, in sich versunken, schlief Rahul sorglos wie ein unschuldiges Waisenkind.

Ein wenig so wie nach der Zerstörung der Schöpfung der kindliche Gott auf einem kleinen Blatt des Weltenbaums schläft, das auf den Wellen des abgründigen Ozeans schwimmt.[3] Versunken in das sich wiederholende Traumbild seiner nächsten Schöpfung.

---

[3] Nach der periodischen Zerstörung der Welt treibt Krishna-Vishnu auf einem Blatt auf dem Weltenozean.

Es war quasi der vorbestimmte Gang der Dinge, dass sich Rahul in der Hindi-Abteilung zuerst und am engsten mit Shailendra George und Shaligram anfreundete. Ganz von selbst, vollkommen natürlich, setzten sich die drei in der Klasse zusammen. Als sie sich miteinander unterhielten, merkten sie, dass die übrigen Studenten mit einem der Lehrer entweder verwandt waren oder ihnen aus irgendwelchen anderen Gründen nahe standen. Sie waren sorglose Jungen und blickten vertrauensvoll in ihre jeweilige Zukunft. Meistens waren sie die Bauern im politischen Intrigenspiel in der Abteilung. Sie interessierten sich wenig für Literatur und Bücher, umso mehr für Tipps, an akademische Titel, Beförderungen, Posten, Stipendien zu kommen. Diese Lehrinhalte eigneten sie sich extrem schnell an. Ein paar Chromosomen in ihren Erbanlagen waren so, dass sie diese Wissenschaft so leicht lernten, wie ein Eichhörnchen lernt, auf einen Baum zu klettern, wie ein Fisch lernt, im Wasser zu schwimmen, wie ein Eisvogel zu tauchen lernt oder wie die Ratte lernt, ein Loch durch die Mauer zu nagen und ins Haus einzudringen.

Shailendra George sagte, sein Vater habe, solange er Hindu gewesen sei, der unberührbaren Kaste der Dom angehört, der Leichenverbrenner. Vor dreißig Jahren seien sie zum Christentum konvertiert. Shaligram war von der Kaste her ein Kori, ein Weber. Er erzählte, dass sich die Kastenhindus und insbesondere die Brahmanen lauter Sprichwörter und Geschichten ausgedacht hatten, die bloß dazu dienten, die Dummheit der Koris und ihren schwachen Verstand als essenziellen Wesenszug der Kori-Kaste zu verdeutlichen.

Laut einer Geschichte offenbarte sich einem Kori einmal im Traum, dass sich fünf Jutesäcke im Hof seines Hauses befanden, da wo ein Haufen Brennholz herumlag, jeweils für 100 Kilo Weizen, nur waren sie mit Geld gefüllt. Als der Kori aufwachte, dachte er an seinen Traum, ging zum Brennholzstapel auf seinem Hof und fand dort zu seiner maßlosen Überraschung zwischen den Holzhaufen wahrhaftig fünf Säcke. Der Kori rief laut schreiend seine Nachbarn zusammen und erzählte ihnen von seinem Traum.

Die Nachbarn des Kori sahen die Millionen von Rupien in Geldscheinen und Münzen, die sich in den fünf Säcken befanden. Sie sprachen untereinander darüber und erklärten dem Kori, dass in den Säcken zwar ein ganzes Vermögen steckte, aber von dem Vermögen seien nur wenig Körner da, stattdessen aber viel Spreu. Entferne die Spreu und nimm die echten Körner mit nach Hause.

Der Geschichte zufolge säuberten die Frauen der Kori-Familie das Vermögen in den Säcken mit einer Kornschwinge, sonderten damit die Spreu aus und nahmen die Körner aus dem Vermögen mit nach Hause. Die Geldscheine waren bei der Spreu, sie bestanden ja aus dünnem Papier – Hunderter, Fünfhunderter, Zehner und Zwanziger, die wie die Spreu wegflogen. So sammelten die Frauen aus dem Haus des Kori die Körner des Vermögens aus den fünf Säcken ein – allerlei Münzen in der Form von Viertelrupien, halben Rupien und Kauris im Wert von 2.500 Rupien.

Schließlich wurden die Nachbarn des Kori, der die Spreu entfernt hatte, zu Superreichen und der träumerische Kori wurde als ‚Kauri-Superreicher' zum Helden im Spottlied der Kasten-Hindus. Interessant war dabei, dass am Ende all dieser Geschichten, die über die niedrigen Kasten verbreitet wurden, ein Gelächter laut wurde, das in seiner Art jahrhundertealt war.

Die Räuber haben eine lange Tradition von solchen Geschichten über einfache, ehrliche Kasten, Gemeinschaften und Leute, die ausgetrickst werden. Am Ende steht immer ein spaßiges, grausames, unzivilisiertes, übersättigtes und energisches Gelächter.

Genau so ein gemeinsames Gelächter brach in der Hindi-Abteilung an jenem Tag in der Pause zwischen den Unterrichtsstunden los, als Balram Upadhyay – der Student, der bei Dr. Loknath Tripathi zuhause kochte – eine neue Geschichte über die Kori-Kaste erzählte. Zu der Zeit waren die Mädchen aus der Klasse mit ihren Blechbehältern in der Gruppe ganz still nach draußen gegangen, um die Parathas zu essen, die sie von zuhause mitgebracht hatten.

Balram Upadhyays Geschichte ging wie folgt:

Es war einmal die Hochzeit von einem Kori. Am nächsten Tag fragten Freunde aus der Nachbarschaft, die offensichtlich Kasten-Hindus waren, den Kori: „Hast du deiner frisch verheirateten Frau in der Nacht einen Imbiss zu essen gegeben oder nicht?" Der Kori zählte allerlei Süßspeisen auf, die er seiner Frau liebevoll gereicht hatte.

Da lachten die Freunde des Kori los: „Schaut euch mal diesen Dummkopf an, der ist völlig ahnungslos. Dieser Schuft hat dem anderen Mund seiner Braut bis jetzt nichts zum Imbiss angeboten. Die Ärmste sitzt bis jetzt noch immer hungrig da. Der weiß noch nicht einmal, dass eine Frau mit jenem Mund keine Süßspeisen, sondern was ganz anderes isst."

Der Kori flehte lange, er solle ihm sagen, welche Süßspeise oder welches Gericht er seiner Braut zu essen geben soll. Die Freunde machten sich die Unwissenheit des Koris zunutze und gaben ihm den Ratschlag, er solle den anderen Mund seiner Braut mit einem Neem-Stöckchen reinigen und ausspülen und sie dann herbeirufen. Sie würden ihr dann selbst einen Imbiss reichen. „Wenn man befreundet ist und der Freund zu einem Freundschaftsdienst nicht bereit ist, wozu ist dann die Freundschaft gut?"

Daraufhin ging der Kori gemäß dieser Kasten-Hindu-Geschichte heim und fragte seine frisch verheiratete Braut, nach ihrem anderen Mund und Bauch. Zwar war auch die Braut unschuldig und unverständig, aber irgendwie reimte sie sich zusammen, was gemeint war, und sie zeigte ihrem Bräutigam verschämt jenen Mund. Der Bräutigam verwendete das Neem-Stöckchen, Zahnpasta und Zahnbürste, die seine Freunde ihm gegeben hatten, reinigte den Mund und spülte ihn aus. Dann benachrichtigte er seine Freunde.

Sie kamen und servierten der frisch verheirateten Braut des Kori mehrfach Imbiss, Festessen und Banketts, das heißt Frühstück, Mittagessen und Abendessen.

Daraufhin brach ein Gelächter im Klassenraum für das erste Jahr des MA-Studiengangs in der Hindi-Abteilung los. Ein heißes, aufgeregtes, vulgäres, übersättigtes und unmenschliches Gelächter. Dieses Gelächter war jahrhundertealt.

Rahul erblickte Shailendra George und Shaligram. Unter zwölf Studenten waren drei auf dieser Seite, neun auf der anderen. Das Gelächter kam von der anderen Seite. Wie Erz kocht und fließt, glühend wie die Funken aus abertausend Grad heißen Öfen in der Bokaro- oder Bhilai-Stahlfabrik, worin ein Mensch zu Asche wird und in die Luft verfliegt, wenn er darauf stürzt … ein noch heißeres und heller gleißendes Gelächter. Dieser Lärm war kein Gelächter, sondern stammte von einem mittelalterlichen Feuer des Kastenhasses, der wie eine Metallschmelze aus diesem altertümlichen Ofen herausfloss und in ihre Ohren eindrang.

Rahul sah sich die lachenden Gesichter an. Vimal Shukla, Vinod Vajpeyi, Balram Upadhyay, Vijay Pachauri, Kamal Tripathi, Ram Narayan Chaturvedi, Sudeep Pant, Vibhuti Prasad Mishra. ‚Critters' waren sie allesamt. Sie rollten wie ein Ball, furchtbare, alles fressende Kreaturen. Von einem anderen Stern oder einer teuflischen Welt waren sie auf diesen Teil der Erde geschickt worden. Oder sie waren aus der jenseitigen Welt heruntergefallen, hatten sich aus einem sonderbaren Ei herausgepellt und hatten ganz langsam ihre Herrschaft errichtet. Sie waren überall. In der Sprache, in der Politik, in den Tempeln, im Parlament, der Verwaltung, dem Gottesdienst, im Leben und im Sterben, von den Lebensmitteln angefangen bis zur

Medizin und zu den Informationsmedien. Von den Zeitungen, Büchern, Universitäten, Fernsehkanälen und Banken angefangen bis zu Gedichten, zur Kunst und zu den Gedanken.

Sie waren ‚Critters'. Als allererstes hatten sie die Sonne in diesem Teil der Erde verschlungen, woraufhin sich eine solche Finsternis auf die Geschichte gelegt hat, dass niemand ihre sich bewegenden, ständig hungrigen Kinnbacken und die glänzenden, scharfen, giftigen Zähne sehen konnte. Sie hatten den Buddha verschlungen, die Erzählungen der Jatakas, die Upanischaden und die Volkslieder. Jesus, Moses, Meister und Propheten, Sufis und Heilige, sie alle hatten sie zermalmt, aus ihren Knochen Dünger gemacht, und ihn an die Wurzeln der giftigen Bäume und Pflanzen gegeben, deren Früchte sich seit Jahrhunderten in den Anlagen der Abermillionen unschuldiger Einwohner festgesetzt hatten, die in diesem Teil der Erde lebten.

Shaligrams Gesicht hatte sich lehmig und grau überzogen. Der Schatten von Geringschätzung und Beleidigung hatte seine Gesichtsfarbe verdunkelt. In den Augen von Shailendra zeichnete sich Erschrecken ab.

„Maulhalten! Haltet eure schmutzigen Zungen still … ihr Bastards!" Rahul hatte sich aufgerichtet. „Ist es das, was euch die Hindi-Literatur und die Hindu-Religion beigebracht haben, ihr Nachkömmlinge Ravans? Wie viel wollt ihr noch fressen? Wie viel von diesem Land wollt ihr noch zerstören? Wie Termiten, Blutegel und Flöhe nistet ihr euch als Parasiten auf dem uralten Körper dieses edlen Landes ein. Merkt euch, auch Ravan war von eurer Kaste und lebte im goldenen Lanka. Damals im Treta-Zeitalter habt ihr Rams Frau entführt, als der nicht zuhause war, damit habt ihr sie von innen her gebrochen. Ein sinnlos verausgabtes, ohnmächtiges Leben. Ein sinnloses Umherschweifen, das niemals endet! Und ihr Schurken, ihr tut so, als wäret ihr Gefolgsleute eben dieses Ram. In diesem finsteren Zeitalter, in diesem 20. bis 21. Jahrhundert macht ihr Ram zu einem von euch, zu einem Barbaren, einem Gewalttäter, einem Mörder, einem Fundamentalisten, einem Verräter … einem Faschisten! Weil ihr Stimmen braucht. Weil ihr an der Macht bleiben wollt. Weil ihr noch mehr fressen müsst.

Wie viele Jahrtausende der Macht braucht ihr noch? Wenn ihr es wirklich wissen wollt, dann hört mir zu, ihr Gauner. In diesem Land hat sich weder die Herrschaft der Hunnen gehalten, noch die der Shakas, der Kushanas, der Griechen, Moguln und Engländer. Im Schutz einer jeden Macht wart ihr immer die eigentlichen Machthaber. Über dem Nacken jedes schwachen, rechtschaffenen Mannes hängt seit Jahrhunderten die Axt von Parashuram, die in Wahrheit eure Macht ist. Wenn ihr so großartig geboren seid, dann sagt mir doch, warum Gott nicht ein einziges Mal und bis heute nicht als Brahmane geboren wurde?“[4]

Rahul zitterte vor Zorn. Doch der Schatten auf Shaligrams Gesicht verschwand und Shailendra George sah nicht mehr erschreckt aus.

Und genau in diesem Moment trat Dr. Loknath Tripathi in den Klassenraum. „Läuft hier gerade eine Sitzung ab? … Schon gut, schon gut, die Wahl zum Studentenausschuss ist in Vorbereitung. Aber welcher Führer hält denn hier seine Rede?“

Da kam auch die Gruppe der Mädchen herein. Die Bhakti-Literatur des Mittelalters wird er jetzt unterrichten, der Dr. Loknath Tripathi, bei dem zuhause Balram Pande die Schweinearbeit macht und der eines Tages Chef dieser Hindi-Abteilung sein wird.

Um drei Uhr war der Unterricht zu Ende. Ganz plötzlich war eine Spannung aufgekommen, deren dunkler Schatten sich über den ganzen Klassenraum gelegt hatte. Rahul dachte, er würde ersticken. Er ging nach draußen und stellte sich im Gang hin. Vor ihm war die Bibliothek.

---

[4] Vishnu hat zehn klassische Inkarnationen, keine davon ist ein Brahmane.

Daneben standen die beiden Neem-Bäume. Der Schatten unter ihnen würde wohl angenehm kühl sein.

Rahul stand noch da, als Kartikey, OP und Pratap mit drei oder vier weiteren Jungen fast rennend zu ihm kamen.

„Sapam hat sich umgebracht. Er ist tot.“ Kartikeys Gesicht zitterte. Alle atmeten schwer.

„In dem alten Brunnen hinter dem Wohnheim hat man seine Leiche gefunden.“

Ein tiefes Schweigen. Schreiend und schrill. Ein Schweigen, wie es nach einer Sternenexplosion, nach einer gewaltigen Explosion, nach einem erbärmlichen Tod entsteht.

Rahuls Bewusstsein war völlig gelähmt. Die Ohren hörten auf, etwas wahrzunehmen. Wie ein Roboter, wie ein Maschinenmensch trottete er seinen Freunden aus dem Wohnheim hinterher.

Vor ihm, bei der Bibliothek, stand Chaitanya im kühlen Schatten des Neem-Baums. Chaitanya Mahaprabhu. Aber es fand kein Gotteslob statt. Er war still. An seinem Körper waren überall Schrammen. Seine Stirn war aufgeplatzt. Es schien, als sei direkt über seinen Augen, genau in der Mitte zwischen den Augenbrauen, ein Einschussloch von einer Kugel, aus dem Blut floss und seine Augen verdeckte.

Unten auf dem Boden lag eine zersprungene Seitentrommel, daneben die großen und kleinen Zimbeln. Und noch ein Stück weiter mehrere Leichen. Die Polizei, die Border Security Force, die Central Reserve Police Force, Terroristen, irgendeine Mafia-Bande oder Schmuggler, ein Fundamentalist, die Taliban oder die Hizbul-Kämpfer, oder die Ranbir Sena, die Naxaliten, Acchan Guru, Dawood Ibrahim, die Special Protection Group eines Ministers, sie alle hatten blindwütig losgeschossen und sie in einer gemeinsamen Operation umgebracht.

Unter dem Neem-Baum stand Nathuram Godse, aus seiner Pistole kam Rauch.

Chaitanya öffnete auch in diesem Zustand seinen Mund, um Verse des Gotteslobs zu singen, aber aus seiner Kehle kam nur ein fast unhörbares Stöhnen und Seufzen.

Rahul sah, dass bei seinen Füßen, im Gras, neben der zersprungenen Seitentrommel die Leiche von Sapam lag.

„Ich nehm mir eines Tags das Leben. Aber ganz sicher tu ich das. Das geb ich euch schriftlich. Wie soll ich leben? ... Sagt mir das! ... Das Geld für meine Studium hat mich immer mein Bruder geschickt. Jetzt will ich für meine Freiheit kämpfen. Die haben mit mir ..."

Es waren sehr viele Enten dort, auf deren weißen Flügeln Blutflecken waren. Durch den Bambuswald fegte der Wind und tausende von Bäumen aus getrocknetem Bambus spielten die Flöte. Die Flöte zu spielen hatten sie von Krishna gelernt, den zu treffen Rukmini hergekommen ist.

Sapams Bruder blickte Sapam schweigend aus seinen toten Augen an. Sein Vater spielte jetzt die Seitentrommel und sang.

Da brach Rahul hemmungslos in Tränen aus. OP und Kartikey hielten ihn fest.

„Nicht! Werd nicht sentimental, Rahul!"

Anjali Joshi, die schweigend auf dem Gang stand, blickte ihn an.

Es war nachts um halb zehn. In der Mensa hatte es heute kein Abendessen gegeben. So hatten es die Studenten des Tagore-Wohnheims in ihrer Trauer um Sapam gemeinsam beschlossen. An der Informationstafel der Mensa hing eine Mitteilung, dass Studenten, die essen wollten, in die Mensa des B.B. Desai-Wohnheims gehen konnten.

Später stellte sich heraus, dass an jenem Abend – bis auf einige Angestellte der Mensa und ganz wenige Studenten – niemand gegessen hatte.

Das machte deutlich, wie groß und tief die Betroffenheit war, die Sapams Selbstmord ausgelöst hatte. Die Studenten sprachen nur wenig miteinander und wenn, dann nur mit gedämpfter Stimme. Es schien, als seien ihre Kehlen wie zugeschnürt. Waren es nur der plötzliche Schock und der Schmerz über den schrecklichen Tod von Sapam, der sie verstummen ließ, oder war da nicht irgendwo auch eine Angst, die sich mit einem Male im Innersten eines jeden Studenten festgesetzt und ihre Stimmen so matt, kraftlos und ohnmächtig gemacht hatte. Selbst die Jungen, die man sonst meist lautstark sprechen, diskutieren, streiten und singen sah, waren heute still. Sogar das Knattern der Motorräder klang gedämpft. Es gab auch niemanden, der von unten einfach hupte, um seinen Freund aus der zweiten oder dritten Etage herunterzurufen. Keiner rief jemandem etwas laut zu.

Die Glühbirnen im Korridor verbreiteten ein schmutziges und düsteres Licht. In dieser diffusen Dunkelheit bewegten sich die Studenten wie verschwommene Silhouetten auf einer Kinoleinwand hin und her, nur ab und zu wechselten sie mit stockender, gedämpfter Stimme einige Worte miteinander.

Rahul, Kartikey, Pratap, Masud, OP und Praveen liefen den steinigen, mit Büschen und Gestrüpp zugewachsenen Pfad hinter dem B.B.-Wohnheim entlang. Den ganzen Tag über hatten sich dort Polizisten aufgehalten und – abgesehen von einigen Mitarbeitern der Universität – niemandem erlaubt, sich zu nähern. Die zusammengeströmten Studenten hatte man in geziemender Distanz gehalten, so dass sie von dort aus die Stelle, an der Sapam Selbstmord verübt hatte, auf keinen Fall einsehen konnten. Einige Jungen wollten tagsüber unbedingt etwas sehen und auf einen Baum klettern, doch auf dieser Seite standen nur dornige Akazien. Es gab zwar auch einen Kapokbaum, aber auch dessen Stamm war mit Dornen bewehrt.

Bis um sieben Uhr abends hatte die Polizei alle Untersuchungen abgeschlossen und war abgezogen. Sapams toten Körper hatte man in die Leichenhalle des Gandhi-Krankenhauses gebracht. Am folgenden Tag sollte eine Autopsie vorgenommen werden. Die Studenten bemühten sich sehr darum, im Krankenhaus einen Blick auf Sapams Leichnam zu werfen, aber niemand wurde dorthin vorgelassen. Wie man erfuhr, hatte Rektor Agnihotri den Staatsminister von Manipur angerufen, um ihn zu informieren. Sapams Vater könne aus Imphal kommen, andernfalls werde man Sapams Leiche mit dem Zug nach Imphal schicken.

Es stand kein Geld zur Verfügung, um Sapams Leiche mit dem Flugzeug zu überführen.

Rahul machte sich Gedanken darüber, wie wohl Sapams Vater diese Nachricht verkraften würde. Gerade erst kürzlich war dort sein ältester Sohn, Lehrer einer Grundschule in Singjamei in der Nähe Imphals, von der Polizei für einen Terroristen gehalten und erschossen worden. Und hier war jetzt alles, was von seinem jüngsten Sohn übrigblieb, nichts als ein toter Körper in der Leichenhalle. Und nach einigen Stunden würde auch davon nichts mehr bleiben. Würde er hierherkommen, um die letzten Riten für Sapam auszuführen? Oder würde er nach Erhalt dieser Nachricht so gebrochen sein, dass er nicht mehr den Mut und die Kraft hätte, eine Reise von zweieinhalb bis drei Tagen auf sich zu nehmen, die ihn von Imphal über Kohima, Guwahati, Bongaigaon nach Delhi und danach von Delhi über Agra, Gwalior und Jhansi bis hierher führen würde?

Die grausame Wahrheit war, dass Sapam oder sein Vater oder Millionen und Abermillionen Menschen dieses Landes leider nicht zu denen gehörten, für die diese Welt durch die neuen Technologien kleiner geworden war und für die die Entfernungen geschrumpft waren. Es waren andere Leute, denen Länder wie Amerika, Frankreich und Deutschland längst so vertraut geworden waren wie ihr eigener Hinterhof, wohin sie gingen, um sich die Beine zu vertreten, wenn ihnen der Sinn danach stand, und wo sie hingingen, um sich den Mund zu spülen und Wasser zu lassen.

Kartikey hatte eine Taschenlampe in der Hand. Nachdem sie sich einen Weg durchs Gestrüpp geschlagen hatten, gelangten sie schließlich bis zu dem Brunnen, in den Sapam gesprungen war, um sich das Leben zu nehmen. Was hatte dieser Ort nur an sich? Kaum hatten sie ihn erreicht, senkte sich eine bleierne Schwere auf ihr Gemüt. Es war eine Erstarrung der Sinne, die sich plötzlich wie ein Erschauern bis in jede Körperzelle ausbreitete. Sie alle hatten das Gefühl, als sähen sie plötzlich dort zwischen den Büschen Sapam, wie er auf den zerbrochenen Ziegelsteinen des Brunnenrands saß und sagte: „... oh ich verstehe, dann seid ihr also gekommen, um mich zum Abendessen in die Mensa abzuholen! Geht schon vor, ich bin gleich da."

Der Brunnen war sehr alt und in den letzten zehn Jahren nicht benutzt worden. Arbeiter mussten ihn mit der Hand ausgehoben haben. Der Boden hier war steinig und felsig. Wie viel Mühe und harte Arbeit mochte es gekostet haben, Zentimeter für Zentimeter diesen tiefen Brunnen zu graben, der im hiesigen Dialekt „Indara" genannt wurde. Wie viel Eisen in Form von Brechstangen, Spitzhacken und Schaufeln mochte beim Graben dieses einundzwanzig Meter tiefen Brunnens abgenutzt worden sein! Er wurde zu einer Zeit errichtet, als es noch keine

Tiefbohrmaschinen gab. Man sagte, dass dieser Brunnen einst die gesamte Universität versorgt hatte. Doch nun hatten sie auf einem anderen Hügel ein ganzes Wasserwerk errichtet.

Kartikey richtete den Strahl seiner Taschenlampe in das Brunneninnere. An den Innenwänden waren Sträucher, Wurzeln und ein Dickicht aus vertrockneten Gräsern. Von allen Seiten aus umfing dieses Dickicht die Dunkelheit in der Mitte, die bis zum Grunde des Brunnens reichte, und dort irgendwo ganz weit unten war das Wasser. Man sagte, dass sich der Wasserspiegel in großer Tiefe befand. Der Strahl der Taschenlampe durchdrang die Dunkelheit und leuchtete in die Tiefe bis zum Wasserspiegel. Nichts war deutlich zu erkennen, man sah nur einen grünlichbräunlichen Schimmer im flackernden gelben Licht einer Taschenlampe. „Wie wird Sapam diesen Brunnen gefunden haben?" Kartikeys Stimme war sehr leise und belegt.

„Einmal hat er von ihm gesprochen", sagte Praveen. „Es scheint ... mir scheint, dass er seit längerer Zeit solche Gedanken hegte."

„Was hatte er schon für eine andere Wahl? Tatsache ist doch, dass man ihn bereits vor seinem Suizid erledigt hatte", sagte Masud.

„Er hätte Terrorist werden sollen. Dann hätte er sich an all denen gerächt, die seinen Bruder umgebracht haben, die ihm sein Geld entrissen und versucht haben, ihn zu missbrauchen!" sagte Pratap Parihar.

„So etwas solltest du nicht denken", sagte Kartikey, plötzlich auffahrend. Seine Stimme wurde noch ernster und nahm eine metallische Härte an. Eine schroffe Kälte. Er schaltete die Taschenlampe aus und sagte in die Dunkelheit: „Konntest du selbst nach diesem furchtbaren Ereignis noch immer nicht zur Wahrheit vordringen, wer Terrorist und wer Verbrecher ist?"

Nach dieser Äußerung von Kartikey Kajle aus Pune breitete sich in der Dunkelheit tiefe Stille aus, in der sie nur das Zirpen der nachtaktiven Insekten und ihren eigenen Atem vernahmen. Es war eine wortlose, aber spannungsgeladene Stille, in der ihnen wegen der Tragödie um Sapam so beklommen wurde, dass sie keinen klaren Gedanken zu fassen vermochten. Es war eine unruhige, bedrückende, verstörende und beklemmende Stille.

In der Dunkelheit in einundzwanzig Meter Tiefe, wo im schwachen gelben Schein der Taschenlampe das Wasser des Brunnens bräunlich-grünlich schimmerte, bemerkte Rahul etwas, das an der Oberfläche trieb. Er berührte Kartikeys Schulter: „Dort... da ist was. Etwas nach rechts... etwas weiter nach oben."

Der Strahl der Taschenlampe reichte kaum bis unten, in seinem Lichtschein sah Rahul, dass dort eine von Sapams Sandalen trieb. Zwei Monate zuvor, Sapam und er waren gerade Freunde geworden, hatte er sich jene Sandalen in der Stadt in einem Liberty-Schuhgeschäft gekauft.

Rahul wünschte, er könnte irgendwie in die Tiefe des Brunnens hinabsteigen und die Sandale herausholen. Welche Ironie! Dieser unbelebte Gegenstand aus Plastik im Wert von vierzig Rupien, der vor nur zwei Monaten zum ersten Mal in Sapams Leben getreten war, existierte noch immer und schwamm auf der Wasseroberfläche ... während ein wirkliches Leben zu Ende gegangen war. In diesem schimmernden Wasser.

Als sie von diesem Ort zurück zum Wohnheim kamen, sprach niemand ein Wort. Es schien, also ob Sapam aus den Büschen und Sträuchern aufgetaucht war und ihnen in der Dunkelheit folgte. Mit gesenktem Kopf. Vom jenseitigen Ufer seines Todes. Dies mochte vielleicht der Grund gewesen sein, weshalb Kartikey mehrmals mit der Taschenlampe hinter sich leuchtete.

Dort war nichts. Nur Felsen, Büsche, Steine und vertrocknete dornige Akazienbäume. Als sie durch den Korridor des Wohnheims gingen, kamen sie an Zimmer 212 vorbei. Darin hatte Sapam Tomba gewohnt.

Die Polizei und die Universitätsverwaltung hatten das Zimmer versiegelt. Ein wuchtiges fremdes Schloss war dort vorgehängt worden. Dieses Schloss war so furchteinflößend, weil dahinter Sapams Tod hervorlugte.

In jener Nacht blieb Rahul lange wach. An der anderen Wand des Zimmers stand OPs Bett. Auch er konnte nicht einschlafen, aber beide sprachen kein Wort miteinander. Zwischen ihnen lag ein Schweigen, das zu überwinden beide nicht die Kraft hatten. Außerhalb dieses Zimmers, nur wenige Schritte den Korridor entlang, war Sapams Zimmer, in dem er noch bis vor vier Tagen gewohnt hatte.

Und in diesem Augenblick lag sein aufgeblähter Körper in der Leichenhalle des Mahatma-Gandhi-Krankenhauses in der Stadt. Wie mochte sein hübsches rundliches Gesicht jetzt aussehen? Nicht einmal die Leichenhalle des Krankenhauses verfügte über eine Klimaanlage. Die Leichen wurden auf Eisblöcke gelegt. Es hieß, dass sich die Beschäftigten des Krankenhauses selbst das Geld einsteckten, das für die Eisblöcke zur Aufbewahrung der Leichen bestimmt war.

Der nächste Tag, der siebte Dezember, war an der Universität zum freien Tag erklärt worden. Dies geschah in der routinierten Förmlichkeit der offiziellen Trauer um einen Studenten der Universität, nämlich um Sapam Tomba aus Manipur, der hier im ersten Studienjahr seines MSc-Kurses war.

Um zehn Uhr hatte Rahul zusammen mit Hemant Barua das Wohnheim verlassen und war in Richtung Campus geschlendert. Der Campus lag verlassen da. Die Fakultätsgebäude waren geschlossen. Vor der Kantine lungerten Hunde und Krähen herum. Weit und breit war keine Menschenseele.

„Sapam sagte stets, dass die junge Generation in Manipur jetzt eilig dabei sei, die Hindu-Nachnamen, die man einst ans Ende des eigenen Namens angehängt hatte, wieder loszuwerden. Die Leute wollen zu ihren Stammeswurzeln zurückkehren. Wir schämen uns der Dummheit unserer Vorfahren, die man lange Zeit so zum Narren gehalten hat", erzählte Hemant Barua. „Auch in Assam weht der Wind jetzt so. Wir müssen uns fragen, ob wir eigentlich wirklich Inder sind."

„Wer ist denn dann ein Inder? Sind etwa nur die Berufspolitiker, die Händler, die Makler, die korrupten Bürokraten, die Kriminellen und Betrüger in Delhi, U.P. und Bihar Inder?" Rahul war ganz aufgebracht. „Sie haben unsere Unabhängigkeit für sich vereinnahmt. Sag du mir doch mal, wie kann jemand Inder sein, solange Indien kein richtiger Nationalstaat ist?"

„Why? There is the Indian nationalism! Was war denn das, was sich jetzt gerade im Kargil-Krieg gezeigt hat? Auch viele Offiziere und junge Männer aus unseren Städten Guwahati, Silchar und Dibrugarh kamen dabei ums Leben."

Rahul musste lachen. Auch Hemant Barua fing an zu lachen.

„Sponsored Nationalism! Hemant, erkläre mir, hast du jemals einen Patriotismus erlebt, der nur im Hinblick auf ein bestimmtes anderes Land spürbar ist?", fragte Rahul.

„Was meinst du damit?", fragte Hemant.

„Was ich meine ist: Warum geht es beim Thema Nationalismus immer und ewig nur um Pakistan? Warum erhebt sich kein Nationalismus angesichts eines gewissen anderen mächtigen Landes, das uns einst versklavt hat, Schiffsflotten voller Waffen geschickt hat, um dieses Land zu vernichten, und dessen Waffen einst so viele Menschen getötet haben. Warum sieht man ihn in diesem Zusammenhang nur brav mit dem Schwanz wedeln?" Rahul war ganz aufgebracht.

Rahul überlegte, ob alles, was in der Vergangenheit passiert ist, jetzt tatsächlich ausgelöscht war und ob tatsächlich die Geschichte zu Ende war? Oder waren die Erinnerungen der Machthaber dieses Landes und seiner Bürger längst ausgelöscht? Oder war diese Zeit eine völlig andersartige Zeit? Dies war eine neue Welt. Eine neue Weltordnung. War darin die Vergangenheit jetzt irrelevant? Aber wenn dem so war, warum kam dann jetzt mit der Bombenexplosion in Pokharan und im Fall von Kargil oder Kaschmir der „Nationalismus" eben jener Vergangenheit auf? War dies tatsächlich nur ein Nationalismus oder eine Art von Antipathie zwischen den Religionsgemeinschaften, ein durch bestimmte Erwartungen genährter Hass zwischen diesen? Nehmen wir mal an, dass sich in Bezug auf England und Amerika der ganze Kontext unserer Geschichte jetzt total geändert hat, warum werden dann immer wieder Bezüge zur Zeit von Babur und Aurangzeb beschworen?

Wenn es falsch war, die Babri-Moschee zu errichten, warum war es dann kein Fehler, Lutyens Vizekönigspalast der zu bauen, in dem heute der Präsident dieses Landes residiert? Warum war der Bau des India Gate kein Fehler, wo gerade einige Jahre zuvor, anlässlich des fünfzigsten Jahrestages der Unabhängigkeit A.R. Rahman *Ma tujhe salam,* ‚Ich verneige mich vor dir, Mutter' gesungen hatte und ein großes Fest gefeiert wurde? Wenn die Bauwerke in Delhi nicht zerstört wurden, warum wurde dann jenes Bauwerk in Ayodhya zerstört?

Rahul schien es, als ob er durch das viele Grübeln zu einer verblüffenden Einsicht gelangt sei. Das Lied, das in der Nacht des 15. August während der Feierlichkeiten zum Goldenen Jubiläum der Unabhängigkeit gesungen wurde und das Rahul im Fernsehen gesehen und gehört hatte, schaudernd vor Aufregung und mit Augen voll mit Tränen der Hingabe seinem Land gegenüber, schien ihm in diesem Augenblick plötzlich eine ganz andere Erfahrung zu vermitteln. Er hatte gehört, dass dieses Lied in Bankimchandras bengalischem Roman *Anandmath* von den in einem Kloster lebenden Mönchen gegen die ‚Yavanas', das heißt, gegen die muslimischen Herrscher gerichtet war. Es war das *Bande mataram* von Bhavanand. Dieses Lied galt fast als eine zweite Nationalhymne. Man hielt es deshalb für revolutionär, weil es damals den Widerstand gegen die britische Herrschaft zum Ausdruck brachte. Vielleicht mag dies auch Bankimchandras Intention gewesen sein. Die Mönche, die in *Anandmath* dieses Lied sangen, trugen safranfarbene Gewänder.

Rahul erinnerte sich plötzlich an die Fotos in den Zeitungen und Zeitschriften, die die Menschen zeigten, welche 1992 die Kuppel der Babri-Moschee erklommen hatten. Auch die Leute auf der Kuppel trugen safranfarbene Gewänder. Waren es dann Bhavanand und die anderen Mönche aus *Anandmath,* die Bankimchandras Roman entsprungen waren und am 6. Dezember 1992 jene Kuppel erklommen und sie niedergerissen hatten? Und waren es dieselben Leute, die dieses Lied in einer Hindustani-Übersetzung anlässlich des Goldenen Jubiläums der Unabhängigkeit Indiens am India Gate von A.R. Rahman singen ließen? Aber diese Leute waren doch Figuren eines Romans, den Bankimchandra in Opposition gegen die Herrschaft der Engländer verfasst hatte! Wenn das so ist, warum haben dann die Leute, die deutlich machten, dass Indien nun eine eigene Regierung hat, dieses Lied gesungen, während sie am Fuße der von Lutyens während der englischen Herrschaft errichteten Monumente standen? In dem Nationalismus, der mit diesem Lied zum Ausdruck gebracht wurde, waren sowohl Hass auf das Monument Baburs aus der Mogulzeit als auch Hörigkeit gegenüber Lutyens Bauwerken aus der Epoche der englischen Herrschaft enthalten. So waren dies also nicht die revolutionären Mönche aus Bankimchandras Roman *Anandmath,* sondern irgendwelche anderen Leute in Verkleidung, deren ‚Nationalismus' auf den Prinzipien von Hass auf Muslime und Speichelleckerei gegenüber den Engländern basierte? Und war nicht eben das der Grund dafür, dass dieser Nationalismus nur Pakistan gegenüber die Waffen erhob und vor den neokolonialen Mächten des Westens mit dem Schwanz zu wedeln begann. Braves Hundchen!

„Hemant, weißt du, was Lutyens, der den Palast des Vizekönigs in Delhi und die anderen Gebäude jener Epoche errichtet hat und auf den unsere heutige großartige Mittelstandselite stolz ist, über die Inder zu sagen pflegte?"

„Na, was sagte er?", wollte Hemant Barua neugierig wissen.

„Lutyens pflegte zu sagen, dass die schmutzigste, hässlichste und barbarischste Rasse der Welt die Eingeborenen Indiens seien. Er betrachtete sie als das in der Darwinschen Evolutionstheorie fehlende Bindeglied oder 'missing link' in der Entwicklung vom Affen zum Menschen. Als ‚menschenähnliche Wesen', als ‚halb Affen, halb Menschen', höchstens als ‚entwickelte' Waldmenschen."

„Wirklich? Wo hast du das gelesen?", fragte Hemant.

„Nimm dir William Dalrymples Bestseller *City of Djinns* vor. Darin hat er beschrieben, wie er eines Abends bei Sonnenuntergang am India Gate stand, und als er auf den Präsidentenpalast, also auf den von Lutyens errichteten Palast des Vizekönigs vor der Kulisse des Abendrots blickte, da überkam ihn ein Schaudern. Beim Betrachten dieses Gebäudes blitzten vor seinem geistigen Auge plötzlich Aufnahmen von zwei anderen Architekturstilen auf. Die Bauten Mailands aus der Mussolini-Ära und Berlins aus der Zeit Hitler-Deutschlands. Eine ebenso gewaltige, ebenso faszinierende, aber vielleicht ebenso furchteinflößende Architektur, gleich einem Fluch für das Schicksal der Menschheit. Dalrymple hat geschrieben, dass es gewiss eine geheimnisvolle und erschreckende Ähnlichkeit zwischen dem britischen Empire, Nazi-Deutschland und dem italienischen Faschismus gab." Rahuls Stimme zitterte, als käme er gerade aus dem Innern eines tiefen Brunnens heraus, vom Grunde jenes Brunnens, auf dessen Wasseroberfläche Sapams Sandale nach seinem Freitod schwamm.

„Schrecklich ist auch, dass noch heute der erste Bürger unseres Landes, der Wächter unserer Verfassung und oberste Befehlshaber unserer drei Streitkräfte, in diesem Gebäude wohnt."

Das sagte Rahul, nicht einmal dreiundzwanzig Jahre alt, der die Ethnologie aufgegeben hatte und im Strudel der Leidenschaft zu Anjali Joshi MA-Student der Hindi-Literatur im ersten Studienjahr geworden war.

„Rahul, ich habe eine Menge Daten über Assam gesammelt. Weißt du, was passieren würde, wenn heute die indischen Machthaber in Delhi die Herrschaft über Assam verlieren würden und die dortigen Naturressourcen unter die Kontrolle der Menschen in Assam kämen? Assams Pro-Kopf-Einkommen würde höher als das der Vereinigten Arabischen Emirate sein.

Das reichste Land der Welt würde Assam sein, das heute einer der ärmsten und rückständigsten Bundesstaaten Indiens ist. Und das lässt sich auf fast jeden anderen Bundesstaat anwenden."

Das sagte Hemant Barua, kaum einundzwanzig Jahre alt, der hierher gekommen war, um seinen MSc in Mathematik zu machen und der gleichzeitig auch einen Kurs in E-Commerce am NIIT absolvierte.

Rahul überlegte, welches wohl die neue Generation Indiens sei, die die Zukunft gestalten würde. Würde es die neue X-Y-Generation sein, wie man sie im Fernsehen, in Filmen, bei Modeschauen und in den in Delhi, Mumbai, Kolkata und Bangalore publizierten bunten englischsprachigen Zeitungen sah, wie sie Pepsi trank, Cricket spielte und wie die Hippies mit nackten oder halbnackten Mädchen zu Pop-Musik tanzte? Oder die ihren Eltern einen Fußtritt versetzt, auf alle Traditionen spuckt und sich für eine Stelle in einem multinationalen Unternehmen nach Amerika, Kanada oder Deutschland aufmacht, um soviel Geld wie möglich zu verdienen?

Oder ist die neue Generation eine, die in rückständigen Regionen lebt, Regionen von Assam, Mizoram, Manipur, Andhra, Kaschmir, Tamil Nadu bis zur Hölle, die sich mit automatischen AK 47-Gewehren und Sprengstoff bewaffnet, sich an verzweifelten Akten von Gewalt und Sabotage beteiligt? Oder jene Generation, die sich täglich aus Hoffnungslosigkeit das Leben nimmt, weil sie den Lebensunterhalt nicht verdienen kann? Welche ist denn die neue Generation? Die mit einer Pepsi in der Hand, einem halbnackten Model im Arm und einer Kreditkarte in der Tasche oder die mit zorngeröteten Augen, deren Eltern in den letzten fünfzig Jahren von den Machthabern ständig getäuscht wurden, die gegenwärtig eine Waffe in der Hand hat und täglich bei Zusammenstößen ums Leben kommt?

Für wen war diese Unabhängigkeit geschaffen worden, die der alte heilige Mann Mahatma Gandhi am Sabarmati-Fluss vor über fünfzig Jahren errichtet hatte, ganz ohne Schwert und Schild, lediglich durch sein Charisma und durch das Singen von *Vaishnava jan to tene kahiye je pir parai jane re*? Wurde dieser Heilige deshalb mit einer Pistole erschossen, damit er in der Zukunft keine Wunder mehr vollbringen konnte?

Rahul und Hemant musterten einander verblüfft. Der Campus war menschenleer. Eine verlassene Einöde, in der selbst die Bäume steif wie Statuen dastanden. In Trauer versunken.

Hoooo hoooo hoooo
Saiyoniiii
Chain ik pal nahim, aur koi hal nahim
Saiyoniiii ...

„Oh, meine Freundin,
es gibt keinen Moment Frieden
und auch keine Lösung,
meine Freundin!"

Beide begannen ganz leise dieses Lied zu singen. Aber es war ein Pop-Song, den Brian O'Connell, Salman Ahmad und Ali Azmat von der Band *Junoon* zum Angedenken an Nusrat Fateh Ali Khan gesungen hatten und der unter den Studenten der Universität gerade sehr populär war.

Bemerkenswert war daran, dass es sich um eine Aufnahme von pakistanischen Sängern handelte. Dann gibt es also unter den einfachen gewöhnlichen Menschen des gesamten Subkontinents ein einheitliches Gefühl von unruhigem Begehren, das die politischen Grenzen ignoriert und das ständig stärker wird? Etwa so, wie wenn in einem dicht besiedelten Stadtteil ein Feuer ausbricht und sich immer weiter ausbreitet, ohne sich darum zu scheren, wessen Haus gerade brennt, wessen Zaun und wessen Tor, und wessen Name auf dem Türschild steht, das vor dem Haus angebracht ist. Es war ein natürliches, wirkliches, echtes Feuer. Agni, jener Agni, der ursprünglich sämtliche Opferzeremonien ausführt und abschließt.

Idam jagat sarvam daheyam bhasmikuryam
yad idam sthavaradi prithivyam!

„Agni, der was auch immer auf dieser Erde zu sehen ist, verbrennt und in Asche verwandelt!“

Hoooo hoooo hoooo
Saiyoniiii
Chain ik pal nahim, aur koi hal nahim
Saiyoniiii

Rahul kam es vor, als ob jemand heimlich dabei war, mit jedem Herzschlag für die mehr als eine Milliarde einfacher, aufrichtiger, ehrlicher, ausgebeuteter, geschundener, betrogener Bewohner des gigantischen Subkontinents eine völlig neue Mega-Nationalhymne zu schreiben, die einst in der Zukunft gemeinsam von Dutzenden Millionen Stimmen gesungen und in der gesamten Region widerhallen wird. A new mega national song!

Würde es erneut zu einem großen Aufstand gegen die Herrschaft der westlichen Unternehmen kommen, diesmal in ganz Südasien? Würde – wie bereits im Jahre 1857 – auch diesmal die Armee der ‚Regierung der East India Company‘ den Unabhängigkeitskampf brutal niederschlagen und würde danach wiederum ein halbnackter, nur mit einem Lendentuch bekleideter Mann als ein neues Symbol für die Ausgebeuteten und Armen aus der Dunkelheit hervortreten und ohne Waffen dieses korrupte Brahmanen-Baniya-Marktsystem der Börsenspekulanten, Makler, Kriminellen und Banditen in Frage stellen? Die Sonne, die man in diesem Marktimperium ein weiteres Mal nicht untergehen sieht, wird im Golf von Bengalen oder im Indischen Ozean aufs Neue versinken.

Oder würde diesmal ein gewisser Nathuram den Heiligen gleich von Anfang an in den Schlaf des Todes schicken? Und dann die Macht übernehmen?

He Ram!

Hemant legte Rahul seine Hand auf die Schulter und flüsterte: „Sieh nur, sieh! Schau mal dort drüben“!

Rahul blickte dorthin. Direkt bei der Bibliothek im Schatten des Neem-Baumes, wo gestern Chaitanya gestanden hatte, lag der gelbe Schirm. Es war die gleiche gelbe Farbe, die über seine Augen in seine Adern eingedrungen war und darin zusammen mit dem Blut strömte. Eine Musik, die durch eine süße, leichte Hitze erwärmt wurde, begann im Innern seines Körpers zu erklingen. Eine mit dem Blut erklingende Musik, in der das Geräusch seines pochenden Herzens ganz deutlich in seinen Ohren zu hören war.

Poch ... poch. Poch ... poch.

Neben dem Schirm im Schatten des Neem-Baumes waren Anima und ‚sie'. Anjali. Anjali Joshi. Rahul stand da und schwieg. Hemant ergriff seine Hand. „Sie ist dein Vögelchen. Komm schon, wir unterhalten uns mit ihnen."

„Lass das, mein Lieber", sagte Rahul zögernd, doch Hemant nahm ihn bei der Hand und zog ihn hinüber.

Anima und Anjali Joshi freuten sich, Rahul und Hemant zu sehen. Sie waren heute in der Hoffnung hergekommen, dass die Bibliothek geöffnet sein könnte. Sie war jedoch geschlossen. Auch die beiden setzten sich erst einmal dort hin.

„War der Student, der gestorben ist, Ihr Freund?", fragte Anjali Rahul. Sie hatte Rahul gestern im Korridor des Departments weinen sehen.

„Sapam war ein sehr guter Junge. Er wohnte in unserem Wohnheim, sogar auf meinem Flur", sagte Rahul. „Wir haben zusammen Badminton gespielt."

„Hat die Polizei die Gangster, die ihn überfallen und ausgeraubt haben, nicht verhaftet?", fragte Anjali daraufhin. In ihrer Stimme kam ein Interesse an der Angelegenheit zum Ausdruck.

„Was kann die Polizei schon unternehmen? Gibt es denn Beweise gegen diese Typen?", entgegnete Rahul.

„Es war die Polizei, die seinen älteren Bruder in Imphal erschossen hat", stieß Hemant zornig hervor. „Jeden Tag töten organisierte Kriminelle unschuldige Menschen. Das sind alltägliche Nachrichten, die die Medien verschweigen."

Anima sagte zu Anjali: „Rede doch mal mit deinem Vater! Wer weiß, vielleicht lässt sich etwas machen. Er ist ja Minister."

„Was wird er schon tun? Minister ist er doch nur durch diese Gangster geworden." Anjali blickte Rahul verblüfft an. Anima lachte los und zog Rahul am linken Ohr.

„Die Tragik an diesem Jungen ist, dass er etwas heraus posaunt ohne nachzudenken. Und immer sagt der Arme die Wahrheit. Weißt du, weshalb?"

Anima ergriff Rahuls Hand und breitete seine Handfläche aus. „Sieh mal, in seiner Handfläche sind die Kopflinie, die Herzlinie und die Lebenslinie miteinander verbunden. Was in seinem Herzen ist, das geht ihm auch durch den Kopf, und so gerät das Leben dieses Jungen in Unordnung."

Anjali, Hemant und Anima musterten alle ihre eigenen Handflächen, aber darin war entweder die Kopflinie separat oder alle drei Linien voneinander getrennt oder nur die Lebens- und die Herzlinie trafen sich. Bei keinem von ihnen waren alle drei Linien miteinander verbunden.

Anjali und Hemant amüsierten sich. „Hast du das mal einem Wahrsager gezeigt?", fragte Anjali aufrichtig erstaunt.

„Ja", erwiderte Rahul. „Er sagte, dass im Lehrbuch der Chiromantie geschrieben steht, dass ein Mensch mit solchen Linien entweder ein Diktator wird oder ein Heiliger oder er wird verrückt. Oder ... Ach, lassen wir das ...", unterbrach Rahul seine Rede.

„Sag es doch! Na loooos", beharrte Anima wie ein bockiges Kind.

„Erzähl schon, mein Lieber! Oder was?" Auch Hemant war neugierig.

Rahul war für einen Moment in Verlegenheit, dann sagte er: „Oder er wird sich selbst umbringen." Rahuls

Stimme klang wie von tief unten. Dann fügte er langsam mit belegter Stimme hinzu: „Wie Sapam."

„Hör auf!" Diese Worte waren Anjali so laut aus der Kehle herausgekommen, dass sie sich selbst dafür schämte. Anima und Hemant brachen beide in Lachen aus.

„Glaubst du an Handleserei?", fragte Hemant Rahul. „Ich jedenfalls glaube nicht daran. Man sagt, dass Nehru solche Linien hatte. Pandit Jawaharlal Nehru. Aber er war weder verrückt noch ein Heiliger noch beging er Selbstmord", sagte Rahul.

„Aber vielleicht ein Diktator? Hätte sonst seine Familie so viele Jahre über Indien herrschen können?", argumentierte Hemant. „Mir jedoch scheint es, dass er irgendwie Selbstmord beging. Nach dem Krieg mit China", sagte Rahul.

„Seht mal, seht mal. Da kommt ein Kamel." Anima zeigte in die Richtung des Wohnheims. Alle schauten dorthin. Auf der Straße war ein ein Meter neunzig großes Gerippe, spindeldürr wie ein Bambusstock, das geradewegs in ihre Richtung kam, bei jedem Schritt seinen Hals mitschwingend. „Komm her, komm her, du Gerippe! Auf dich haben wir gerade gewartet", rief Rahul.

OP stoppte auf halbem Wege. „Ich will gerade ein paar Snacks auftreiben, mein Lieber! Habe einen fürchterlichen Hunger", rief er herüber.

Rahul und Hemant waren ebenfalls hungrig. In der Nacht zuvor war wegen der Trauer um Sapam in der Mensa kein Essen zubereitet worden. Auch zum Frühstück hatte es nichts gegeben. Ihnen knurrte der Magen vor Hunger.

„Aber die Kantine hat doch heute geschlossen. Woher willst du was bekommen?", bemerkte Anjali. Hemant stand auf. „Im Hof hinter der Kantine schläft Jang Bahadur. Wir werden ihn bitten, uns was zu machen."

Als Hemant zu OP ging, stand auch Anima auf. „Wir kommen auch mit, vielleicht bekommen wir auch etwas ab."

„Darf ich auch mitkommen?“, fragte Anjali. Sie war im Begriff aufzustehen.

„Ihr beide bleibt hier sitzen. Diskutiert über eure Hindi-Literatur. Wir kommen gleich zurück. See you, Anjali!“ Anima lächelte und zwinkerte mit einem Auge. Anima, Hemant und OP gingen zur Kantine.

Rahul und Anjali saßen jetzt im Schatten des Neem-Baums. Nicht weit von ihnen lag der gelbe Schirm, der hin und wieder in einer Brise erzitterte. Es war, als könnte jetzt gleich eine Bö aufkommen, in der er erbeben, seine gelben Flügel auffalten, sich in einen Schmetterling verwandeln und davonfliegen würde.

Tatsächlich ließ sich ein von irgendwoher geflatterter Schmetterling für einen Moment auf Anjalis Schulter nieder.

„Sch ...! Sch ...! Sch ...!“ Anjali sprang erschrocken auf.

„Was ist passiert?“, fragte Rahul erschrocken. Der Schmetterling war von Anjalis Schulter aufgeflogen und setzte sich nun flügelschlagend auf den Schirm. Merkwürdigerweise war der Schmetterling ebenfalls von lebhaft gelber Farbe. Ein Gelb, das flog und atmete, lebendig und auch ängstlich war. Aus eben dieser Ängstlichkeit war er von Anjalis Schulter fortgeflogen.

„Das war doch nur ein Schmetterling. Vor dem brauchtest du dich doch nicht zu fürchten.“ Rahul lächelte über Anjalis Schreckhaftigkeit. Anjali setzte sich wieder aufs Gras.

„Und wenn er sticht, was dann?“

„Schmetterlinge stechen nicht.“

„Woher willst du wissen, dass sie nicht stechen? Und wenn dieser nun doch sticht?“

„Schmetterlinge stechen nicht“, widersprach Rahul. „Wespen stechen.“

Um nicht eingestehen zu müssen, dass sie im Irrtum war, oder um ihre Verlegenheit zu überspielen, wollte Anjali dieses Wortgefecht beenden. „Ist doch alles eins, Schmetterling oder Wespe.“

„Wieso alles eins? Schmetterlinge stechen nie, und Wespen stechen, jedenfalls manchmal.“ Rahul war nicht bereit, die Sache so schnell und leicht auf sich beruhen zu lassen.

„Hat dich einmal eine Wespe gestochen?“, fragte Anjali.

„Ja, zwei oder dreimal“, sagte Rahul. „Im Dorf, wo unsere Felder sind, hat Papa beim Brunnen einen ziemlich großen Wasserspeicher aus Beton bauen lassen. Er nannte das die Badeanstalt. Im Sommer darin zu baden ist ein reines Vergnügen.“

„Hast du je darin gebadet?“

„Na klar. Ein Riesenspaß, sich in den Sommerferien abends Seife und Handtuch mitzunehmen und in das Becken zu springen. Ich sage dir, dort duftet selbst die Seife so stark, wie hier niemals.“

„Wie kann das sein? Die Seife ist doch dieselbe.“

„Nein, im Wald, in der Nähe der Felder, duftet die Seife in der Nacht ganz stark. Das ist wirklich wahr“, sagte Rahul. „Nah beim Wasserspeicher wachsen Jasminbüsche. Deren Blüten duften in der Nacht auch ganz besonders.“

„Worum geht es eigentlich?“, fragte Anjali leicht irritiert. „Erst redest du vom Duft der Seife, jetzt vom Duft des Jasmins.“

„Komm du doch auch einmal dahin, dann wirst du es erleben. Wenn ich nachts in dem Becken ein Bad nehme, dann duftet es nach Seife und Jasmin. Manchmal ist mir, als würde ich mich nicht mit Seife, sondern mit Jasmin waschen. Und manchmal fühlt es sich an, als wüchsen in der Nähe des Wasserspeichers Seifensträucher. Aber wenn du nie nachts in diesem Becken gebadet hast, wie kannst du das dann wissen?“ Auch Rahul war jetzt ein wenig irritiert.

„Du wolltest doch etwas über Wespen sagen. Wo kommen hier die Wespen ins Spiel?“, sagte Anjali und starrte Rahul an.

„Die sind doch tagsüber dort. Am Nachmittag sind sie in ganzen Schwärmen über dem fließenden Wasser in der Nähe des Beckens. Einmal habe ich am Nachmittag gebadet. Ich habe mein Handtuch, mein Hemd und meine Hose über das Rohr des Brunnens gehängt. Als ich mich nach dem Baden gerade mit dem Handtuch abtrocknen wollte, da hat mich die Wespe gestochen. Sie war darin versteckt."

Anjali lachte laut auf.

„Was gibt es da zu lachen? Wenn du mal von einer Wespe gestochen wirst, weißt du Bescheid." Rahul ärgerte sich.

„Nein, ich denke nur, was wäre passiert, wenn die Wespe statt auf dem Handtuch in deiner Hose gesessen hätte?"

Anjali lachte wieder. Rahul schaute sie dabei an. Vor Lachen traten ihr Tränen in die Augen. Wie viel Gelächter wohl in diesem Mädchen steckte? Während sie weiter lachte, blieb ihr Blick auf Rahul haften. Rahul kam es plötzlich vor, als sähe er aus dem Fenster seines Zimmers Nr. 252 im Wohnheim diesen gelben Farbtupfer langsam die Straße, die sich am Fuß des Abhangs im Halbkreis um das Spielfeld wand, entlang kommen.

Ihm war, als würden diese lachenden Augen allmählich in ihn hineinsinken und wie zwei winzige glitzernde Fische im Blut seiner Adern schwimmen.

Und in diesem roten Strom, der im Dunkel seiner blauen Adern floss, ließen sie sich gemächlich bis an die Stelle treiben, wo alle Venen und Arterien zusammentreffen. Dort, wo die zarte, geheimnisvolle Uhr des Lebens ununterbrochen tickt. In dem Moment, wenn dieses Ticken einmal aufhört, ist es aus mit dem Leben!

Es ist die Stelle, wo das Herz ist.

Ganz langsam ergriff Rahul ein leichtes Fieber. Ein wohlig fiebriger Zustand, in dem man etwas wie Musik zu hören meint. In diesem Fieber lauschte Rahul nun mit seinen inneren Ohren der Musik und begann darin zu versinken. Was für eine Musik! Man nahm sie kaum wahr, auch wenn man aufmerksam lauschte. Die zwei glitzernden Fische in seinem Körper lachten über das Fieber hinweg immer weiter. Unaufhörlich.

„Was ist los?" Anjalis Frage weckte Rahul wie aus einem Schlaf. „Warum bist du versteinert wie eine Statue?"

Rahul schwieg. Er schaute Anjali hilfesuchend an. Sie schien immer noch zu lachen, während die Musik und das Fieber Rahul umfangen hielten.

„Gut, nun erzähl! Wann hat dich zum zweiten Mal eine Wespe gestochen?“, fragte Anjali.

„Einmal war ich auf meinem Motorrad unterwegs. Da kam von irgendwoher eine geflogen und verfing sich innen in meinem Sturzhelm.“

„Ach du Schreck! Das ist ja furchtbar. Im geschlossenen Helm, direkt am Kopf eine Wespe, die nicht hinaus kann.“ Anjali war aufrichtig bestürzt.

„Ja. Sie hat mich gestochen. Ich bekam die Panik. Weder konnte ich den Lenker loslassen noch den Helm abnehmen.“

„Und dann, was hast du dann gemacht?“, fragte Anjali besorgt.

„Ich wäre um ein Haar mit einem entgegenkommenden Bus zusammengestoßen. Fast wäre wegen dieser Wespe ein Unfall passiert.“

„Oh Schreck“, rief Anjali entsetzt. „Aber wie ist sie schließlich aus dem Helm herausgekommen?“

„Wie soll sie herausgekommen sein? Ich bin an den Straßenrand gefahren, habe angehalten und den Helm abgenommen. Da ist sie weggeflogen“, sagte Rahul.

„Oh!“, seufzte Anjali erleichtert. „Was für eine merkwürdige, furchtbare Vorstellung, dass dein Kopf zusammen mit einer Wespe in einem Sturzhelm eingesperrt ist.“

„Genau so war es. Und das bei Tempo sechzig oder siebzig auf einem Motorrad“, sagte Rahul mit einem stolzen Lächeln. Anjalis Besorgnis hatte sich inzwischen gelegt.

„Aber deine Behauptung ist dadurch noch nicht bewiesen“, sagte sie.

„Was meinst du?“

„Was du zuerst gesagt hast.“

„Welche Behauptung?“ Rahul verstand sie nicht.

„Dass Schmetterlinge nicht stechen“, sagte Anjali.

Rahul musste lachen. „Schmetterlinge stechen nicht. Darauf gehe ich jede Wette ein. Wespen stechen. Das sagte ich doch schon."

„Aber dass Wespen stechen, ist doch kein Beweis dafür, dass Schmetterlinge es nicht tun", argumentierte Anjali weiter.

„Du bist auch merkwürdig."

„Wieso?"

„Schmetterlinge stechen deshalb nicht, weil sie sich auf Blumen setzen. Wespen dagegen fliegen auf Süßigkeiten und auf Wasser an Teichen", räsonierte Rahul. „Hast du das nicht in Süßwarenläden gesehen? Wie viele Wespen da auf den Jalebis, Milchkuchen und Barfis herumkrabbeln ..."

„Aber auf Blumen fliegen auch Bienen, Honey Bees. Und die stechen schließlich. Wie sich andererseits auf die Süßigkeiten auch Fliegen setzen, und die stechen nicht", hielt Anjali dem entgegen.

Rahul verzweifelte allmählich. Wie sollte er diesem Mädchen begreiflich machen, dass Schmetterlinge nicht stechen. Immerhin hatte er klarstellen können, dass Wespen stechen. Aber das war nur ein halber Erfolg. Einen ganzen Erfolg zu erringen war schwer.

„Schmetterlinge haben keinen Stachel, deswegen stechen sie nicht. Wespen haben Stachel, hinten, am Hinterleib." Rahul spielte dieses Argument nach einiger Überlegung wie eine Trumpfkarte aus.

„Hast du je das Hinterteil eines Schmetterlings genau betrachtet, ob es da keinen Stachel gibt?", fragte Anjali schlagfertig zurück.

Rahul ließ jetzt alle Hoffnung fahren. Er gab sich geschlagen und ließ sich auf den Rücken fallen. Schlaff zusammengesunken lag er im Gras.

„Genug ... genug. Ich erkenne an, Prinzessin Diana-ji, dass der Schmetterling, der sich auf deine Schulter gesetzt hat, dann aufgeflogen ist und jetzt auf deinem Schirm sitzt, tatsächlich sticht. In Ordnung? Zufrieden? Können wir jetzt das Thema wechseln?"

Anjali begann wieder zu lachen, vielleicht über ihren Sieg, vielleicht über Rahuls bedingungslose Kapitulation.

„Was gibt es jetzt wieder zu lachen?" Einerseits gefiel es Rahul, andererseits ärgerte es ihn ein wenig. Anjali riss mit der rechten Hand ein Büschel Gras aus und warf die Halme auf Rahul.

„Was ist mit dir los? Du bist völlig im Recht und steckst trotzdem eine Niederlage ein. So ist es doch, oder?", sagte sie lachend.

Wieso hatte das bisher noch niemand zu Rahul gesagt? Wie leicht, wie spielerisch Anjali das gemerkt hatte. Dies war seine erste Partie mit Anjali gewesen. Er hatte verloren, obwohl er in der Sache Recht gehabt hatte.

Aber warum erschien ihm seine Niederlage so süß? Warum war er innerlich so froh?

Main nashe mein talli ho gaya ... ki kariye ki kariye
Dil chori sadda ho gaya ... ki kariye ki kariye ...

„Ich bin vom Wein berauscht,
was soll ich tun, was soll ich tun?
Mein Herz wurde mir geraubt,
was soll ich tun, was soll ich tun?"

Rahul hatte angefangen, die Melodie leise zu summen. Im dichten Schatten des Neem-Baums war es angenehm kühl. In der Luft lagen die Hitze, die Frische und die Schwüle eines Septembernachmittags. Der Monsun war noch nicht ganz vorbei. Noch immer konnten am Himmel manchmal Wolken aufziehen und einen Regenschauer mitbringen.

Der Schirm lag noch an derselben Stelle und flatterte ab und zu leicht im Wind. Der Schmetterling, der darauf gelandet war, hatte seine Flügel zusammengelegt und war vermutlich eingeschlafen.

Ob auch Schmetterlinge träumten? Rahul hatte irgendwo gelesen, dass wir im Spektrum nur sieben Farben sehen können, während Schmetterlinge mehr als tausend Farben sehen. Diese schön geflügelten Winzlinge. Wie klein ihre Augen wohl sein mochten? Und ihre Netzhaut entsprechend noch kleiner. Wie eine Nadelspitze. Was für Miniaturbilder mochten sich auf dieser nadelspitzengroßen Retina formen?

Aber Bilder sind nichts anderes als Lichtsignale, die vom Gehirn gelesen werden. Wenn also das Gehirn des Schmetterlings die Signale tausender Farben unterscheiden konnte, war es dann höher entwickelt und komplexer als unseres? Und wenn ja, wie differenziert und hoch entwickelt musste dann sein Denken sein!

Das bedeutete, dass der Schmetterling, der eben ängstlich von Anjalis Schulter aufgeflogen war, sich auf diesen gelben Schirm gesetzt hatte und dort eingeschlafen war, jetzt gerade in mehr als tausend Farben einen faszinierenden, vielschichtigen Traum von einem unbekannten Universum hatte.

Wenn Schmetterlinge eine Sprache hätten, dann wüssten wir um ihre Träume, ihre Farben, ihr Universum. Mag aber auch sein, dass wir, wenn die Schmetterlinge eine Sprache hätten, so wie wir nicht mit ihren Augen Tausende von Farben sehen, auch ihre hochentwickelte, hochkomplizierte Sprache aus vielfältigen unbekannten Klängen, Vokalen und Konsonanten nicht hören könnten.

Wenn Schmetterlinge schreiben könnten, gäbe es zu ihrer Sprache auch eine Schrift ...

Wer weiß, ob es so ist? Dass sie auf Blumen und Blättern sitzen und in ihrem eigenen Alphabet etwas schreiben und wir es nicht lesen können?

Oh, das Gehirn des Schmetterlings ist komplexer als die kompliziertesten Computer und Chips der Welt. Wer hat in dieses winzige Insekt den biogenetischen Mikrochip eingesetzt? Wer hat auf ihre Flügel solche Grafiken gezeichnet?

„War es wirklich so?“, fragte Anjali. Ihre Stimme weckte Rahul aus seiner Tagträumerei.

„Was meinst du?“, fragte Rahul.

„Was Anima an dem Tag in der Mensa sagte.“

„Wann?“ Rahul stellte sich unwissend.

„Na, als wir nach deiner Zulassung zur Hindi-Abteilung dorthin gegangen sind und du uns Samosas und Tee ausgegeben hast.“ Anjali bemühte sich redlich, ihm dies in Erinnerung zu rufen. Es war allerdings absolut nicht nötig, Rahuls Gedächtnis auf die Sprünge zu helfen.

„Was meinst du denn? Sprich bitte Klartext.“

Anjali wurde etwas verlegen. Nach kurzem Zögern sagte sie: „Dass du die Ethnologie aufgegeben und dich deswegen in der Hindi-Abteilung eingeschrieben hast, weil ...“

Rahul sah Anjali aufmerksam an. Hier war die Gelegenheit, sich für seine Niederlage von eben zu revanchieren.

„Weswegen denn?“, fragte er in aller Unschuld.

„Deshalb, weil ...“

„Weiilll...?“, fragte Rahul wieder, wobei er die Frage so lang wie möglich dehnte.

„Ach Mensch!“ Anjali ärgerte sich. „Ist auch egal. So dringend muss ich das schließlich nicht wissen.“

Anjalis Bemerkung machte Rahul Angst. Es schien ihm, als sei Anjali jetzt, als sie das fragte, nicht mehr in der Stimmung zu lachen. Eben war sie noch absolut erpicht gewesen, dies herauszufinden. Nun aber hatte das Lachen aufgehört und eine Art Gereiztheit war aufgekommen. Etwas Gequältes. Er sah ganz deutlich auf Anjalis Stirn Anzeichen von Anspannung.

Wie schön diese Anzeichen waren! Aber warum mussten sie überhaupt auf ihrer Stirn sein? Warum war dieses immer lachende Mädchen plötzlich so angespannt? Und das auch noch seinetwegen.

Rahul sah, dass Anjalis Augen fest in seine blickten. In ihnen lag eine Art Nervosität oder etwas Flehendes. Jedenfalls etwas, was vorher nicht in ihrem Blick gewesen war.

Rahul hatte ein kratziges Gefühl im Hals. Das irgendwie unterdrückte Fieber meldete sich zurück. Er schluckte. Seine Kehle war ganz ausgetrocknet. Er sah Anjali an und sagte dann langsam: „Ja."

„Was ja?" Auch Anjalis Stimme klang gebrochen, zittrig.

„Das stimmte", sagte Rahul. Er hatte den Kopf gesenkt und riss mit den Fingern einen Grashalm ab. Wo war der aus dem Boden gesprossen?

Von irgendwoher wehte ein kühler Lufthauch mit einem Rest von Augustfeuchtigkeit, selbst jetzt im September. Die Grashalme wiegten sich sanft im Wind. Stille hatte sich über sie gelegt.

Rahul hob den Kopf und schaute sie an. Diese Augen waren immer noch da, fest auf ihn gerichtet. Rahul konnte ihrem Blick nicht standhalten, er sah in eine andere Richtung, dorthin, wo auf dem im Wind zitternden Schirm der Schmetterling schlief, der jetzt bestimmt gerade etwas träumte.

Genau in diesem Moment begann der Zauber. Ohne auch nur mit den Wimpern zu zucken, mit angehaltenem Atem beobachtete Rahul, wie sich die magische Wirkung von Moment zu Moment entfaltete. In einem Film sieht man pro Sekunde vierundzwanzig Bilder. Alles, was in dieser Szene ablief, sah er Bild für Bild in Zeitlupe. Es war erstaunlich, verblüffend. Rahul verschlug es den Atem.

Der Schmetterling, der eben noch geschlafen hatte, verwandelte sich still und leise. Es war eine vollständige Metamorphose. Er wusste vielleicht nicht, dass ihm bei diesem Wunder jemand zusah. Der Schmetterling war immerhin ein lebendiges Wesen. Aber dieser Zauber ging so weit, dass auch der gelbe Schirm, ein lebloses Ding aus Stoff, Metall und Plastik, daran teilhatte und ebenfalls in aller Stille seine Form verwandelte.

Rahul war bestürzt. So etwas passierte ihm zum ersten Mal im Leben, gerade vor seinen Augen. ‚Ich bin doch wach, oder?' Er rieb sich die Augen: War das wirklich wahr, echt, real?

Der Schmetterling wurde groß und rund. Er wuchs von Augenblick zu Augenblick, in vierundzwanzig Bildern pro Sekunde.

Im gleichen Tempo und Maß wurde der Schirm kleiner. Das hieß also, dass Schirm und Schmetterling sich zusammengetan hatten und miteinander spielten. Beide nahmen mit vollem Bewusstsein an diesem Zauber teil. Es war kaum eine halbe Minute vergangen, da hatte sich der Schmetterling komplett in einen Schirm verwandelt, der nun im Wind leicht flatterte, als wäre er ein echter Schirm.

Und der Schirm war zu einem Schmetterling geworden, der nun genauso auf dem Schirm saß, als wäre er der echte Schmetterling.

Rahul war blass geworden, perplex. Mein Gott, was war das für ein Spiel?

Dies war doch nicht etwa der Traum des Schmetterlings, der von Anjalis Schulter abgeflogen war, sich auf den Schirm gesetzt hatte und dort eingeschlafen war? Was Rahul sah, war doch nicht etwa der Traum dieses Schmetterlings in seinem Schlaf.

Oder, wer weiß, war er vielleicht selbst in einen Traum abgestürzt? Einen Moment lang hatte er sich ja eben schläfrig gefühlt.

Aber inzwischen hatte er sich die Augen gerieben und es gab keinen Zweifel, dass er wach war. Dann fiel sein Blick auf Anjali. Die saß doch ganz real dort und starrte ihn die ganze Zeit an. Ihre Blicke schwammen im roten Strom, der durch seine Adern floss, wie winzige glitzernde Fische und näherten sich seinem Herzen, der geheimnisvollen organischen Uhr, an deren Ticken das ganze Leben hängt.

Das bedeutete also, dass die Zauberei Wirklichkeit war! Der Schmetterling hatte sich tatsächlich in einen Schirm verwandelt, und der Schirm war zum Schmetterling geworden.

In diesem Moment löste sich ein Blatt vom Neem-Baum, trudelte herab und landete dort, wo der Schmetterling saß, der in Wahrheit bis vor kurzem ein Schirm gewesen war.

Von dem Neem-Blatt erschreckt, flog der Schmetterling fort, wobei Rahul um das Geheimnis ganz genau Bescheid wusste, dass es kein Schmetterling war, sondern in Wirklichkeit ein Schirm.

„Sieh nur, der Schirm ist weggeflogen", rief Rahul plötzlich laut.

Anjali zuckte zusammen und schaute dorthin. „Wohin soll er geflogen sein? Da ist er doch."

„Nein, das ist ein Schmetterling. Believe me, it's a butterfly."

Anjali lachte laut auf. „Du bist wirklich ein Spaßvogel."

Rahul nahm die Niederlage hin. Er sah ein, es war praktisch unmöglich, diesem Mädchen zu erklären, dass der Schirm weggeflogen war und dass, was dort lag, keineswegs ein Schirm, sondern ein Schmetterling war.

„Johnny Joker mera naam hai...", sagte Rahul enttäuscht. Ein Vers aus einem Pop Song von Shweta Shetty.

Anjali sah ihn an. Das erste Mal. Es war nicht nötig, irgendetwas zu sagen. Es war geschehen, was in solchen Momenten eben geschieht. Rahul kam es vor, als hätte er eine Musikanlage in seinem Inneren, die jetzt plötzlich zum ersten Mal zu spielen begann.

Anima, OP und Hemant waren zurückgekommen. Sie hatten Kuchen, Biskuits, Kartoffelchips und fünf Flaschen Pepsi mitgebracht.

„Ihr beiden habt also über Hindi-Literatur diskutiert?", sagte Anima, wobei sie Anjali anblickte. Anjali schwieg. Aber warum klang Animas Stimme so distanziert und traurig?

Als alle, die dort versammelt waren, aufbrachen und Anjali Joshi ihren gelben Schirm aufhob, wollte sich Rahul umwenden und ihr die Wahrheit sagen: Das, was sie scheinbar vor der Sonne schützte, war in Wirklichkeit kein Schirm.

In Wahrheit war es ein Schmetterling.

Aber er sagte nichts und folgte der ein Meter neunzig langen, giraffenähnlichen Bambusstange zurück zum Studentenheim und in sein Zimmer, wo er sich bäuchlings aufs Bett fallen ließ.

„Ich glaube, ich habe mich verliebt, zum ersten Mal in meinem Leben!", flüsterte Rahul in sein Kissen.

Was war das nur für eine Zeit? In der Leichenhalle des Mahatma Gandhi-Krankenhauses lag auf einem Eisblock immer noch der Leichnam von Sapam und wartete darauf, dass sein Vater aus Manipur herkäme oder dass er in seine Heimat überführt würde. Unvermeidlich kam der Zeitpunkt näher, an dem die lokalen Ganoven wieder das Wohnheim angreifen würden.

Gopal Dwivedi berichtete, dass der Direktor der Hindi-Abteilung, Meister S.N. Mishra, zornig war und dass er Gopal Dwivedi vorgeworfen hatte, er habe einem ungeeigneten Jungen dazu verholfen, sich in der Abteilung einzuschreiben. Der verbreite nämlich das Kastendenken. Dr. Rajendra Tiwari und Dr. Loknath Tripathi hatten dagegen gemeint, dass sie solche Esel immer auch wieder loswerden könnten.

Der bekommt noch nicht mal einen Tropfen Wasser gereicht, den machen wir fertig, den bringen wir direkt zur Strecke.

Vor Rahuls Augen war Finsternis, die sich immer weiter ausbreitete. Doch es war ein gelber Schmetterling darin zu erkennen, der irgendwo in der Ferne herumschwirrte.

Deswegen entstand selbst inmitten seiner sorgenvollen Gedanken der Anflug eines Lächelns auf seinen Lippen und er schlief ein.

Der achte und neunte September kamen und gingen. Währenddessen wurde der Leichnam von Sapam mit dem Zug nach Imphal überführt. Kartikey, Madhusudan, Pratap, Masud, Praveen, OP und beinahe alle 25 Studenten, darunter auch Mädchen, übergaben dem Vice Chancellor A.K. Agnihotri sogar ein Memorandum, in dem gefordert wurde, dass Sapam mit dem Flugzeug nach Imphal geschickt werden solle und die Schuldigen, die ihn beraubt und gequält hatten, gefasst werden müssten.

Der Vice Chancellor sagte hinsichtlich der zweiten Forderung zu, er werde mit der Polizei sprechen. Was die Frage anging, ob der Leichnam mit dem Flugzeug nach

Manipur geschickt werden solle, so sei im Hilfsfonds der Universität dafür nicht genügend Geld da.

In dieser Zeit fand in Praveens Zimmer eine Sitzung der SMTF statt, in dem der Entschluss gefasst wurde, die Zimmer der vier Wohnheime für Jungen – Arvind, Raman, Tagore und Desai –, in denen die Mitglieder des Zentralkomitees der kampfbereiten Task Force wohnten, durch Funkgeräte mit beschränkter Frequenz miteinander zu verbinden. Der Preis dafür betrug insgesamt nur etwa 800 Rupien, die durch Spenden innerhalb von drei Stunden zusammenkamen. Madhusudan, Hemant und Praveen richteten gemeinsam jeweils in zwei Räumen Lautsprecheranlagen ein. Es gab drei Mikrofonanlagen, die Rahul, Pratap und Kartikey bekamen. Nach drei Probedurchgängen war sichergestellt, dass sobald der Ernstfall eintrat, von Seiten der Studenten innerhalb von zehn bis zwölf Minuten der Einsatz losging. Von den Jungen aus allen vier Wohnheimen hatte man außerdem Informationen zusammen getragen, wie hoch der Scheck oder die Überweisung war, die sie von zuhause bekommen hatten oder die noch eintreffen sollte. Die Gauner knüpften sich oft genau diejenigen Jungen vor, die am meisten Geld erhielten.

D. Gopal Rajulu, Akhilesh Ranjan und Navkant Jha – das waren die drei Jungen, die diesmal auf der Liste ganz oben standen. Es wurde Winter, deswegen hatten ihnen ihre Familien etwas mehr Geld gesendet, damit sie sich warme Kleidung kaufen konnten. Gopal Rajulus Bruder war Arzt. Rajulu wollte sich schon seit mehreren Jahren eine Kamera kaufen. Er musste an einer Exkursion nach Kolkata teilnehmen, deshalb hatte ihm vorher sein Bruder aus Virginia 20.000 Rupien geschickt.

Somit führte die Trefferliste an: D. Gopal Rajulu. Die Nummer zwei war Akhilesh Ranjan. Und an dritter Stelle folgte Navkant Jha. Einer dieser Studenten war aus Andhra Pradesh hergekommen, zwei stammten aus Bihar.

Aber in dieser Zeit war schließlich auch Anjali da!

Es waren Tage, die überwiegend der erbärmlichen Wirklichkeit drittklassiger, für den Straßenverkauf gedruckter, billiger und minderwertiger Romane oder Bollywood-Film-Flops glichen. Ihr Drehbuch war so, dass die Ereignisse, die darin passierten, keiner Logik folgten. Sie waren von Zufällen und von Merkwürdigkeiten aller Art angefüllt. Unzusammenhängend, kindisch, unbedeutend, aber sensationell. Voll von Gewalt, Glanz, Sex, Ränkespielen, dilettantischen ‚Special Effects', Tränen, Schreien und Kreischen und von herzergreifenden Situationen und Liedern.

Es schien, als hätte ein sensibler Börsenspekulant das Drehbuch dieser Zeit geschrieben, der immer wieder einen neuen Einsatz wagt und sich dann vor der Kursentwicklung seines Einsatzes fürchtete.

Aber in diesen Tagen passierte auch etwas, das in seiner Art kühlend, transparent und schön war wie der Tau, der sich jeden Morgen auf die Blätter legt.

Rahul war aus dem Klassenraum gekommen und stand gerade im Gang, als ihn von hinten jemand anstieß. Rahul schaute sich um. Es war Anjali. Mit ihrem Lachen.

Rahul saß gerade in der Bibliothek, über den Schreibtisch gelehnt und machte sich irgendwelche Notizen, da blies ihm jemand ins Ohr. „Pfffff…" Es blies so kräftig herein, dass es ihm im Ohr zu kribbeln anfing. Auch das war keine andere als Anjali.

Einmal schlenderte er gerade durch die Gegend, als sich von hinten etwas Kaltes, Spitzes in seinen Nacken bohrte. Er drehte sich um und sah: Da war Anjali mit ihrem geschlossenen Schirm und lachte. Die Schirmspitze war auf ihn gerichtet. Mit dem Versuch, ihm zu drohen.

Einmal war es in der Bibliothek, wo er im engen Zwischenraum zwischen den Bücherregalen stand und sich in die Bücher versenkte, als eine Schulter ihm einen Schubs gab. Diese Schulter war wieder die von Anjali.

Rahul ging mit Shailendra George und Shaligram zur Kantine. Da stieß Anjali zusammen mit Chandra, Shubha

Mishra und Sharmishtha auf sie. Die berüchtigte Gang der örtlichen Taugenichtse stand am Straßenrand, nur ein paar Meter entfernt. Auch Lakkhu war dabei, der vor kurzem Rahul und dann auch Abha mit einem Stein beworfen hatte. ‚Geh und fick deine Bau!' Rahul hatte Angst, dass ihn jetzt einer von ihnen anmachen würde. ‚Hey, hallo, unser Held! Nimm deine Füße in die Hände, du Arschloch, sonst werden wir dich von Rahul Roy zu Anupam Kher machen …' Aus ihrer Gruppe heraus blickte ihn Anjali an, während sie vorbeiging. Diese lächelnden Augen, die ganz plötzlich zu zwei kleinen glänzenden Fischlein werden und in seinem Inneren im roten Fluss der Adern losschwimmen!

Als die beiden Gruppen gerade auf der Straße aneinander vorbeigingen, wechselte Anjali plötzlich scheinbar stolpernd die Seite. Als wenn sie mit dem Sandalenabsatz irgendwie an einem Stein abgerutscht wäre. In einer wohlbedachten, neckischen, unauffälligen Geste packte sie mit einem Ruck Rahul am Rücken und zwickte ihn einen Augenblick lang. „Au…", entfuhr es Rahuls Mund. Und dann tönte es in seinen Ohren: „Wespe!"

Dabei standen die Jagdfalken direkt daneben. Dieses schlaue Vögelchen hatte direkt vor ihren verschlagenen Augen sein Spiel getrieben. Und nun zog es mit seiner Gruppe weiter und lachte über irgendeine ganz andere Angelegenheit.

Oh! Sie sind großartig. Deswegen – I love you. Ich bin bloß eine dumme Eule. Aber meine Dame, eines Tages werde ich Sie auf meinen Rücken setzen und Sie in den Himmel mitnehmen, versprochen! Haben Sie schon einmal den Gesang der Eule gehört?

Dil ka bhanvar kare pukaar …
pyaar ka raag suno …
pyaar ka raag suno … re

„Wenn die Hummel im Herzen brummt …

hör die Melodie der Liebe …
hör die Melodie der Liebe … oh …"

Wenn Hemant Barua, Kartikey oder OP hier gewesen wären, hätten sie sofort geahnt, dass gerade etwas passiert war. Doch waren nur Rahuls Kommilitonen aus dem ersten Studienjahr des MA in Hindi-Literatur da. Shaligram sagte: „Rahul, du hast eine extrem musikalische Kehle. Sehr schön singst du da."

„Ach nein! Das war doch einfach nur so", sagte Rahul verlegen.

Anjali wartete in diesen Tagen immer auf jede nur mögliche Gelegenheit, Rahul zu berühren. Und auch Rahul war nur zu bereit mitzuspielen.

Anjali kam zur Mittagspause gerade mit den anderen Mädchen aus dem Klassenraum heraus. Da piekste sie Rahul heimlich mit dem kleinen Finger. In der Bibliothek zog er sie einmal am Zopf, das nächste Mal zog er sie am Ohr, beim dritten Mal strich er mit dem Finger zart an ihrem Hals entlang und beim vierten Mal nahm er ihre Hand für einige Sekunden in seine Hand.

Dies war eine neue Sprache, die er in seinem Leben zum ersten Mal kennen lernte. Die Sätze dieser Sprache waren andersartig, ihre Syntax war verschieden. Er lernte ihre unvergleichliche Grammatik ganz langsam und mit jedem Tag ein bisschen mehr. Dieser Lernprozess war derartig von Überraschungen, Seligkeit, Erstaunen und beinahe atemberaubenden Glücksgefühlen erfüllt, dass es ihn immer für einige Momente sprachlos, willenlos und atemlos machte. Diese Erfahrung nahm sein Bewusstsein und seinen Körper in ihrem Netz gefangen und es schien ihm, dass sie beide in diesem Weltall ganz allein nur für sich da waren.

In dieser Sprache gab es Wörter, die keine akustisch wahrnehmbare Aussprache hatten. Man brauchte keine Schriften, keine Farbtinte, um sie zu schreiben. Es war eine Sprache, in der Spannung und magnetische Wellen enthalten waren. Elektromagnetische Spannung. Jeder Ausdruck in dieser Sprache musste sie einander berühren lassen, anders ging es nicht. Und wenn sie das taten, fing plötzlich ihr Körper unwillkürlich an, wie ein zartes Blatt zu fliegen oder zu schwimmen, als sei er von einer betörenden Energie angezogen in einen heftigen Sturm oder einen rauschenden Fluss hineingeraten. Hilflos.

Beispielsweise an jenem Nachmittag in der Bibliothek, im engen Zwischenraum zwischen den Bücherregalen, dort wo einen der Mief von Staub und Feuchtigkeit alternder Bücher umfängt, als Rahul nämlich dort Anjalis Hand in seine Hand nahm, da brach in seinem Körper ein heftiger, mit Spannung und Magnetismus aufgeladener Sturm los – und ohne, dass etwas gesagt wurde, äußerte sich das so massiv, dass er ganz klar sah, wie Anjalis hellhäutiges Gesicht von dieser Energie glühte und sich tiefrot färbte. In ihren Augen zeigte sich eine Art Schwäche, so dass sie augenblicklich auf den Boden oder an seine Brust zu sinken drohte. Es schien ihm, dass das ganze Blut, das in den Adern seines Körpers floss, in einem Augenblick den flüssigen Aggregatzustand hinter sich ließ und sich in etwas anderes verwandelte, etwas wie Dampf oder Energie, die Anjalis Handfläche augenblicklich in sich aufnahm. Ihm selbst kam es vor, als zitterten seine Knie. Es machte ihn kraftlos. Zitternd in diesem mächtigen Sturm wie ein schwächliches Pflänzchen.

Gab es wirklich ‚Reiki', an das Rahul niemals geglaubt hatte? Die Wissenschaft von der japanischen Heilkunde durch Berührung, von der es heißt, ein buddhistischer Asket habe sie irgendwann vor Jahrhunderten einmal mit sich von Indien nach Japan genommen.

Wer zu lieben anfängt, wird zum buddhistischen Mönch, a Buddhist monk. Und wen auch immer er berührt, dessen sämtliche Krankheiten werden geheilt. Ich werde dich eines Tages heilen und auch du sollst mich einmal heilen, bitte! Weil auch du eine buddhistische Nonne bist. Stimmt's?

Wie sonderbar war diese Zeit, in der ein Schmetterling durch einen unvergleichlichen Zauber innerhalb von nur dreißig Sekunden die Gestalt eines Schirms angenommen hatte und der ganzen Welt ein Schnippchen schlagend Rahuls gesamten Verstand und seine ganze Existenz unter seine Flügel zog.

Und in genau dieser Zeit existierte auch jener gefräßige, dickbäuchige, begierige, reiche, lüsterne, fette Mann, zusammen mit seinem Markt und seiner Macht. Und auch die Ganoven, jene ‚Kreaturen', die durch Gewalt und Plünderei, moralische Verkommenheit und unsittliches Benehmen die gesamte heutige Wirklichkeit mit einer Blutspur überzogen hatten.

Das Unangenehme dabei war, dass sich hier die ‚Kreaturen' in sehr großer, erschreckend großer Anzahl der Sprache, mit der Rahul jetzt sein Leben verknüpft hatte, bedienten und diese für sich vereinnahmt hatten. Nachdem er die Ethnologie aufgegeben hatte.

Und das war Hindi.

In der Nacht des 12. September, zehn Uhr, dreizehn Minuten und zweiundzwanzig Sekunden.

In den Zimmern der vier Jungenwohnheime, in denen die studentischen Mitglieder des Kernteams der SMTF wohnten, ertönte die Stimme von Kartikey Kajle aus den Lautsprechern, die an der Wand angebracht waren.

„Hallo... hallo! Macht euch fertig. Schnell. Der Jeep ist soeben durch das Tor des C.V. Raman-Wohnheims hereingefahren. Bringt alles mit, was ihr habt! O.K., wartet auf die nächste Durchsage! O.K. and over! ... Over!"

25 Jungen, darunter Niketan, Praveen, Masud, Madhusudan, Kannan, OP, Ravi, Dinesh, Imroz, Parvez, Hemant Barua, Dinmani, Ramesh Atluri und Gulab Kesvani aus den vier Wohnheimen rüsteten sich augenblicklich mit Hockeyschlägern, Eisenstangen, Dolchen, Stöcken, Rampuri-Messern, Fahrradketten und Pistolen aus einheimischer Produktion aus. Sofort eilten andere Jungen von einem Zimmer zum nächsten und verbreiteten von einem Ende zum anderen die Nachricht an alle Studenten. Mit Molotow-Cocktails, Ziegelsteinen und selbstgebastelten Handgranaten zogen ein paar andere Jungen zum Dach des C.V. Raman-Wohnheims los, unter dem der Jeep der Ganoven stand.

D. Gopal Rajulu, Zimmer Nummer 112, und Navkant Jha, Zimmer Nummer 148, Studenten aus Andhra Pradesh und Bihar, waren die zwei Jungen aus dem Raman-Wohnheim, die ganz oben auf der ‚Hitliste' standen. Rajulu hatte eine Anweisung von zwanzigtausend Rupien und Navkant Jha eine über achteinhalb Tausend erhalten.

Dieser kahlköpfige, durchtriebene, heruntergekommene ältliche Postbote hatte wieder einmal, von Gier auf Belohnung getrieben, Spitzeldienste geleistet. Aber dieses Mal war der Unterschied der, dass die Studenten seine Nachricht abgefangen und sich auf das Zuschlagen vorbereitet hatten, bevor die Übeltäter zum Zuge kommen konnten.

Zwanzig Minuten später ging alles plötzlich Schlag auf Schlag. Der Einsatz der SMTF ging los.

Zack ... zack ... zackbumm!

Mit einem Fußtritt wurde die Tür zu Zimmer Nummer 112 aufgebrochen. Schnell wie ein Sandsturm drangen die Jungen in Rajulus Zimmer ein. Im selben Moment wurde die Hauptsicherung ausgeschaltet und alle vier Wohnheime versanken in Dunkelheit.

Klatsch ... klatsch ... klatsch ...! Klatschklatsch ... klatschklatsch.

Stöcke, Ruten und Hockeyschläger zischten durch die Dunkelheit. Plötzlich polterte es irgendwo los. Jemand feuerte mit der Pistole. Man hörte, wie Glas zersprang.

Der berühmt-berüchtigte, polizeiaktenkundlich vermerkte und verrufenste Gauner der Stadt, Lacchu Guru, lag blutüberströmt zusammen mit seinen vier Komplizen auf dem Boden von Zimmer Nummer 112 und krümmte sich vor Schmerz. Seine Pistole hatte man ihm weggenommen. Innerhalb einer einzigen Minute waren 50 Schläge auf ihn niedergeprasselt.

Die fünf Gauner waren völlig erledigt. Man zog sie heraus auf den Gang.

„Seid vorsichtig. Sie dürfen nicht sterben. Nehmt sie mit runter ...", sprach Rahul. Seine Armmuskeln waren fest gespannt. Das spindeldürre Skelett OP, ein Meter neunzig lang, spielte den Mittelstürmer und hatte mit seinem Hockeyschläger jetzt schon mehrere Volltreffer auf Lacchu Gurus Schädel gelandet. Pratap und Kartikey wurden langsam vorsichtig.

Auch der 18-jährige Niketan, der in diesem Jahr sein Studium begonnen hatte und dessen Oberlippenhaare bis jetzt noch nicht einmal richtig dunkel geworden waren, schwang seinen Gürtel, machte einen auf Bruce Lee und drosch zwischendurch auf die Gauner ein, „patsch, patsch".

Die Hauptsicherung ging wieder an. Aus allen vier Wohnheimen erhob sich der gemeinschaftliche Jubelruf. Ho … ho … hurra! Das Licht war wieder zurückgekehrt.

Das Ganze war ein großer Erfolg. Einige Jungen wollten in ihrem Übereifer den Jeep der Gauner abfackeln, sie hatten sogar schon Benzin über ihn geschüttet und nun dauerte es entweder zu lange, vom Dach einen Molotow-Cocktail zu werfen, oder aber ein Streichholz herbeizuschaffen. Wie auch immer: Pratap und Masud redeten auf sie ein und hielten sie davon ab. Man hatte aber vorsorglich bereits aus allen vier Reifen die Luft abgelassen, um die Möglichkeit auszuschließen, dass die Gauner mit dem Jeep flohen.

Die Gauner wurden über die Treppen heraus auf den Platz geschleift. Unversehens hatten sich mehr als dreihundert Studenten versammelt. Ihre Gesichter glänzten vor Siegesstolz und aus Freude über den Erfolg.

„Hip … hip … hurraaaa …"

„Hip ... hip … hip … hip …"

„Das war doch nur zum Aufwärmen, der richtige Kampf kommt erst noch."

„Wir lassen uns das nicht mehr gefallen, wir lassen uns das nicht mehr gefallen."

„Wir machen den Bandenterror nicht mehr mit."

Irgendwo aus der Menge heraus sprang Ajay Devgan mit großem Elan herbei, landete direkt mit seinen Stiefeln auf den Rücken der Gauner und markierte immer wieder den Bruce Lee: „Ho … shu … shuuuu … och … och … shuuuu", demonstrierte dazu Karate- und Judo-Gesten und peitschte mit seinem Gürtel herum „Patsch … patsch … patschpatsch.". Er zog sein Hemd aus, stolzierte mit blutdurstigem Ausdruck herum und packte wie Arnold Schwarzenegger als ‚Terminator' die Gauner, wie sie da besiegt am Boden lagen, am Schlafittchen und zog sie hoch. In dem Augenblick kam von irgendwoher ein großer Affe, schlug den Gaunern mit der Faust in die Fresse und gleichzeitig tönte es aus allen Kehlen:

Bolo: Bajrang bali ki jai!
„Ruft: Sieg dem kriegerischen Hanuman!"

Rahul war zum Pierce Brosnan als James Bond geworden und half Meister Lacchu immer wieder, sich auf seine Beine zu stellen, um ihn dann noch einmal zu treten und darüber in schallendes Gelächter auszubrechen.

Währenddessen tauchten plötzlich von irgendwoher Johnny Lever und Jim Carey aus dem Film ‚The Mask' auf, die beiden Clowns zeigten ihre Zähne, hüpften und sangen los:

Mar diya jaye ki chhod diya, bol tere sath …
Main hun don, main hun Don, main hun Don,
main, main, main …

„Soll man dich töten oder laufen lassen,
sag, was soll man mit dir machen …
Ich bin der Boss, ich bin der Boss …
Ich … ich … ich …"

Der ein Meter neunzig lange Vogel Strauß wurde zum Superstar Amitabh Bachchan, tanzte und warf seine dünnen Beine in die Luft.

„Was wird nun mit euch, ihr Schwarzgesichter … he?", fragten Gabbar Singh und Sambha die blutüberströmten und stöhnenden Gauner.

Jemand drückte seine Hand auf Rahuls Schulter. Es war Dinmani. Ein Student aus Manipur, der gekommen war, um hier einen Studiengang für Postgraduierte in Geologie zu machen.

„Das ist der Mann! Das kann ich jetzt sicher sagen. Der hat Sapam geschlagen. Ich ihn erkenne. Absolut sicher, ich sag's dir."

OP und Kartikey hielten Rahul fest. Er zappelte wie ein verletzter Leopard, der sich aus einer Falle befreien will. „Ich bring ihn um …!“

„Reiß dich … reiß dich zusammen … Rahul! Raaahul“, schrie Kartikey.

Die Gauner wurden hinten im Jeep aufgeladen und die Jungen quetschten sich ebenfalls hinein, solange noch irgendwo etwas Platz war. Von der Kühlerhaube und dem Trittbrett bis zu Reserverad und zur Motorhaube. Der Jeep fuhr ganz langsam mit seinen platten Reifen zur Residenz des Vice Chancellors Ashok Kumar Agnihotri, gefolgt von einer Schar von Jungen.

Rahul sah, dass hinter dem Jeep, mitten in der Menge der tanzenden und hüpfenden Jungen Sapam und sein Bruder schweigend einhergingen. Rahuls Blick traf sich einen Augenblick mit Sapams, dann sah er seinen Bruder an. Von seiner Schläfe floss auch jetzt noch das Blut herunter. Das war die Stelle, wo er von der Kugel der Polizei, die ihn für einen Terroristen gehalten hatte, getroffen worden war, als er in Imphal gerade auf dem Weg zur Schule war, um Kinder zu unterrichten.

„Jede Zivilisation muss ganz bestimmt einen großen, ganz großen und von Eigennutz unbefleckten kollektiven Traum oder eine Utopie haben. Die Geschichte lehrt, dass noch keine menschliche Zivilisation entstanden ist, in der es keine Besessenheit, keinen Wahnsinn, kein Entwicklungsziel für irgendein Ideal gab“, hatte Kinnu Da gesagt.

„Hast du Michel Foucault gelesen? Die Angst und Verachtung, die man im 15. bis 16. Jahrhundert in der westlichen Zivilisation gegen Aussätzige und dunkelhäutige Ureinwohner hegte, waren nichts als eine Verrücktheit, ein Wahnsinn … eine kollektive neurotische Störung. Größe und Gemeinheit von Ideologien, Religionen, Philosophien oder politischen Theorien hängen davon ab, welche Utopie oder welchen Enthusiasmus oder auch welchen Traum sie den Menschen ihrer Zivilisation anbieten, in der so wenig Hass, Gewalt, Furcht und Zerstörungswut wie möglich sein dürfen. Buddha und Gandhi waren groß, weil in ihrem Traum nirgendwo Platz für Gewalt und Hass war. Die ‚Konstrukte', wie sie im Westen entstanden sind, konnten sich dagegen meistens nicht ohne Gewalt und Hass etablieren."

Kinnu Das Stimme klang in Rahuls Ohr nach.

„Rahul, der Westen hat Gandhi zunichte gemacht. Ich habe Angst, dass wir ziemlich bald blutrünstig werden und in tausend Stücke auseinander brechen."

Rahul betrachtete Sapam und seinen Bruder. Dann erschienen ihm wieder der verwundete Chaitanya Mahaprabhu, unter einem Neem-Baum stehend, und seine zerbrochene Seitentrommel und die Zimbeln. Dann sah er, dass die Karte des Landes, das er so sehr liebte, in tausend Stücke zerrissen war und in der tiefen Dunkelheit verschwand.

„Ich bin kein Gegner des Marktes. Aber der Markt ist nun mal kein ‚kollektiver Traum'. Er ist keine Utopie. Man kann in ihm keinen Traum erkennen. Es ist nichts daran, das erhaben, majestätisch oder moralisch wäre. Profit, Liquidität, Reingewinn, Verlust ... alle seine Bestandteile sind ganz gewöhnlich, niedrig und mickrig. Er funktioniert durch die Psychologie der Gier, des Diebstahls, des Wettbewerbs, des Eigennutzes und der Ausbeutung." Kinnu Das Stimme war jetzt ernst und deprimiert.

„Kannst du es nicht mit eigenen Augen sehen – wo dieser Markt hingekommen ist, in welche Länder auch immer – er hat sie in Stücke gerissen und sie dem Blutvergießen und der Gewalt überlassen."

Vor Rahuls Augen tauchte das Bild von Großmächten und von föderalen Republiken auf, die der Markt kaputt gemacht hatte. Die Sowjetunion, Jugoslawien mit Serbien und Kosovo ...

Amerika und einige reiche Länder Europas haben sich zu Handelsnationen entwickelt. Sie haben die Gesellschaften der Dritten Welt in ihre Märkte hineingezogen und sie durch ihre Geschäftemacher mit Umsturz, Zerstörung und Gewalt überzogen. Die einzelnen Bestandteile und Organe, in die sich die Gesellschaften und einstmals souveränen Länder nacheinander aufgelöst hatten, gingen jetzt aufeinander los.

Überraschend war nur, dass im Fernsehen und in den Zeitungen nur das Auf und Ab der Aktienkurse dargestellt wurde, nicht die Zerstörung und die gewaltsamen Zusammenstöße, die immer wieder passierten. Auf allen Seiten. In jeder Richtung.

Waren wir jetzt dran? Wer ist der Agent dieses Marktes? Wer ist der wahre Feind dieses Landes? Sind sie es, die Nachkommen Ravans, die Pulastya in den Ozean geworfen hatte? Sind sie zurückgekommen, hatten die Engländer in Wirklichkeit ihnen die Macht übergeben?

Rahul, OP, Kartikey, Parvez, Imroz, Hemant hatten sich an die Karosserie des Jeeps gelehnt. Einer hielt den anderen an der Hand und so sangen sie gemeinsam …

Vaqt aane de tujhe, batlayenge ai asman
Ham abhi se kya batayen, kya hamare dil mein hai...
Sarfaroshi ki tamanna

„Lass die Zeit nur kommen,
wir werden es erklären, oh Himmel!
Was sollen wir jetzt erklären,
was in unserem Herzen ist …
Der Wunsch, uns aufzuopfern …“

Nachdem sie ziemlich lange ihre Parolen skandiert hatten, kam schließlich Vice Chancellor Ashok Kumar Agnihotri aus seiner Residenz nach draußen. Er hatte die Polizei gerufen. Kurze Zeit später kamen Polizeiautos vorbei und nahmen Lacchu Guru und seine vier verletzten Gefährten mit.

Der Vice Chancellor versprach, dass die Sicherheitsdienste der Universität und der Wohnheime verstärkt werden. Die Jungen sollten das Recht nicht in die eigenen

Hände nehmen. Er habe Kenntnis davon erhalten, dass in einigen Räumen des Wohnheims Waffen gehortet würden. Das sei illegal. Er habe seinen Einfluss geltend gemacht, den Polizeipräsidenten daran zu hindern, die Zimmer im Wohnheim zu überprüfen und eine Razzia zu machen, wie er es schon mehrfach angedroht hatte.

Der Vice-Chancellor Agnihotri sagte: „Ich habe Kenntnis von einigen Studenten erhalten, die nicht in Ordnung sind. Studenten sollten ihre ganze Aufmerksamkeit auf ihre Karriere verwenden. Wenn Sie mich fragen, dann bin auch ich gegen eine höhere Bildung, die nichts mit Broterwerb bzw. Einkommen zu tun hat. Die Zeiten sind doch so gut, es gibt doch so viele Karriereoptionen. Es gibt doch Kurzzeitstudiengänge. Warum vertreibt ihr euch die Zeit mit sinnlosen Dingen? Macht ein Diplom und fliegt in die Vereinigten Staaten." Das sagte der Vice-Chancellor lachend.

„Sir, die Verbrecher, die wir hier ergriffen haben, sind diejenigen, die Sapam Tomba ausgeraubt haben ..."

„Und sie haben versucht, ihn zu vergewaltigen ... sie haben ihn gezwungen, auf den elektrischen Ofen zu pissen, und der Strom hat ..."

Rahul und Dinmani versuchten, den Vice-Chancellor zu unterbrechen. „Dieser Sapam Tomba, Sir, der sich umgebracht hat!"

„Ach ja!" Ashok Agnihotri wurde ernst. „Ich werde mich darum kümmern. Das ist tatsächlich ziemlich übel herübergekommen. Ich habe großes Mitgefühl mit seinem Vater. Armer Kerl ... Ich habe den Gouverneur und den Ersten Sekretär von Manipur angerufen, eine Nachricht an seinen Vater schicken lassen, eine Aufführung und ein Kulturprogramm verschoben. Dadurch hat die Universität einen Schaden von 800.000. Wir hatten mit den Sponsoren gesprochen. Wir hätten einen ziemlich guten Zuschuss bekommen. Ich habe ganz großartige Pläne. Ich habe gedacht, wir selbst müssen einen außerordentlichen Fond bilden. Was kriegen wir schon von der UGC? Alles geht mit den Gehältern der Angestellten weg. Ich will hier einen Park aufbauen. Die Verwaltung will ich vollständig computerisieren. Ich will allen Heimbewohnern gerne gegen geringe Gebühr 24 Stunden am Tag den Zugang zum Internet verschaffen …"

„Ihre Sicherheitsbeamten stecken mit den lokalen Ganoven und Kriminellen unter einer Decke, Sir!"

„Und dieser Postbote gibt alle Informationen an sie weiter, so dass jeder Student, der eine Überweisung oder eine Geldanweisung in Empfang nimmt …"

„Die Aufseher der Wohnheime tricksen viel herum, Sir."

„Bei der Einschreibung gibt es großen Beschiss, Sir."

„Das Mensaessen kann nicht mal ein Hund runterkriegen!"

„In der Gesundheitsstation ist weder ein Arzt, noch gibt es Medizin …"

„Die Hindi-Abteilung ist ein Nest des Brahmanentums, Sir."

„Die Dozenten halten ihre Stunden nicht ab und streiken dauernd. Die Studenten verpassen dadurch eine Menge, Sir."

Alle sahen, wie das Lachen aus dem Gesicht von Vice Chancellor Ashok Kumar Agnihotri plötzlich verschwand. Seinen Platz nahmen stattdessen Ärger und Zorn ein. Dann zog er sich mit seinen vier Leibwächtern nach drinnen in seinen Bungalow zurück.

Die Informationen, die in der ‚de-facto-Datei' über Vice Chancellor Ashok Agnihotri im ‚Max Computer Center' in Englisch eingegeben worden waren, lauten übersetzt wie folgt:

‚Der Vice Chancellor ist im finanziellen und geschäftsmäßigen Hin und Her und dessen vorsätzlichen Missbrauch technisch derartig fähig und gerissen, dass er beim Tatbestand ökonomischer Korruption nicht dingfest gemacht werden kann. Doch während seiner Amtsperiode hat er in der Kanzlei nur Schleimer, Verwandte und seine

Liebchen gefördert. Herr Ashok Kumar Agnihotri ignoriert die Regeln und Ordnungen der Behörde zur Zuteilung der Universitätsmittel und stellt seine Schmeichler und Verwandten auf diversen Posten an, ohne dass die Stellen ausgeschrieben waren und ohne dass akademische oder andere Voraussetzungen zur Grundlage gemacht worden waren. Er hat sie in diversen Programmen untergebracht, sie für Stipendien oder Fellowships vorgeschlagen, hat sie ins Ausland geschickt. Die Person, die in der Universitätsabteilung für Veröffentlichungen auf der Position eines Redakteurs im Englischen eingestellt wurde, hat einen Studienabschluss in Hindi und kann keinen einzigen Satz Englisch korrekt schreiben. Einer, der zum Professor für Psychologie gemacht worden war, hat an der Pantnagar Agrar-Universität Gartenbau studiert. Einer, den man zum Professor für Mathematik gemacht hatte, hat mit Ach und Krach seinen Abschluss in Botanik geschafft. Abgesehen davon hat keiner den Mut, etwas gegen den Vice Chancellor zu sagen, weil die meisten Gauner, Schmeichler und habgierige Typen sind, die in seiner Schuld stehen. Außerdem ist seine sichere Kontrolle sämtlicher Bildungs- und Kulturinstitutionen und sein Kastendenken eine wichtige Basis seiner Macht. In der Festschrift, die ein lokales Institut zur Vollendung seines 60. Lebensjahrs auf Kosten der Universität herausgebracht hatte, waren von den 28 Autoren, die bewiesen, dass Herr Agnihotri sogar noch bedeutender war als selbst Kaiser Ashoka, Akbar der Große oder als Alexander, 18 Brahmanen, drei aus der Händlerkaste, ein Kayasth, zwei aus der Kriegerkaste und ein Ausländer.'

Der ‚de-facto-Datei' zufolge hatte er eine beachtliche Provision eingestrichen, als er einigen lokalen Pächtern und einigen Handelsgesellschaften heimlich ein paar hundert Acre auf dem Hügel, auf dem die Universität stand, überlassen hatte. Das Budget der Universität sieht er als sein persönliches Bankkonto an und fährt nach London zum Wassertrinken und nach Amerika zum Wasserlassen. Dieser korrupte Vice Chancellor ist so mächtig geworden, weil das System selbst bereits vollständig korrumpiert ist.

„Sieh mal, wenn jetzt nichts geschieht, dann wird dieses unser Land zu einem Haiti, Panama, Kolumbien oder Dubai werden. Es wird hier die Mafia herrschen und am 2. Oktober wird sie allein zum Gandhi-Verbrennungsplatz ziehen dürfen. Den übrigen Bürgern wird dort der Zugang versperrt", meinte Kartikey Kajle.

„Warum sagst du diesen Satz im Futur? So ist es doch jetzt schon, oder es wird schon sehr bald so sein", fügte Pratap lachend hinzu.

Sie lachten zwar, doch hinter dem Lachen verbarg sich tiefe Niedergeschlagenheit. Die Dunkelheit der kommenden Zeit stand ihnen deutlich vor Augen.

„Ich denke, ich werde dem Vice Chancellor die Füße ehrerbietig berühren und sagen: ‚O du unbesiegbarer Teufel unserer Zeit, ich falle dir zu Füßen, setze auch mich irgendwo ein, so wie du deine Geliebten und Hunde irgendwo eingesetzt hast…' Das macht mir Angst, Rahul!" Das sagte OP, der ewige Witzbold und Quatschkopf. In seiner Stimme zeichnete sich die Schwärze von Hoffnungslosigkeit und Niederlage ab.

Rahul, Hemant, OP, Kartikey, Praveen, Niketan, Parvez, Imroz, Masud, Ramesh Atluri, Dinmani, Ravi, Madhusudan – das waren alles Jungs im Alter von 18 bis 23 oder 24 Jahren, die aus verschiedenen Provinzen des Landes, aus dem Dorf oder aus kleineren Ortschaften hierher zum Studieren gekommen waren. Ihre Eltern waren keine Händler, Pächter, Immobilienmakler, Zuhälter oder korrupte Angestellte, die in urbanen Metropolen wie Delhi, Bangalore, Chennai oder Kalkutta üppig verdienten, sondern ganz einfache Leute, die eine bäuerliche Wirtschaft hatten, Kleinhandel betrieben oder mehr oder weniger niedrige Angestellte waren. Das Geld, das sie sich absparten oder auf Pump aufnahmen, um es monatlich per Scheck oder Anweisung an ihre Kinder im Wohnheim zu senden, war von ihren Tränen, ihrem Schweiß und ihren Träumen getränkt.

Das waren nicht die Leute, wie sie dauernd im Fernsehen und in den Zeitungen gezeigt wurden. Sie betrachteten die gut gesättigte indische Mittelklasse, wie sie in Serien beim Essen, auf der Terrasse, mit Auto und mit Handys dargestellt wurde, immer mit weit aufgerissenen Augen. Der Putz fiel andauernd von den Wänden ihrer Häuser herunter, die Dächer wurden ständig undicht, die Türen quietschten und während sie für das Mittagessen und für das Abendessen die Linsen verlasen oder Mehlteig kneteten, rechneten sie ständig ihre wachsende Verschuldung nach, die Zinsen und die Teuerung. Ihre Töchter saßen ohne Mitgift als alternde Jungfrauen zuhause herum, ihre Söhne waren arbeitslos und verdrückten sich vor Scham den ganzen Tag lang aus dem Haus. Auf dem Bahnsteig, an den Straßenkiosken, bei einem Telefonstand oder an einem gottverlassenen Plätzchen hockten Gruppen von solchen Jungs und vergeudeten ihre Zeit in Erwartung des Unvorhersehbaren oder des Zufalls.

Das waren Jungs, deren Zahl in die Abermillionen ging. Keiner von ihnen hatte einen körperlichen oder geistigen Defekt. Sie waren junge Leute, die von unvergleichlichen Fähigkeiten, Möglichkeiten und von Strebsamkeit erfüllt waren. Doch die Sorgen hatten ihre Wangenknochen herausgedrückt. Unter ihren Augenrändern hatten sich dunkle Schatten gebildet.

„Wenn ich irgendwoher verdammte 100.000 kriegte, würde ich es dem schon zeigen, dem Arschloch."

„Seit drei Tagen bin ich nicht mehr nach Hause gegangen. Der verdammte Alte hat angefangen, mir alles zu rationieren … hast du nicht was, Kamerad? Man muss schließlich irgendwas organisieren, wenn einem sogar der Teehahn zugedreht wird."

„Dieser Gupta, der Finanzchef, T.D. Gupta, nicht? Dieser fettbäuchige Macho … den müssten wir anvisieren.

Die Sau läuft meiner Schwester hinterher. Letzten Monat hat er für 800 einen Job angetreten."

„Kundnani sagt zu mir, mach mal rüber nach Singapur, ich geb dir 10.000."

„Wenn du erwischt wirst, rückt dann vielleicht Kundnanis Vater, diese Sau, mit der Kaution raus?"

„Kamerad, von irgendwoher kriegst du die Telefonnummer von Rajan oder von Brüderchen Ibrahim ..."

„Wenn mir einfach jemand 5.000 dafür geben könnte, ich schwör's, ich würde jeden Auftragsmord übernehmen!"

„Ramashankar ist von seinem Ausflug nach Nepal zurück. Der hat ordentlich was verdient ... Er hat davon gesprochen, dass er mich das nächste Mal mitnimmt."

„Diese Tochter von der Bäckerei Khaddus, die Deepa, seit die den Schönheitssalon aufgemacht hat, scheint es, hat sich das Schicksal ihrer Eltern gewendet ..."

„Schönheitssalon ... die hergelaufene Schlampe, das gibt die nur vor, die schafft an. Der Junior Engineer Sharma und der Bauunternehmer Satvindar haben sie zu zweit genommen."

„Wenn ihr Bruder das hört, dann wird dir der Blödmann ordentlich den Marsch blasen."

„Was soll der schon hören, der Spitzbube! Zuhälter ist der, Zuhälter! Gib her, hol mal zweitausend heraus, ich nehm dich gleich mit zu seiner Schwester ..."

„Kishor, du hast doch den MSc gemacht oder? In Physik."

„Hab ich alles vergessen, du Arsch. Ich geh jetzt in die Politik. Hör zu, ich hab einen Plan. Ich leg eine verdammte gefälschte Arbeitsbescheinigung vor, nehme eine dicke Mitgift und heirate, dann amüsier ich mich eine Woche lang in den Flitterwochen, verkauf die Ehefrau und geh nach Dubai ... Ich bin dieses Leben leid."

Und dabei war dies eine Zeit, in der auf den indischen Märkten alles voll war von allen Arten von Parfüms, Kosmetika, Limonadengetränken, Elektrogeräten und elektronischen Spielen, Waschmaschinen, Handys, digitalem Fernsehen, Camcordern. Jede Woche tauchten ein halbes Dutzend neue Automodelle auf. In Delhi waren Hunderte von Schnellrestaurants von McDonald's, Kentucky Fried Chicken und Nirula's eröffnet worden. In der Hauptstadt und in anderen großen Städten hatten Nachtclubs aufgemacht, wo nachts halbnackte Models Whisky und Wein verkauften und wo sich die Sprösslinge von Ministern, höheren Angestellten und Verbrechern vergnügten. In- und ausländische Spekulanten führten ganz offen dem Volk vor, wie man zum Millionär und sogar zum Multimillionär wird, wenn man dem Wettspiel und dem Lotteriespiel frönt. Das Geld, das ein Minister dieses Landes oder ein höherer Angestellter an einem einzigen Tag für das Mittagessen ausgibt, würde für Trinkwasser, Schullehrer und Tafel, Strom für die Feldarbeiten und zuhause und auch noch für öffentliche Toiletten für die Leute reichen, die in ärmlichen Hütten leben.

Aber jede Person, die so dachte, hielt man für hinterwäldlerisch, reaktionär und gleichsam für einen Orang-Utan in einem Zoo. Dieses System trat jeden Menschen zu Boden, der so dachte und warf ihn auf den Müllhaufen oder er wurde als ‚gefährlicher Verrückter' abgestempelt. Man bemühte sich, ihn auf jede erdenkliche Weise kaputt zu machen.

Im nationalen Parlament und in den Landtagen hatten sich Betrüger, Mörder, Diebe, Mittelsmänner ausländischer Firmen, Geldsäcke und ehrlose Typen eingenistet, die von illegalen Einkünften lebten. Das Gulzar-Hotel hatte fünf Sterne, dort floss der Alkohol in Strömen. Flüsse, Berge, Wald, Felder und Tennen, Mineralien, Erze, die Frau, Kinder, historische Monumente, Ehrlichkeit, Pflicht, Luft, Wasser, Meer – alles wurde kommerziell vermarktet. Der Premierminister wanderte ins Gefängnis. Gegen die Ministerpräsidenten liefen Verfahren wegen Unterschlagung, Diebstahl und Korruption. Die Richter fraßen Bestechungsgelder auf. Die Polizei machte mit

Verbrechern gemeinsame Sache und jeder Tag an der Schwelle zum 21. Jahrhundert war für Inder, die ehrlich und unschuldig waren und Gerechtigkeit einforderten, voller Blut.

Die Engländer hatten sich den Vorfall im Jallianwala Bagh geleistet, jetzt passierten täglich Dutzende solcher Vorfälle. Ravans Bastarde hatten die Flagge Rams aufgerichtet und ihre Herrschaft über die gesamte Wirklichkeit gesichert.

Ho … ho ... ho…
Saiyoniiii,
Chain ik pal nahim, aur koi hal nahim,
Saiyoniiii

„Oh, meine Freundin,
es gibt keinen Moment Frieden
und auch keine Lösung,
Oh, meine Freundin!"

Die Jungen grölten. Ihre Gesichter versanken in einem schwarzen Schatten, der jeden Augenblick tiefer und dunkler wurde. Es war schon ziemlich spät abends, die Dunkelheit war so finster, es herrschte solches Schweigen, dass man es mit der Angst zu tun bekam.

Aber zu dieser öden Zeit fielen auf manches Blatt auch einige kühle, durchsichtige und unschuldige Tautropfen, durch deren Feuchtigkeit das Leben gelegentlich ergrünt.

Die Vorlesung von Dr. Rajendra Tiwari war zu Ende. Er hatte über den Dichter Vidyapati gesprochen. Mit halb geschlossenen, lüsternen Augen und überströmender sinnlicher Begierde hatte er die ‚tiefere Bedeutung' von Worten wie Busen, Brustwarze, Lenden, Liebeslust, Erregung erklärt und sich deren Geschmack dabei auf der Zunge zergehen lassen. Für ihn bestand die Frau aus Brustwarzen, Lenden, dem Busen und den drei glückverheißenden Hautfalten oberhalb des Nabels. Die Mädchen hielten dabei ihre Köpfe gesenkt. Balram Pande, Vijay Pachauri, Vimal Shukla, Vibhuti Prasad Mishra hatten einander grinsend Seitenblicke zugeworfen.

Durch die Beziehungen seines Schwagers, der Mitglied des Oberhauses war, hatte Dr. Rajendra Tiwari den Padma Shri-Orden bekommen. Es gehörte zu seinen Gewohnheiten, die Mädchen anzustarren, ihnen in der Bibliothek nachzuspionieren und ihre Eltern anzurufen, falls sie dort etwa Kontakt mit männlichen Studenten aufnahmen. Zweimal hatte er deswegen schon Prügel bezogen. Mit Vorliebe ließ er in verschiedenen Städten und Städtchen zu seiner Ehrung feierliche Konferenzen organisieren. Es war allgemein bekannt, dass er überall, wohin er ging, in seiner Schultertasche einen Schal, eine Kokosnuss, einen Umschlag mit fünfhundertundeiner Rupie und eine gedruckte, gerahmte Ehrenurkunde bei sich trug. Nachrichten unter dem Titel ‚Feier zur Ehrung des hochgerühmten, verdienstvollen Hindi-Gelehrten Dr. Rajendra Tiwari' erschienen oft in den Zeitungen. Alle paar Wochen erhielt er irgendeine Auszeichnung oder irgendeinen Preis, den er selbst im Hintergrund mit organisiert hatte. Seine Doktorarbeit hatte er über ‚Das Erotische in der Krishna-Lyrik' geschrieben, doch die hatte bis heute niemand zu Gesicht bekommen.

Die Mädchen standen an der Eingangstür des Hörsaals. Rahul, Shailendra George und Shaligram gingen hinaus und wollten sich in der Bibliothek Bücher ausleihen. Als Rahul den Raum verließ, stupste er Anjalis Ellbogen an.

Anjali sah ihn an und zog zusammen mit Sharmishtha hinter ihnen her in Richtung Bibliothek.

Auf der Treppe zur Bibliothek rief Anjali ihm zu: „Rahul! Einen Moment!"

Rahul ging zu ihr.

„Ich muss dir etwas sagen", sagte Anjali.

„Jetzt gleich?"

„Nein, morgen. Ich komme morgen früh."

„Um wie viel Uhr?" Rahuls Herz pochte heftig. Anjalis Gesicht glühte wie im Fieber.

„Um halb neun." Anjalis Stimme bebte.

„Okay. Ich werde da sein", sagte Rahul und eilte zur Buchausgabe der Bibliothek, wo Shaligram und Shailendra standen.

Rahul entlieh drei Bücher: *Geschichte der Hindi-Literatur* von Acharya Ramchandra Shukla, *Anamdas ka Potha* von Hazariprasad Dwivedi und den ersten Teil der gesammelten Werke von Nirala, in dem dessen Gedicht *Ram ki Shakti Puja* stand.

Als er die Bibliothek verlassen hatte und in Richtung Hindi-Abteilung ging, überlegte er einen Moment lang, wie es kam, dass alle drei Autoren Brahmanen waren.

Und Anjali?

Die Tochter des Landesministers für öffentliches Bauen, L.K. Joshi? Die doch wohl auch?

Was für ein Paradox: Die Kaste, die ihn selbst und zahllose seinesgleichen vernichten wollte, unter deren Amoral, Ungerechtigkeit und Korruption diese ganze Epoche stöhnte, war dieselbe, zu der auch die Autoren gehörten, deren Werke er las – und ein gewisses Mädchen, das in jedem ‚Ticktack' seiner Herzensuhr mitpulsierte.

Wer hat die Macht über meinen Kopf und mein Herz? Wer kontrolliert meine Wahrnehmung und meine Instinkte? Die Sprache, in der ich spreche, denke und schreibe, wem ist sie zu Diensten?

O ihr bastardisierten Nachkommen Ravans! Seit Jahrhunderten amüsiert ihr euch köstlich, die ihr euch zum

Haupt der Kastenordnung erhoben habt, die ihr die gesamte gesellschaftliche und kulturelle Macht in den Händen haltet – ich bin mir selbst nicht wirklich klar darüber, ob ich euch liebe oder hasse.

Rahul hielt inne. Ein eigenartiger Konflikt tobte in seinem Inneren. Wie der Kampf eines Antibiotikums gegen einen Erreger, der im Blut eine Krankheit hervorbringt und sich ausbreitet, indem er weitere Mikroben seiner Art erzeugt. Sein eigenes Gehirn hatte sich in eine Folterkammer verwandelt, in der ein wilder Streit tobte.

In seinem Blut spielte sich ein Kampf zwischen Krankheit und Medizin, Gebrechen und Heilbehandlung ab. Es war fürchterlich.

Rahul öffnete Niralas gesammelte Werke und las:

„Oh mondlose, Finsternis speiende Nacht,
verloren jeder Richtungssinn, abgeflaut die Winde,
ungestüm im Hintergrund des Ozeans Getöse,
die Berge in tiefer Andacht, nur eine Fackel brennt.
Immer aufs Neue plagen den standhaften Ram Zweifel
und Furcht: Wird Ravan Weltenbeherrscher ...?"

Die Zeilen gehörten zu *Ram ki Shakti Puja* (‚Rams Anbetung der Shakti'). Als Rahul das Buch aufschlug, kam ihm seltsamerweise gerade dieses Gedicht vor die Augen.

Also? Das hieß doch, es gab einen, der den Kampf in seinem Inneren beobachtete, ganz still und unsichtbar.

Danke ... Danke.

Vom Neem-Baum her wehte eine kalte Brise herüber. Rahul fand wieder Frieden.

„Was ist passiert, Rahulji? Du siehst irgendwie abwesend aus", sagte Shaligram.

Rahul legte Shailendra George die Hand auf die Schulter und sagte lachend: „Nein, Shaligramji, *Vo to main nashe men talli ho gaya… ki kariye… ki kariye...* ‚Ich bin vom Wein berauscht... was soll ich tun... was soll ich tun…'"

„Du bist ein komischer Bursche, Rahul-bhai, mein Freund!“ Shailendra George legte ihm die Arme um den Hals.

Es war früh am Morgen. Rahul stand gerade am Fenster seines Wohnheimzimmers Nr. 252 und putzte sich die Zähne. Es war noch kaum halb acht. OP war im Badezimmer und wusch sich. Da fiel sein Blick nach unten auf die halbkreisförmig gewundene Straße, die das Spielfeld von drei Seiten umrahmte.

Da war er, der gelbe Farbfleck, und näherte sich langsam von der Wohnsiedlung her. Rahul schaute verdutzt auf die Wanduhr. Sieben Uhr zweiunddreißig. Wie konnte das sein? Sie wollte doch um halb neun kommen!

Er wischte die Fensterscheibe mit der Hand ab und blickte angestrengt hinaus. Es war eindeutig dieser gelbe Schmetterling, der sich neulich in einen Schirm verwandelt hatte. Absolut kein Zweifel! Das Blut in seinen Adern kam in Wallung. Verlangen nahm ihn in Besitz. In seinen Ohren hörte er das Pochen des eigenen Herzens.

„Das ist doch sie! Sie! Na klar!", entfuhr es ihm. Ruckzuck stieg er in seine Hose, wischte sich kurz mit dem Handtuch über das Gesicht, zog Schuhe an und rannte los, indem er jeweils drei Stufen mit einem Schritt nahm.

Anjali sah reizend aus, mit ihrer weißen Hose, der cremefarbenen, grüngetupften Bluse und einem hellgrünen Schultertuch. Ihr frisch gewaschenes Haar glänzte. Mit jedem Lufthauch wehte es hin und her.

Da erblickte sie Rahul. „Donnerwetter! Wie konntest du wissen ...? Du bist ja völlig außer Atem."

„Ich stand in meinem Zimmer am Fenster."

„Da postierst du dich also dieser Tage?" Anjali schaute sich nach allen Seiten um. Sie machte einen leicht nervösen Eindruck. In der Ferne schien die frühe Morgensonne. Auf dem Rasen des Spielfelds lag noch der Tau.

„Gehen wir über den Rasen, statt auf der Straße?", fragte Rahul, wobei er Anjalis Ellbogen berührte. „Du wolltest doch um halb neun kommen?" Rahul rückte mit seiner Schulter an ihre heran. Er sog den Duft von Anjalis Körper und ihren Kleidern tief ein.

„Mir wurde es langweilig. Papa ist nicht zu Hause. Die Landtagssitzungen laufen gerade. Mein Bruder bleibt nachts bis drei Uhr auf und schläft dann bis mittags um zwölf."

„Denkst du jemals an mich, wenigstens ab und zu?" Rahul fasste sie an den Armen. Anjali blieb stehen. In ihren Augen lag der Ausdruck von Schmerz und Sorge. Die innere Qual, mit der sie Rahul anschaute, ließ ihn bis ins Innerste erbeben.

„Warum ‚ab und zu'?" Nach einem kurzen Schweigen, als ob sie ihre Stimme wiederzugewinnen suchte, die irgendwie verloren gegangen war: „Each and every moment, Rahul!"

Rahul überlief ein Schauder. Das leichte Fieber, in dem ein weit in die Tiefe abgesunkenes Verlangen sich ganz zart vernehmen ließ, war allmählich wieder angestiegen. Warum war das so, dachte Rahul, dass in seinem Körper, sobald er sich Anjali näherte, sobald er sie sah, ein geheimnisvoller Aufruhr einsetzte, eine Art chemischer Reaktion, die allmählich sein ganzes Denken und Fühlen ergriff und seinen Atem schneller gehen ließ? Warum hatte er früher so etwas nie erlebt?

Warum hat sich mein Leben ganz von selbst auf einmal derart verändert? Wenn ich ins Fitness-Studio ging, wollte ich doch ein energiegeladener Panther oder Leopard werden. Bereit, das Beutetier anzuspringen. Wer war dieser Shahrukh, der das Mädchen, das er liebte, mit Blut besudelte, sie vergewaltigte, sie am Telefon einschüchterte. Und ich dachte, die Mädchen würden auf solche Typen stehen, die sie verletzen, die brutal mit ihnen umspringen. Aber zwischen Anjali und mir ist nichts als ein Schmetterling und ein Schirm! Wenn sich im Fernsehen, am Meeresstrand unter einer Kokospalme, einen Drink in der Hand, ein sonnenbebrilltes Mädchen dem Jungen an die Hüfte schmiegt – ob dieses Feeling dasselbe ist, das ich für Anjali empfinde?

Rahul sah Anjali an. Und sie sah ihn an. Er umfasste Anjalis rechte Hand mit seiner. Sofort erhob sich in seinem Körper ein Wirbelsturm elektromagnetischer Wellen. Im Licht der Morgensonne verlor Anjalis Gesicht allmählich seine Konturen und nahm eine kupferne Färbung an. Jetzt gleich würde der Sturm zu einem unkontrollierbaren Zyklon anschwellen, und sie würden darin wehrlos wie Grashalme davonfliegen.

„Gehen wir dort drüben hin?", fragte Rahul. Am Rand der Straße, am Fuß des Hügels unterhalb des Wohnheims waren große Felsblöcke, Semalbäume und Akazien, Sirkin- und Lantana-Sträucher. Dort war auch der Lagerraum mit angeschlossener Terrasse, wo die Sportgeräte aufbewahrt wurden. Er war immer abgeschlossen. Hinter diesem Lagerraum war nur noch Gestrüpp und keine Menschenseele.

Rahul strich Anjali die Haare zur Seite, die ihr über das Gesicht gefallen waren. Anjali drückte ihm zum ersten Mal fest die Hände. Mit ihrer ganzen Kraft. Dann sah sie Rahul lächelnd an.

„Was, mehr Kraft hast du nicht?", sagte Rahul. „Willst du Armdrücken?"

„Na los!" Anjali legte ihre Handfläche auf seine und sie verschränkten die Finger. Ah, wie weit entfernt dieses Mädchen früher gewesen war, als sie unter ihrem gelben Schirm daherstolziert war. Mit welcher Hingabe sie an dem Tag geröstete Maiskolben gegessen hatte!

Nachdem Anjali locker gelassen hatte und beinahe gefallen wäre, zog Rahul sie zu sich herüber.

In der Wildnis hinter dem Lagerraum des Sportplatzes, in einer kleinen Lücke zwischen zwei Felsen und Lantana-Sträuchern, erkundeten die beiden mit ihren Lippen ungestüm gegenseitig ihre Gesichter. Nur ihr heftiger Atem war zu hören.

Auf den Schmetterling, der die ganze Welt zum Narren gehalten und zum Schirm geworden war, hatte sich nun ein zweiter Schmetterling gesetzt. Vielleicht hatte er das

Geheimnis durchschaut, dass dies kein Schirm, sondern in Wahrheit auch ein Schmetterling war. Deswegen flüsterte er ihm in seiner Sprache etwas in die Ohren.

Rahul und Anjali hatten sich so ausgiebig geküsst, dass ihre Gesichter ganz feucht waren. Ihr Atem ging stoßweise. Ihre Augen verrieten Erregung, Unruhe, Leidenschaft.

„I love you, Anjali“, stieß Rahul mit Mühe hervor. Seine Stimme war belegt. Er hätte gern von Anjali dasselbe gehört. Aber sie schwieg, war völlig still. Noch einmal presste Rahul seine Lippen auf die ihrigen. Anjali öffnete Rahuls rechte Handfläche und schrieb darauf mit ihrem Finger: „I too love you!“ „Thank you! Thank you! Very, very, very, very much.” Rahul zog sie wieder an sich.

Kaum zu begreifen, wie schnell anderthalb Stunden vergangen waren. Inzwischen kamen gelegentlich Leute allein oder zu zweit die Straße am Rande des Sportplatzes entlang. Ab und zu hörte man eine Fahrradklingel. Jemand trieb seine Wasserbüffel die Straße entlang. Sie bekamen jetzt Angst, von Ziegenhirten entdeckt zu werden. Die konnten ihre Tiere in das Gestrüpp treiben.

An Anjalis Kleidern hingen jede Menge Grashalme und Blätter. Rahul sah genauso aus. Die beiden hatten sich erhoben.

„Es ist nicht gut, wenn wir zusammen weggehen. Man wird uns sehen. Ich gehe zuerst von hier auf mein Zimmer“, sagte Rahul.

Darauf erwiderte Anjali: „Rahul, es gibt da etwas, das ich dir erzählen wollte.“

„Was?“

„Gestern Abend kam dieser Gauner, Lacchu Guru, zu uns nach Hause. Er hat mit meinem Bruder getrunken. Sie haben über dich, Kartikey, OP, Parvez und Pratap gesprochen. Die Polizei hat ihn völlig unbehelligt gelassen. Papa hat von Bhopal aus den Polizeipräsidenten angerufen. Ich vermute, dass er nach Rücksprache mit Vice Chancellor

Agnihotri vorhat, euch alle in einen Kriminalfall zu verwickeln. Sei vorsichtig!"

Rahul war wie versteinert. Eine Menge von 300 Studenten hatte Lacchu Guru und seine Kumpane in Gegenwart des Vice Chancellors der Polizei übergeben. Dinmani hatte ihn dem VC gegenüber eindeutig als den Mann identifiziert, der Sapam Tomba überfallen, beraubt und misshandelt hatte. Hatten die Polizei und VC Ashok Kumar Agnihotri an jenem Abend etwa bloß Theater gespielt?

Es war wie eine Szene aus einem typischen Action Film aus Mumbai. War das etwa die Wirklichkeit? Offenbarte das kommerzielle Bollywood-Kino, das alle für minderwertig, obszön und billig hielten, die Realität unserer Zeit am authentischsten und glaubhaftesten?

Als Rahul im Bad seines Wohnheimzimmers duschte, erlebte er den Wasserschwall der Brause auf völlig neue Weise. Es war frisches, kühles Wasser aus einer Gebirgsquelle, das da auf seinen Körper prasselte.

Auch sein Körper war wie verwandelt. Durch seine Adern schien die kühle, frische Luft des Septembermorgens zu strömen und seinen ganzen Leib mit einem einzigartigen Hochgefühl zu durchdringen.

Plötzlich wurde Rahul klar, dass er zum ersten Mal in seinem Leben eine Erfahrung machte, eine Freude erlebte, die ausschließlich und ganz seine eigene war. Persönlich, privat und vertraulich. Ein Schatz, der sorgsam im geheimsten Winkel seines Gedächtnisses aufbewahrt werden musste, vor allen verborgen. Für immer.

„Jetzt singt das Herz mit allen seinen tausend Stimmen
zu hören diese Stadt der Zellen, du mein Körper, sing!"

Heute sah die Hindi-Abteilung völlig anders aus. Es war, als sei ein schmuddeliger, altmodischer, kranker Pilgerpriester, gerade erst genesen, aus einem Massagecenter hergekommen. Völlig frisch und neu. Er hatte ein Dampfbad genommen, sich schick gemacht, sich Farbe in die Haare und allerlei kosmetische Cremes aufs Gesicht geschmiert. Ein angenehm bunt gekleideter alter hinduistischer Abt, lachend in seinem farbigen karierten Hemd.

Ein bisschen in der Art wie der reiche alte Graf in der Geschichte von Tolstoi sich zurechtmachte, mit der Feder, die er unter seiner Perücke versteckt hatte, die Falten aus seinem Gesicht zog, bei ausgelassenen Nachtpartys in die Stadt kam und mit raffinierten und berechnenden Frauen seinen Spaß hatte.

Also, die Hindi-Abteilung war heute geschmückt. Überall Blumenvasen und Blumentöpfe. Abgesehen von künstlichem Blumen- und Pflanzenschmuck hatte man aus dem botanischen Garten Ringelblumen, Hazara, Hibiskus, Dahlien, Oleander und verschiedene Arten von saisonalen sowie duftlosen westlichen Blumen herbeigeschleppt. Die Mädchen hatten die Aufgabe erhalten, die Gäste zu umsorgen, indem sie Girlanden für sie machten und ihnen auf Tabletts kleine Erfrischungen servierten.

Als Rahul mit Shaligram und Shailendra George dort ankam, stand Anjali mitten unter den anderen Mädchen der Abteilung. Sie war gerade dabei, eine Girlande aus den weißen Blüten des Jasmins zu flechten. Für einen Augenblick schaute sie zu Rahul herüber. In diesem Blick war ein verborgenes Lächeln.

In der Abteilung hatte man die Möbel aus dem Gemeinschaftsraum hinausbefördert und ihn in einen Hörsaal verwandelt. Man hatte vier Podeste hingestellt, weiße Bezüge darüber gelegt und vier Stühle darauf platziert. Diese Stühle hatte man aus dem Zimmer des Abteilungsdirektors S.N. Mishra herausgeholt. Davor waren noch einmal unter weißem Tuch drei Tische versteckt, auf denen eine große Vase stand. Dahinter war an der Wand eine glänzende Bekanntmachung aus gelber Seide befestigt, auf der in einer schönen Schrift in roter Farbe stand:

„Professor Tribhuvan Narayan Mishra zu Ehlen". Anstelle vom „r" in „zu Ehren" stand dort ein „l", aber überraschenderweise sah es keiner. Die Hindi-Dozenten konnten nicht einmal Korrektur lesen, dachte Rahul.

Shailendra George erklärte, dass auf einem von den vier Sitzen der VC Ashok Kumar Agnihotri, auf dem dritten Abteilungsdirektor S.N. Mishra, auf dem vierten Stuhl links am Rand der Padma Shri Dr. Rajendra Tiwari und auf dem Stuhl Nummer zwei zur Rechten, das heißt zwischen VC und Abteilungsdirektor, der emeritierte Professor der Banaras Hindu University, Tribhuvan Narayan Mishra platziert würde. Ein hervorragender Kenner der höfischen Kunstdichtung und Herausgeber der so genannten besten Verse von Biharis *Satsai*. Ein bei Anstellungen an allen Universitäten des Landes und bei allen Zeitungen in Hindi einflussreicher, listenreicher Machtpolitiker. Ständiges Mitglied eines jeden Einstellungskomitees. Offizieller Ratgeber von Hunderten von Hindi-Instituten.

Abteilungsdirektor S.N. Mishra und Dr. Loknath Tripathi waren extra mit dem schwarzen klimatisierten Ambassador zum Bahnhof gefahren, um Professor Tribhu-van Narayan Mishra abzuholen. Ihnen folgten Studenten aus den höheren Semestern und auch einige ‚ergebene Schüler'.

Innerhalb kurzer Zeit kamen vor der Abteilung Autos der Marken Maruti, Centro, Zen und Matiz an und hielten. Aus ihnen kletterten lauter Hindi-Professoren, Privatdozenten und Lektoren heraus und kamen herein. Diese Autos waren aus Universitätsmitteln, mit geringen Zinsen und mit Krediten unter bequemen Rückzahlungsbedingungen gekauft worden. Dozenten, die ein Gehalt von 25- bis 30.000 pro Monat erhielten und in einem Jahr gerade mal drei bis vier Monate unterrichten mussten, kutschierten jetzt in Autos herum. Sie kauften sich Aktien-Zertifikate. Sie trugen dafür Sorge, dass ihre Kinder sich in Übersee niederließen. Mit vielerlei Tricks und krummen Rechnereien machten sie Reisen ins Ausland und gelegentlich streikten sie, um ihre Gehälter und Zulagen zu verbessern. Alle diese Dozenten, die sich auf die verschiedensten Ideologien und politischen Parteien eingelassen hatten, verfolgten ein gemeinsames Ziel – Geld und Beförderung. Alle ihre hohen Gedanken, alle ihre akademischen Prioritäten lösten sich auf, wenn es auf diesen einen Punkt kam.

Dabei gab es auch einige Ausnahmen. Deren Gesichter sahen anders aus. Sie waren wie ein paar Getreidekörner, die aus Versehen von einem großen Strohhaufen aus toten Gedanken und Idealen übrig geblieben waren. Auf jede Weise ignoriert. In diesem gewaltigen, herrschaftlichen Berg aus Stroh ein paar übrig gebliebene Körner einer verlorenen akademischen Spezies. In Zukunft werden die Archäologen diese quasi karbonisierten Samen analysieren, sie datieren und herausfinden, aus welchen Jahrzehnten in welchem Jahrhundert sie zu finden waren.

Mehr als ein Dutzend Dozenten und Professoren standen im Gang und vor der Hindi-Abteilung und warteten auf den schwarzen Ambassador. Der Unterricht fiel aus. 18 Studenten aus dem ersten MA-Studienjahr und 16 aus dem letzten Jahr waren versammelt. Die drei Büroboten der Abteilung flitzten überall herum.

16 Dozenten. 34 Studenten, darunter zehn Studentinnen. Und drei Büroangestellte. Alles zusammen eine menschliche Ressource aus 53 Personen. Von 34 Studenten lediglich drei, die nicht Brahmanen waren. Rahul, Shailendra George und Shaligram. Unter den drei Büroangestellten ein niedrigkastiger Yadav. Unter den 16 Dozenten zwölf Brahmanen, zwei aus der Händlerkaste, ein Kayasth und ein Rajpute. Das war die Demographie der Hindi-Abteilung. Die Struktur seiner Bevölkerung. Die Volkszählung.

Schließlich erschien um 11:32 Uhr der schwarze Ambassador des Vice Chancellors an der Freitreppe zur Abteilung und blieb stehen. Auf der hinteren Sitzbank befand sich Abteilungsdirektor S.N. Mishra mit dem Gast, Professor Tribhuvan Narayan Mishra. Dr. Loknath Tripathi saß dienstbeflissen gleich neben dem Fahrer Guddan Dube. Guddan Dube schien dem Verwandtschaftsgrad nach ein Neffe von VC Ashok Kumar Agnihotri zu sein. Man hatte ihm einen gefälschten Führerschein anfertigen lassen und ihm eine feste Anstellung gegeben.

Guddan sprang auf und öffnete die hintere Tür. Loknath Tripathi war schon ausgestiegen und entblößte seine Zähne zu einem strahlenden Lächeln. Auch die auf dem Gang stehenden Dozenten hatten ein Strahlen aufgesetzt. Die Unruhe und das Hin und Her fingen an. Der Abteilungsdirektor kam von der anderen Seite und stellte sich mit zusammengelegten Händen auf. Mit einem ganz dezenten Lächeln. Rahul bemerkte, dass es Dr. Shrivastav und Dr. Singh nur mit viel Mühe gelang, ein Lächeln zustande zu bringen. Sie schwitzten bestimmt vor Anstrengung zwischen den Zähnen.

Die Treppenstufen zur Abteilung fingen genau da an, wo Professor Tribhuvan Narayan Mishra sich befand. Die hintere Tür des Ambassadors war offen. Der ehemalige BHU-Professor Mishra, unvergleichlicher Kenner der *Ritikal*-Dichtung, und emeritierter Lehrstuhlinhaber musste nur noch die Stufen zur Hindi-Abteilung hinaufgehen.

Und damit war der Aufbau der Szene komplett.

Aus der hinteren offenen Tür des Ambassadors kam zuerst einer, dann der andere diesseitige, menschliche und echt dreidimensionale Fuß heraus. Beinkleid von weißem, handgewebtem Stoff, leichte Sandale von schwarzer Farbe. Gespreizte Zehen. Glänzende Beine von dunkler Farbe. Glatt, als wären sie mit einheimischem Ghee eingeschmiert. Kaum hatten diese Füße den Boden berührt, gaben die unruhigen halbgeschlossenen Augen im fettrunden Gesicht von Loknath Tripathi das Signal. Seine Brauen auf der Stirn machten einen Augenblick lang eine Bewegung, als würden sie tanzen. Und damit lief nun folgende Szene ab:

Padma Shri Dr. Rajendra Tiwari berührte als erster seine Füße.[5] Danach Dr. Shukla, danach Herr Jha, dann Herr Pandey, dann Dr. Pant. Dr. Vajpeyi rieb seine Stirn fest und tief bewegt an seinen dunklen Tatzen hin und her. Dr. Agrawal rieb seinen Hals und seine Nase an diesen Füßen. Dr. Dangval kämmte seine Locken mit den Zehen jener heiligen Füße.

Danach waren die Studenten dran. Sie, die dort eine surrealistische Szene vorführten.

Eine überaus authentische und substanziell postmoderne Szene der Hindi-Literatur an der Schwelle zum 21. Jahrhundert.

Rahul, Shailendra George und Shaligram hatten sich ein wenig abseits von diesem Zeremoniell aufgestellt. Wie Unberührbare, wie Latrinenputzer. Am Opferplatz waren Gefallene, Shudras und Hunde dem Religionsgesetz gemäß ausgeschlossen. Als der mollige, rundliche Professor Tribhuvan Narayan Mishra, mit einem leichten, gelben Hemd bekleidet – auf der Schulter ein weißes, handgewebtes und zusammengelegtes, mit Pfeilwurz imprägniertes und gestärktes Tuch – die Treppen hinaufstieg, tanzte der Student Vijay Pachauri aus dem ersten Jahr im MA freudig los, ekstatisch wie Mira Bai.

„Dies ist unser Derrida, dies ist unser Derrida.
Baudrillard, Baudrillard, dies ist unser Mishra!!"
So ist unser Mishra! So ist unser Mishra!!"

Ob Pachauri ein solches berauschtes Baul-Lied wirklich sang oder nicht, ließ sich nur schwer sagen, doch als Rahul Shailendra George fragte: „Hast du etwas gehört?", da

---

[5] Das Berühren der Füße ist in Indien eine gängige respektvolle Begrüßungsgeste.

antworteten Shailendra und Shaligram gemeinsam: „Ja! Wir haben da irgendwie etwas vernommen. Vielleicht singt Pachauri gerade."

„Ganz sicher! Der kriegt demnächst irgendwo eine Anstellung. Das gebe ich dir schriftlich." Wer hatte das gesagt?

In der allerletzten Reihe stand Rahul. Das Umhängen der Blumengirlanden und das feierliche Begrüßungslied waren schon erledigt. Padma Shri Tiwari stellte Acharya Mishra vor. Es war dringend nötig, die Sprache ins Hindi zu übersetzen, in der der Abteilungsdirektor seine Rede hielt. Darin glänzten zahlreiche äußerst seltene und abgehobene Sanskritvokabeln. Zwischendurch trug er immer wieder etwas im Rezitationsstil vor. Als er gegen Ende der Rede sagte: „Schauer der Freude durchziehen uns, allein schon wegen der Erfahrung, die wir durch die glückliche Fügung machen dürfen, dass wir durch die Gnade des dunkelhäutigen Gottes Krishna heute den höchst erlauchten Professor Tribhuvan Narayan Mishra bei uns haben", hatten einige Jungen Mühe, ihr Lachen zurückzuhalten.

Professor Tribhuvan Mishra erzählte von seinen Erinnerungen an die Welt-Hindi-Konferenz, die in London einberufen worden war, an die Feier zum Kabir-Jubiläum in Deutschland und an die beim Empfang des Premierministers in New York einberufene Hindi-Tagung. Dann erwähnte er sein neues Buch, das er über Kabir geschrieben hatte, dem zufolge Kabir den Islam aufgegeben hatte und zum Brahmanen geworden war. Der unwiderlegbare Beweis dafür war, dass er ein Gegner der Konversion und der Beschneidung war. Um seine Feststellung zu unterstreichen, rezitierte er ein Gedicht und interpretierte es. In diesem Gedicht hieß es: „Bleibet deshalben Hindus!"

Die Dankesrede gegen Ende war die von VC Ashok Kumar Agnihotri. Sie strotzte nur so vor professoraler Gelehrsamkeit. Er bat den Professor, die Forderung, in das Hindi-Curriculum Journalismus, Internet, Medien, Übersetzung und weitere sinnvolle Gebiete einzuflechten, dem Bildungsminister zu übermitteln. Professor Mishra stand mitten in der Rede auf und sprach davon, dass von Universitätsseite aus sofort ein Budgetposten dafür zur Verfügung gestellt werde, und versicherte inmitten von lautem Händeklatschen, dass dies dann innerhalb eines Monats abgesegnet werden solle.

Auch diese Themen werden hier gelehrt werden: Der mittelalterliche Gorilla, der schmarotzende Pilgerpriester und der Opferpriester. Im Internet werden Webseiten zum Thema Geburtshoroskop, die Wissenschaft der Handlesekunst, Astrologie und Zaubermittel eröffnet. Der Hindi-Journalismus wird zum betrügerischen und einschmeichlerischen Mittel für tantrische Diagramme, religiöse Feste, Opfer-Zeremonien und für die Gerissenheit der Machthaber. Übersetzung bedeutet nichts weiter, man macht einfach Sanskrit aus dem Englischen ...

Was für ein Unsinn. Auf der einen Seite der Westen, auf der anderen Seite die Pilgerpriester. Ist die Frage nach der Freiheit der Sprache weniger politisch als die nach der Freiheit einer geographischen Region? Rahul versank ins Grübeln. „Der Westen und die Pilgerpriester, das sind zwei Seiten ein und derselben Medaille." „He! Was? Hast du etwas gesagt, Rahul?", fragte Shailendra George aufgeschreckt. „Nichts, wann werden endlich die Samosa- und Gulabjamun-Portionen hergebracht, frage ich mich?", gab Rahul zur Antwort.

Seine Augen suchten ständig nach Anjali. Sie saß irgendwo vorne in der ersten Reihe. Rahul sah, dass Abha, Anima, Renu und Sima hereinkamen, während Professor Mishra seine Rede hielt.

Schließlich war Anjali die Tochter eines Ministers. Wenn sie nicht vorne sitzt, wird sie dann etwa nach hinten in seine Reihe kommen? Eine Art von Minderwertigkeitsgefühl und Niedergeschlagenheit nahm Rahul gefangen. Da hielt der Bürobote Kailash Yadav ihm eine Pappschale mit dem Imbiss vor die Nase. Der Duft der heißen

Samosas stieg Rahul in die Nase. In den vorderen Reihen teilten Sharmishtha, Lata und Chandra die Getränke und das Essen aus.

Als alle Leute außerhalb der Abteilung an der Zufahrt standen und Professor Mishra zusammen mit VC Ashok Kumar Agnihotri im schwarzen Ambassador sich bereit machten, zum Gästehaus zu fahren, kam ein Tata Safari an und hielt vor ihnen. Heraus stieg ein ein Meter achtzig hoher lächelnder Schnurrbartträger mit weißem Hemd und Hose. In der einen Hand des Schnurrbärtigen war ein Blumenbouquet und in der anderen sein Handy. Er kam voran und berührte die Füße von Professor Mishra, dann gab er ihm das Bouquet und schüttelte VC Ashok Agnihotri die Hand.

„Lakhan Lal Pande. Bruder Lakkhu", flüsterte Shaligram in Rahuls Ohr. „Der Vorsitzende des Stadtrats."

Shailendra drückte Rahul die Hand: „Lacchu Guru, das heißt Lakshpati Lal Pandeys leiblicher Bruder."

Rahul erstarrte.

Und dann blickten Abteilungsdirektor S.N. Mishra und Dr. Loknath Tripathi herüber, während die drei miteinander flüsterten.

Auch Balram Pandes Geieraugen richteten sich auf ihn.

Etwas wie eine furchteinflößende schwarze Motte, die wie ein Schnurrbart aussah, hatte sich unter seiner Nase niedergelassen, unter diesen Augen.

Rahul, Shailendra und Shaligram erzitterten alle drei.

In dieser Nacht, als sich Rahul in Zimmer Nummer 252 des Tagore-Wohnheims hingelegt hatte, sagte er zu OP: „OP, heute habe ich diese Augen gesehen. Ich habe Angst bekommen. Ich mache mir wirklich Sorgen, Kamerad."

„Was sagst du da? Träumst du?" OP machte das Zimmerlicht aus. Nun in der Dunkelheit richtete er seinen Blick direkt auf Rahuls Kopf.

„Diese Augen sind wirklich furchterregend, OP! ... wie die des Führers", sprach Rahul in die Dunkelheit. „Das ist kein Traum, es ist echt." Seine Stimme zitterte. „Sie sind auch jetzt noch hier. In diesem Zimmer. Über meinem Kopf."

„Es scheint, du bist ziemlich verstört, Rahul! ... Schlaf ein und sei still! Morgen reden wir drüber." OP drehte sich auf die Seite.

Doch Rahul fand in dieser Nacht keinen Schlaf.

Das war keine einfache Schlaflosigkeit, sondern eine Furcht, wie sie im vierten und fünften Jahrzehnt des 20. Jahrhunderts die Juden gehabt haben mögen. Werden denn jetzt Leute wie ich in Gaskammern geschickt? Ist es deswegen, weil zufällig kein Zorn auf Shailendra George, Masud oder Shaligram in mir ist? Deswegen, weil ich religiös bin, weil ich gläubig bin? Deswegen, weil ich mein Land, seine Vielfalt, die wesentlichen Aussagen seiner Verfassung liebe?

Es gab einen Film, der traurig stimmte, dessen Filmstreifen in Rahuls Kopf immer wieder ablief. Er sah, wie VC Ashok Kumar Agnihotri, der Abteilungsleiter S.N. Mishra, Professor Tribhuvan Narayan Mishra, Dr. Loknath Tripathi, der Wohnheimaufseher Chandramani Upadhyay, Radharaman Chaturvedi, Dr. Dangval, Dr. Pant, Dr. Joshi ... wie sich ein Gesicht mit dem anderen vermischte. Wenn das Gesicht von VC Agnihotri gleichsam auf der Leinwand zu erstarren begann, tauchte dahinter das Gesicht von Padma Shri Tiwari auf. Bevor das klar wurde, erschien der Kopf von Professor Mishra – tiefschwarz, mit dem hinduistischen Stirnzeichen ausstaffiert. Als seine Umrisse sich vervollständigten, trat dahinter die altbekannte Erscheinung des Premierministers hervor. Augenblicklich breitete sich etwas Nebelartiges aus und dann dieser dicke, fettbäuchige, gefräßige, lüsterne Nikhalani – er ließ sich von den preisgekrönten Schönheiten der armen Länder der Welt und den Modepuppen der reichen Länder Europas durchmassieren, in einem teuren Ferienclub Islands oder in der Luxuskabine eines Kreuzfahrtschiffs, das irgendwo im Ozean schwamm, und sprach dabei in sein Handy, während er mit großen Schlucken teuren

Whiskys Viagra-Pillen hinunterspülte, sich dem ungestörten Genuss hingab, dem endlosen Begehren:

„Hallo … hallo! Stellen Sie mich zum Premierminister durch! Hier spricht Nikhalani! … Verkauf es, verkauf alles. Wir kaufen alles auf, Boss. … Privatisiere die ganze indische Regierung, Pandit. Privatisiere die Verteidigung …! Wir kaufen die Polizei, die Armee, die paramilitärischen Einheiten, sie alle … wer was dagegen sagt, den kannst du abknallen, Kumpel, den Scheißkerl. Der ist ein Naxalit, Agent vom pakistanischen Geheimdienst. Ich habe hohen Blutdruck. Pandit, beeil dich! Schnell … mach schnell …!!"

Rahul schien es, als sei ein Jeep vor dem Wohnheim vorgefahren … er hörte etwas wie das Geräusch von mehreren Füßen. Gleich wird sicher an die Tür geklopft. Lacchu Guru wird mit der Pistole da sein. Oder aber mit der AK 47. Auch dieser ein Meter neunzig große liebenswerte Vogel Strauß wird mit ihm ermordet. Wo der Leichnam von Sapam ist und die zerbrochene Trommel von Chaitanya Mahaprabhu und die Zimbeln, wird auch sein eigener Leichnam hinkommen. Neben die Brille von Gandhi, in die Vitrine.

Ein furchterregend dunkler Tunnel war das. Es war kein Schlaf darin. Es war auch keine Luft darin. Nur Furcht und Angst. Man konnte darin nicht atmen! O Gott! Käme doch irgendwoher der gelbe Schirm und beschützte mich unter ihm!

Du bist meine Stärke, Anjali. Wirklich, ich liebe dich. Rette mich, bitte. Irgendwie.

Ob Rahul irgendwann einmal eingeschlafen war oder nicht, wusste er nicht. Als seine Augen aufgingen, fielen die goldenen Strahlen des Morgenlichts auf seine Stirn. Das Morgenlicht und seine Stirn, beide brannten in einem Feuer.

„Keine Ahnung, was du da alles in der Nacht vor dich hin gebrabbelt hast", meinte OP. „Warum sind deine Augen rot? Du hast doch kein Fieber? Was ist mit dir passiert?"

OP legte seine Handfläche Rahul auf die Stirn. Rahul schloss die Augen. Das war Anjali. Ihre Augen blickten besorgt. Betrübt, bestürzt. Sie beschützte Rahul mit ihrem gelben Schirm. „Du bist ein wirklich guter Freund, OP!“, sagte Rahul. Aus seinem Augenwinkel floss ein Tropfen Wasser heraus und fiel auf das Kissen.

OP zog los, um Paracetamol und andere Medikamente aus der Gesundheitsstation zu holen. Zu dieser Zeit hatten sich Grippe und Dengue-Fieber stark ausgebreitet.

Fünf Tage verbrachte er mit Fieber in sämtlichen Knochen. Doch trotz Fieber stellte sich Rahul immer wieder ans Zimmerfenster und blickte hinaus in Richtung Spielfeld. Dieser dahingleitende gelbe Flecken, der niedliche Schmetterling, der sich ganz langsam aus dem Tal erhob und in Richtung Universität hochkam, ließ sich in diesen fünf Tagen kein einziges Mal sehen.

„Es besteht ein Risiko des Austrocknens. Trink ordentlich Wasser. Mit Salz und Zucker", meinte Govind Nema. Er wohnte im C.V. Raman-Wohnheim und machte eine Forschungsarbeit in Pharmazie.

Pratap, Atluri, Niketan, Kartikey, Madhusudan, Parvez, Praveen, Masud – sie alle kamen immer wieder in Rahuls Zimmer. Man spielte Karten, es wurde gesungen und getrommelt. Man zog an den Stummeln von Biris und Zigaretten. Auch das Treffen der SMTF fand dort statt.

Aus der Hindi-Abteilung kamen außerdem Shaligram und Shailendra George. Ferner Rana, Manmohan, Raju. Rahul wurde immer unruhiger, so dass er vor allem Fragen über Anjali stellte. Wie ging es ihr? Was machte sie? Hat sie etwas gesagt? Warum ließ sie sich von seinem Fenster aus nicht sehen?

Am dritten Tag kam Hemant Barua lächelnd an und drückte Rahul einen Fetzen Papier in die Hand. „Message from your bird. Sie kam in unsere Abteilung und gab mir den Zettel."

Dieses niedliche Stückchen Papier war von heller Farbe und in einer krakeligen Handschrift wie von einem Kind. In blauer Tinte stand dort geschrieben: „Get well soon." Und darunter stand ganz klein in blauen Buchstaben ihre Unterschrift: A-N-J-I „Anji". Von Hemant erfuhr er, dass Anjali zurzeit mit dem Auto hergebracht wurde. Mit Fahrer. Sie wirke etwas besorgt. Doch Hemant sagte lachend: „Aber verlier dein Herz nicht, Rahul! Ich kenne das nur allzu gut ... Sie liebt dich wirklich … Ich mache jetzt eine ‚de-facto-Datei' von euch beiden. Die jeden Tag aktualisiert wird."

Rahuls Körper sonderte derartig viel Schweiß ab, dass er ihn immer wieder mit einem Handtuch abwischen musste.

„Guck mal! Ich wusste doch, was die richtige Medizin für diesen Typen ist" sagte OP. „Ganz umsonst bin ich zur Gesundheitsstation gerannt. Sein Fieber geht jetzt sofort zurück, nachdem er den Zettel bekommen hat." „Oh! Dann hatte er gar kein Dengue-Fieber!" sagte Hemant. „Es ist diese Krankheit von Nana Patekar." „Liebeskrankheit!", krächzte der ein Meter neunzig große Vogel Strauß.

„Ruhe!", brüllte Rahul drohend. Er fing an zu husten. Schließlich war diese Zeit nicht so sonderlich strahlend schön und glückselig. Es war nicht nur so, dass etwa nur Tautröpfchen auf seine Blätter fielen – sie wurden gnadenlos von Feuer und Eis versengt.

Von den drei Nachhilfeschülern, die Rahul hatte, hörten zwei auf. Man fand heraus, dass jemand der Tochter des Einkommensteuerbeamten Jaiswal gesagt hatte, er sei kein ordentlicher Junge. Irgendwer hatte M.L. Gupta von der ‚Gupta Transport and Travels Agency' gegenüber behauptet, er sei früher einmal ertappt worden, als er einem Mädchen bei der Nachhilfestunde ein Buch über die Liebeskünste gelehrt habe, dass er dort verprügelt und mit Schimpf und Schande vertrieben worden sei. Auch der dritte Nachhilfeschüler wäre vertrieben worden, aber Pratap hatte mit seinem Onkel gesprochen, der bei der Polizei war, und ihn damit gerettet.

Das bedeutete, dass die ‚Kreaturen' aktiv geworden waren. Sie waren im Besitz der größten Gerüchte- und Intrigenfabrik der indischen Geschichte. Welche Person oder welche Vereinigung sie auch kaputtmachen wollten – sie taten sich zusammen und schichteten einen ganzen Haufen aus Lügen und Gerüchten über ihn auf. Jahrhunderte-alte familiäre Spezialisierung kam voll zum Tragen. Die brahmanischen Bücher und alle Puranas waren die Beweismittel für diese Lüge. All die Hindi-Zeitungen, die vor einigen Jahren zur Zeit der Geschichte mit der Zerstörung der Babri Moschee in Ayodhya berichtet hatten, waren Beweismittel. Man erfuhr, dass Vice Chancellor Ashok Kumar Agnihotri bei der Sitzung des Hochschulrats gesagt hatte, er habe erfahren, dass Kommunisten und Naxaliten in den Wohnheimen seien und dass sie die anderen Studenten bedrohten. Über Kartikey Kajle und Madhusudan, deren akademische Leistungen ausgezeichnet waren, ließ man wissen, sie seien in Maharashtra und Kerala polizeiaktenkundig.

Was Rahul betraf, riefen Dr. Dangwal und Dr. Loknath Tripathi die Mädchen gesondert zusammen: „Haltet euch von ihm fern! Sein Charakter ist nicht in Ordnung."

In Rahuls Kopf lief alles durcheinander. Warum tat man ihm so was an? Etwa deshalb, weil er sich Mühe beim Studium gab? Weil er sich bei keinem Lehrer einschleimte? Weil er und die anderen Gefährten der SMTF zusammen die Gauner daran gehindert hatten, die Jungen auszurauben und zu quälen, die aus anderen Staaten und Bezirken kamen? Weil er einen Körper und ein Gesicht hatte, die man nicht korrumpieren konnte?

Oder deswegen, weil er kein Brahmane war, von unbedeutender Familienherkunft, und trotzdem trickreich in diese mittelalterliche Höhle eingedrungen war, indem er einem Mädchen hinterherschlich? Oder war er ein Negersklave, der mitten in einer römischen Stadt angekommen war? Oder einer von verachteter Kaste, an dessen Hals eine Glocke befestigt war; die er selbst anschlagen und dabei ausrufen musste: ‚Haltet euch fern, edle Herren! Hier geht ein niedriger Shudra vorbei. Seid so gut, edle Herren, und nehmt euch in Acht, dass ihr euch nicht verunreinigt, wenn sein Schatten über euch fällt. … Kommen Sie, in Ihrer großartigen vedischen Sprache betreibt da einmal mehr eine Schlange ihre Askese – lassen Sie ihr den Kopf abschneiden! Durch einen aus der Kriegerkaste. Hacken Sie doch ihren Kopf mit der Streitaxt Parashurams ab! Werfen Sie seine Frau ins Feuer, entführen Sie sie und wenn sie trotzdem überlebt, nennen Sie sie ,Hure' oder ,charakterloses Wesen' und werfen Sie sie aus der Stadt.

Aber denken Sie daran, dass diese Frau diesmal außerhalb Ihrer Hauptstadt in der Hütte eines Dalit eine Zuflucht finden wird. Und diesmal wird dieser Dalit, den Sie Dieb nennen, noch einmal ein erfolgreiches Epos dieser Zeit schreiben.

Und ihr Bastarde, sein Name wird noch einmal jener sein – Valmiki ...!

Hoopa ho!

Um elf Uhr nachts ging das Remmidemmi im Wohnheim los. OP kam zurück und meldete, dass Masud und Niketan in die Stadt gegangen seien, um sich den Film ,Satya' anzusehen. Dort hätten die Lakaien von Lacchu Guru die beiden erkannt, sie sich vorgenommen und sie ordentlich durchgeprügelt. Masud habe am linken Auge geblutet. Das linke Handgelenk, ein Rippenknochen und der Daumen der linken Hand seien gebrochen. Auch Niketan sei verletzt.

Am nächsten Morgen stand in der Zeitung namens ,Stimme des Volkes' auf der dritten Seite in der Rubrik ,Nationales', wo aber nur ,Lokales' gebracht wurde, eine Nachricht: ,Prügel für einen Romeo aus dem Studentenwohnheim, der einem Mädchen nachgestellt hat'. Dieser Nachricht gemäß hatte ein Junge aus einer Minderheitengemeinschaft im ,Ganesh-Kino' einem Mädchen aus einer anderen Gemeinschaft nachgestellt, deswegen hatte sich eine erregte Volksmenge gebildet und ihn und einen seiner Gefährten verprügelt. Der Polizeidienststellenleiter Vijay Narayan Sharma hatte der ,Stimme des Volkes' mitgeteilt, dass gegen beide Studenten eine Untersuchung eingeleitet worden sei.

Gemäß der ,de-facto-Datei' des Max Computer Centers wird der Herausgeber der ,Stimme des Volkes' regelmäßig bei Vizekanzler Agnihotri vorstellig und erhält eine ,monatliche Zahlung' dafür, dass er Informationen unterdrückt, die mit Betrug und Korruption dort zu tun haben.

Immer wieder werden in dieser Zeitung zum Lob von Vizekanzler Agnihotri Beiträge und freundliche Reportagen über seine Tätigkeiten abgedruckt. Im ‚gemischten Gesellschaftsraum Nummer 2' des ‚Ashiyana', der einzigen Bar der Stadt, konnte man praktisch jeden Abend diesen Herausgeber mit VC Agnihotri zusammen sehen, wie sie Whisky tranken und dabei rülpsten. Das sind Wesen von einer Sorte, die sich in der Politik als ‚Sozialisten' gerieren und kulturell Faschisten sind. Echte Brahmanisten.

Hemant Barua und Kartikey lachten. Hemant meinte: „Ich habe die Schreibweise von ‚Globalisierung' geändert. An die Stelle des ‚b' habe ich ein ‚k' gesetzt."

„Was bedeutet das?", fragte OP

„Bei uns findet keine ‚Globalisierung' statt, sondern eine ‚Glokalisierung'. Das heißt, ‚G-Lokalisierung'. Hemant sagte das in einer Art, von der schwer zu sagen war, ob darin Ironie steckte oder Zorn.

„Sag mal, du Rekrut der Hindi-Literatur, wie wird das noch mal ins Hindi übersetzt?", fragte Kartikey Kajle Rahul. Er kam aus Pune und seine Muttersprache war Marathi.

„Aus dem g wird ‚gemein' … und aus ‚Lokalisierung' wird ‚Verortisierung', das ergibt ‚Gemeine Verortisierung'", sagte Rahul. Seine Stimme klang gleichgültig.

„Das stimmt", sagte Kartikey.

Außerdem stimmte es, dass die jahrhundertealte Mühle von Lüge und Intrigen begonnen hatte, gegen Rahul und diese Jungen loszupoltern, die nur eine einzige Schuld hatten, nämlich dass sie weder unmoralisch noch korrupt waren, und außerdem, dass selbst in diesem spekulierenden, lüsternen und betrügerischen Zeitalter ihre Taschen leer waren, dass sie arm und ehrlich waren.

Shaligram und Shailendra kamen mit einer Neuigkeit, die weder OP noch Rahul glauben konnten. Und als sich bestätigte, dass die Nachricht wirklich stimmte, da tanzte das ein Meter neunzig lange Skelett vor Freude wie Michael Jackson und rannte dann wie P.T. Usha los, um die anderen Freunde zusammenzurufen.

Was war geschehen? An diesem Tag musste in jeder Abteilung der Universität für jede Semestergruppe ein Studentensprecher gewählt werden. Für das erste Jahr des Hindi-Kurses kandidierte Balram Pande. Jeder wusste, dass er der Günstling von Dr. Loknath Tripathi war, weil er in dessen Haus auch das Essen kochte. Vijay Pachauri hatte seinen Namen vorgeschlagen, und Ram Narayan Chaturvedi hatte den Vorschlag befürwortet. Alles deutete darauf hin, dass die Wahl glatt durchgehen würde.

Shailendra George erzählte lachend weiter: „Ich bin einfach zum Spaß aufgestanden und habe Rahul vorgeschlagen. Ich dachte, auch wenn er nur zwei Stimmen bekommt, wollen wir Pande keinesfalls ohne Gegenstimme durchkommen lassen. Shaligram stand gerade auf, um den Vorschlag zu befürworten, da ..."

„... erhob sich Anjali Joshi von den Mädchenbänken", unterbrach ihn Shaligram begeistert. „Sie sagte: ‚Ich unterstütze die Kandidatur Rahuls.'"

„Wir haben ausgerechnet, dass Rahul, auch wenn alle Mädchen für ihn stimmten, nur acht Stimmen bekommen würde. Balram Pande würde die Stimmen der neun Brahmanen bekommen und mit einer Stimme Mehrheit siegen", sagte Shailendra.

„Wir waren also darauf gefasst, zu verlieren. Aber als die Stimmen ausgezählt waren, da hatten neun für Rahul gestimmt und acht für Balram Pande. Er unterlag also mit einer Stimme", sagte Shaligram und klatschte in die Hände. „Also ist einer von denen aus der Reihe getanzt."

„Ich weiß auch, wer das war", sagte Shailendra George verschwörerisch wie ein Spion. Sharmishtha hat ihn auf unsere Seite gezogen. Die gehen jetzt miteinander."

OP war mit den anderen Freunden zurückgekommen und hatte ein Pfund frisch geröstete Erdnüsse mitgebracht. Außerdem hatte er bei Balbir in der Mensa zehn halbe Portionen Tee bestellt.

Mit Tee und gerösteten Erdnüssen wurde der unverhoffte Sieg bei der Wahl zur Studentenvertretung gefeiert.

Zehn Tage waren vergangen. Solange er fieberkrank war, hatte Rahul den Roman *Anamdas ka Potha* von Hazari Prasad Dwivedi verschlungen, der ihm ausgezeichnet gefiel. Auch als er von Shailendra und Shaligram über seine Wahl zum Studentenvertreter gehört hatte, war er, nachdem OP schlafen gegangen war, bis spät nachts wach geblieben.

Anamdas ka Potha erzählt die Geschichte des in einer Waldeinsiedelei lebenden Rishis Raikva, der zum ersten Mal in seinem Leben eine Frau sieht, woraufhin ihn ein süßer, in seinem Leben bisher unbekannter Schauder den Rücken hinunterläuft. In dieser Nacht überkam Rahul viele Male ein gleichartiger, ebenso einmaliger, ebenso süßer unbekannter Schauder. In seinem ganzen Körper und seiner ganzen Seele, wo immer Anjali ihn berührt hatte.

„Warum hast du das getan, Anji, warum hast du meine Nominierung unterstützt?", flüsterte er in der Nacht, ganz für sich, wie etwa ein Vogel, der in seinem Nest im Gezweig verborgen in der Nacht vor einem kalten Windstoß schaudert, sich selbst oder dem Zweig oder dem Wind etwas zuzwitschert.

In dieser Nacht vergaß Rahul, dass sein Leben und das zahlloser anderer seinesgleichen den Booten mit schwachen Segeln gleicht, die in einen Wirbelsturm geraten sind und sich in einem letzten, entscheidenden Existenzkampf verzweifelt dagegen wehren, in den gewaltigen, alles verschlingenden Wellen des rauen, brutalen Ozeans unserer Zeit unterzugehen. Deren Schicksal geht jedes Mal eine Wette mit ihrem Leben ein, und jedes Mal wird ihr Leben durch einen Zufall oder ein unverhofftes Wunder gerettet.

In dieser Nacht war es Rahul, als schliefe er unbesorgt und wohlbehütet an Deck eines Schiffes, das um ein Haar einer Titanic-gleichen Katastrophe entkommen war und jetzt auf seiner nächtlichen Fahrt ungehindert durch das unergründliche, zärtliche Wasser eines friedlichen, ruhigen Ozeans glitt. Am Himmel der Herbstvollmond, der nichts anderes war als Anjalis Gegenwart. Und sie schrieb mit ihren Mondlichtstrahlen auf seine Stirn lautlos die Geschichte eines ganz neuen Lebens …

Rahul stand gerade an der Schwelle, in einen tiefen Schlaf zu sinken, als ihm Verse aus einem Gedicht seines geliebten Dichters Garcia Lorca in den Sinn kamen:

„... auf meiner Stirn
die Unsterblichkeit des Mondes.
Ich möchte schlafen einen Augenblick,
eine Stunde, eine Nacht, eine Woche, ein Jahr,
oder vielleicht ein ganzes Jahrhundert …
Ich bin unendlich müde ...“

Als Rahul an diesem Morgen vom Fenster seines Zimmers Nr. 252 im Tagore Wohnheim unten am Fuß des Hügels den gelben Schmetterling langsam herbeiflattern sah, sich eilig Hose und T-Shirt überstreifte und gerade loslaufen wollte, da packte ihn von hinten OP am Hals.

„Du meinst wohl, du könntest mir weismachen, dass du so früh morgens joggen gingst? Bin ich denn so ein Schwachkopf?"

„Wohin gehe ich dann also?", fragte Rahul wie ein Unschuldslamm.

OP boxte ihn in den Rücken. „Geh du zu deinem Paracetamol. Aber denk daran, eines Tages bin ich es, der dir aus der Patsche hilft ... Zisch ab!"

Und Rahul zischte ab, jeweils drei Stufen überspringend.

Trotz der Schwächung durch das Fieber war sein Körper, wer weiß woher, voller Energie und Vitalität.

Du bist meine Power, Anji. Du bist meine Shakti!

Aber Rahul sah, dass Anjali erschrak, als sie ihn bemerkte. Sie blickte sich rasch in alle Richtungen um und sagte dann zu Rahul: „Komm nicht so zu mir hergerannt, Rahul. Things have changed now … Schnell, gehen wir dorthin."

Als sie den geschützten Winkel zwischen zwei Felsbrocken und Lantana-Büschen in der Wildnis hinter dem Lagerraum am Fuße des Abhangs erreicht hatten, klappte Anjali ihren Schirm zu und legte ihn unter einen Busch. Ihr Gesicht zeigte Sorge und den Drang, ganz schnell etwas loszuwerden, was sie auf dem Herzen hatte. Sie packte Rahul am Oberarm, wie man etwas anfasst, was einem gerade entgleitet. Wie ein Kahnfahrer das Ruder, das ihm in einer starken Strömung aus der Hand gerutscht ist, mit größter Mühe wieder zu erwischen versucht.

Anjali hatte Rahul so fest am Oberarm gepackt, dass Rahul erschrak!

Ihr standen Tränen in den Augen.

„Im Moment ist alles so weit in Ordnung ... Aber wir müssen weiter auf der Hut sein."

„Was ist passiert? Sag es mir." Rahul strich ihr einige Haarsträhnen aus dem Gesicht.

„Jemand hat uns bei meinem Bruder verpetzt. Über dich ist viel völlig verdrehtes Zeug geredet worden ... zum Beispiel nimmst du Drogen, hast einen miesen Charakter, oder du bist ein Naxalit ..."

Rahul bebte. „Wer hat das alles behauptet?"

„Und auch, dass du früher schon einmal in einen Kriminalfall verwickelt warst."

„Diese Bastarde!" Rahuls Blut war auf dem Siedepunkt. „Das ist alles Wort für Wort gelogen!"

„Als ob ich das nicht wüsste, Rahul." Anjali nahm Rahuls Hand und legte sie auf ihren Schoß. „Keiner, der dich kennt, wird diesen Verleumdungen Glauben schenken", sagte sie. „Aber wie viele Leute kennen dich schon? Die dich nicht kennen, werden es wohl glauben, nicht wahr? Deshalb sind Lügen immer sehr wirkungsvoll."

„Mein Gott!" Rahul war tief betroffen. „Kartikey hatte ja gesagt, dass sie ihre Werkstatt in Betrieb gesetzt haben."

„Werkstatt?" Anjali verstand nicht.

„Ach, egal", erwiderte Rahul. „Sag du, was du über mich denkst."

„Ich?" Anjali wurde von ihren Gefühlen überwältigt. Sie sah Rahul voller Zärtlichkeit an. „Bevor Rahul sich aufrichten konnte, hatte sie sich schon auf ihn geworfen. „Ich denke das ... und das ... und das ... und das ...!"

An dem abgeschiedenen Ort zwischen zwei Felsen brach in den beiden Körpern gleichzeitig und in gleicher Intensität eine leidenschaftliche Raserei aus, und die beiden flogen darin umher, prallten aufeinander.

Beider Gesichter waren feucht, ihre Kleider verknittert. Überall hingen vertrocknete Grashalme und Blätter daran fest.

„Die Mädchen haben mich wirklich unterstützt, Sharmishtha, Lata, Chandra ... alle. Auch von deiner Ethnologie sind Anima, Abha und Neera Didi zu uns nach Hause gekommen." Anjali seufzte tief und sagte: „Während du es dir mit deinem Fieber hast wohl ergehen lassen."

„Ich habe immer nach dir aus dem Fenster geschaut. Warum wirst du jetzt mit dem Auto gebracht?"

„Was sollte ich machen? Mein Bruder hat einen Fahrer angestellt, um hinter mir her zu spionieren." Anjali lächelte. „Aber jetzt ist alles in Ordnung. Wir müssen nur ein bisschen aufpassen."

„Aber wer steckt hinter alledem?", fragte Rahul.

„Die alle! Durchweg Brahmanen", sagte Anjali. Sie schwieg einen Moment und sagte dann, als sei sie ärgerlich: „Aber vergiss nicht, Rahul, dass du die Wahl zum Studentenvertreter gerade mit Stimmen der Brahmanen gewonnen hast, und auch diesmal haben sie dich gerettet."

Rahul schreckte auf. Was für ein Irrsinn, dachte er. Dann zog er Anjali an sich.

Und sie schließlich auch! Lieber Gott! Was hatte das alles zu bedeuten?

Kinnu Da hatte einmal gesagt: „In der Geschichte dieses Landes ist keine Kaste an ihrer Stelle geblieben. In einer Gegend war sie obenauf, in einer anderen Gegend weiter unten, und wieder woanders in der Mitte. Diese Kasten besitzen eine faszinierende Mobilität, nach unten und nach oben. Die Kaste, die sich irgendwo, auf irgendeinem Gebiet an der Macht etablieren konnte, hat den gesellschaftlichen Aufstieg geschafft. Diese Kasten sind wunderbar dynamisch. Deswegen sind sie auch gar nicht so orthodox, nicht so streng puritanisch. Je mehr Dynamik, desto größer die Vielfalt, und je großzügiger, desto liberaler.

Aber eine Kaste hat ihre Position fest zementiert. Vollkommen statisch. Über allen anderen. Seit Tausenden von Jahren. Das ist die Brahmanenkaste. Befreit von körperlicher Mühsal. Auserwählte Repräsentanten einer Kultur, die sich von der Arbeit, den Opfern und der Mühsal anderer nährt. Diese Kaste hat mit ihrer Freiheit von körperlicher Arbeit für sich eine himmlische Welt geschaffen, in der sie seit Jahrhunderten heimisch ist. Sie hat eine Scheinwelt aus Sprache, Aberglauben, Verschwörung, Gesetzesbüchern und falschem Bewusstsein erzeugt, durch die sie Leben und Denken anderer Kasten und damit die ganze Gesellschaft beherrschen konnte.

Rahul, du wirst das Gedicht des israelischen Lyrikers Amichai *A very active head on a very passive trunk* gelesen haben ... Auf einem nutzlosen, phlegmatischen Körper ein überaus effizientes, gerissenes, konspiratives Gehirn. Eine Art Schädel, in den du völlig gerade Nägel einschlagen kannst, und sie werden zu Schrauben und Federn."

Kinnu Das Stimme hatte nun ernst geklungen. „Sie sind seit Jahrhunderten die größten und tödlichsten Manipulatoren der Macht. Eine vergleichbar raffinierte Zauberkünstlerkaste, die die Macht ergriffen hat und sie in ihrem Schraubstock festklammert, gibt es in der ganzen Weltgeschichte nicht noch einmal. Ein gut organisiertes System von Manipulatoren der Macht. Um der Herrschaft und des Reichtums willen ist diese Kaste zu allem bereit. Es ist das Unglück dieses Landes, dass sie immer Erfolg hatten. Bis heute."

Oh, das war es also! In Rahuls Hirn ging es wild durcheinander. Das war also der Grund, warum Queen Victoria in der Hindi-Literatur zur ‚Befreierin aus der Not' ernannt worden war. Warum auf George V. zu seinem festlichen Empfang Lobeshymnen geschrieben wurden.

Zu britischer Zeit erschienen Artikel und Gedichte zum Lobpreis der Engländer: Ihr habt uns vor den Unberührbaren, den Häretikern, den Schlächtern, das heißt den Muslimen, gerettet. Und zur Mogulzeit Schmeicheleien für die Kaiser in Avadhi und Braj als Zweizeiler, Vierzeiler und Sechszeiler in verschiedenen Metren: Ruhm und Dank sei euch, dass ihr uns vor den aufsässigen, wilden, den gemeinen Shudras, den Bauerntölpeln und den unreinen Kasten beschützt habt ...

Und jetzt, an der Schwelle des 21. Jahrhunderts, haben diese ewigen Hindi-Literaten der höheren Kasten begonnen, die korrupten Beamten und Politiker liebedienerisch zu hofieren. Rahul war von Abscheu, Selbstzweifeln und Scham erfüllt.

Was ich also für den MA studiere, ist das Hindi-Literatur oder Brahmanenliteratur? Um seine neue und revolutionäre Botschaft zu verkünden, musste Buddha vom Sanskrit abrücken und zum Pali Zuflucht nehmen. Muss man heute, um Ideen für einen Wandel auszudrücken, sich vom Hindi abkehren und auf irgendeine andere Sprache zurückgreifen?

Mit anderen Worten: heute wäre in Hindi kein Buddha möglich, kein Gandhi ... Heute können sich darin nur Acharya Tribhuvan Narayan und Padma Shri Tiwari halten!

„Oh, Shit, Shit", entfuhr es Rahul.

Anjali sah ihn erschrocken an: „Was ist los? ... Du siehst irgendwie bedrückt aus."

„Nein ..." Rahul küsste sie auf die Stirn. „I love you too much! Ich liebe dich wie verrückt." Er stockte einen Moment und sah Anjali dann mit einem kaum wahrnehmbaren Ausdruck von Schmerz an. Auch Anjali kannte diesen Schmerz. Rahuls Gesicht wurde langsam blass.

„Glaub mir bitte, ich liebe dich über alles, Miss Joshi!", sagte Rahul mit kraftloser Stimme.

„Ach, sei doch still!" Anjali gab ihm einen Klaps auf die Wange. Aber Anjali hatte ihm den liebevollen Klaps wegen des scheinbar scherzhaften „Miss Joshi" versetzt, das kein Scherz war, sondern eine große Grausamkeit.

Aus unterschiedlichen Richtungen waren plötzlich Stoßwinde aufgezogen und hatten sich zu einem Windsturm zusammengebraut. Anjali ergriff ihren Schirm und hielt ihn gut fest. Zum Glück war er nicht aufgespannt, sonst hätte ihn der Sturm wie jetzt die vertrockneten Blätter, Grashalme, Papier oder Plastiktüten fortgewirbelt.

„In unserem Dorf nennen wir das ‚Raksa', das heißt Winddämon. Man sagt, wenn du das erste Blatt, das hochfliegt, irgendwie erwischen kannst und es zwischen die Zähne steckst, dann bist du verschwunden, vollkommen unsichtbar. Niemand kann dich dann mehr sehen", sagte Rahul.

„Sehr gut", sagte Anjali, „sollen wir los und das erste Blatt suchen?"

„Erstens werden wir es in diesem ganzen herumfliegenden Zeugs nicht erwischen, und selbst wenn wir es erwischen, wie soll ein Blatt zwei Leute unsichtbar machen?" Rahul wurde es leichter ums Herz.

„Auch zwei Leute können unsichtbar werden", sagte Anjali.

„Mit nur einem Blatt?", zweifelte Rahul.

„Klar!" Anjali lächelte.

„Wie denn?", wollte Rahul erstaunt wissen.

„Sie werden bestimmt unsichtbar! Das sagte ich ja schon. Was heißt hier ‚wie'?", sagte Anjali mit Nachdruck.

„Aber ...!" Rahul hatte die Methode noch immer nicht verstanden. „Aber wie?", fragte er noch einmal.

„So ...! ... So!", sagte Anjali. Sie drückte sich ganz eng an Rahul. Mit ihrer ganzen Kraft. Rahul kam es vor, als seien sie schon völlig unsichtbar geworden. Nun konnte niemand sie sehen. Sie dagegen konnten alle sehen. Die ganze Welt. Die ganze Stadt und den Himmel.

Hinter dem Geräteraum am Ende des Sportplatzes, am Fuß des Hügels, an der geheimen, abgeschiedenen Stelle zwischen zwei grauen Felsen, waren sie unsichtbar geworden. Da war nur Anjalis gelber Schirm, und auch der war zugeklappt und lag verborgen unter einem Lantana-Strauch.

Aber war das überhaupt ein Schirm?

Das war doch der Schmetterling, der eines Tages seine Form verändert hatte und jetzt der ganzen Welt etwas vorgaukelte.

Vor aller Augen sichtbar. Im hellen Tageslicht.

Hast du aufgehört, zum Krafttraining zu gehen?", fragte OP „Du kommst mir zur Zeit ziemlich schwach vor."

Rahul schwieg eine Weile, dann sagte er: „Weiß auch nicht, OP, ich habe irgendwie ständig Angst ... Es war ein Fehler, dass ich mich in Hindi eingeschrieben habe, Kamerad."

„Ich hab es bis heute noch nicht begriffen", meinte Hemant Barua lachend. „Bis jetzt ist noch nichts endgültig verloren. To hell with Hindi! Mach einen Kurzzeitkurs am ‚ZAP' oder am ‚NIIT' und komm aus dieser Hölle heraus!"

„Die Situation beim Urdu ist genauso", meinte Parvez. „Wenn Hindi die Hölle ist, dann ist beim Urdu die Unterwelt. Shahid hat nicht einmal das erste Jahr durchgehalten. Er hat einen Reparaturladen für Kühlschränke und Fernseher aufgemacht und kommt zurecht. Er meint, er geht nach Dubai."

„Ich gehe nirgendwohin. Ich bleibe dabei. Ich kämpfe damit und verrecke darin." Rahul lachte. Dieses Lachen war nicht sehr natürlich.

„Klar, du Penner, warum solltest du auch aus diesem Sumpf herauskommen. Dein Paracetamol, dein Sonnenschirm, dein Schmetterling, dein Vögelchen – das alles ist in diesem Hindi", krähte der Vogel Strauß wieder los und sang leise und fürchterlich falsch ...

Jina yahan, marna yahan, iske siva ...

„Wenn ich leben soll, dann hier,
wenn ich sterben soll, dann hier, andernfalls ..."

„Ruuuhe!", schrie Rahul. Alle lachten los.

Je häufiger Rahul Anjali traf, umso gieriger wurde er. Ihm schien, dass ein riesiger Ozean in ihm war, der in gewaltige Unruhe geriet, sobald er in Anjalis Nähe kam – so als wenn er die ganze Erde, die Berge, die Städte mitsamt ihren Einwohnern in sich hinein schlingen würde.

Wann immer er nach einem Stelldichein mit Anjali zurückkehrte, schien es ihm, als seien die wahnsinnigen, begierigen und sich hoch auftürmenden Wellen im Ozean seines Inneren irgendwie an einem felsigen Steilufer abgeprallt und verzweifelt wieder zurückgeworfen worden. Niedergeschlagen und aufgelöst.

Unbefriedigt, verzweifelt und entsprechend einsam blieb er jedes Mal zurück – der Ozean.

Heute trug Anjali blaue Denim-Jeans und ein loses weißes T-Shirt. Dieses Mal war es der dritte Stock der Bibliothek, eine Ecke an der Wand Richtung Süden. Dort war ein seit Jahren verschlossenes, schmuddeliges, blindes Glasfenster, durch das das Licht von außen kaum eindringen konnte. Davor nichts als reihenweise Bücherregale.

In dieser Ecke, in dem engen Zwischenraum zwischen zwei Bücherregalen, bemühten sich die beiden, unsichtbar zu bleiben. Der Geruch alternder Bücher, das milchige Licht, soweit es das schmutzige Fenster durchdringen konnte, die Feuchtigkeit, die aus den Wänden austrat, der feine Staub … die beiden verschränkten sich derartig heftig und ruhelos, dass es schien, als brauchten sie die ganze weite und breite Erde, um ihr Begehren zu erfüllen. Dabei war der Platz zwischen den beiden Bücherregalen ziemlich eng.

Zum ersten Mal hob Rahul Anjali hoch, während Anjali mit beiden Beinen seine Taille umschlang. Diese Augenblicke ließ ihre Umgebung im Nu in Dunkelheit versinken. Es war, als ob bei den beiden der Atem aussetzte. Rahul öffnete seine in halber Trance geschlossenen Augen und versuchte Anjalis Gesicht anzuschauen. Ihr Gesicht war völlig verändert. Da war eine Blüte, die in einem Feuer verbrannte. Und die dabei zitterte. In süßes Gift gesenkt dahinwelkte.

Dann sah Rahul in einem umnebelten Moment Anjali in die Augen. Wie diese Augen aussahen! Sie träumten von einer anderen Welt. Ihre Pupillen waren starr, aber was sie sahen, war eine Szene aus einer irgendwie sehr weit entfernten anderen Zeit und einer anderen Welt. Es lag eine tiefe Versunkenheit darin.

Waren sie beide wie zwei Fische, die in der heftigen Strömung in einem Fluss schwammen, die sich schon kannten, aber auch jetzt noch in ihrem winzigen Körper voller Begehren auf den anderen waren und obwohl sie schwammen, immer mitten durch den anderen hindurch wollten? Unmögliche, unschuldige Bemühungen, aus dem Körper des anderen wieder herauszukommen. Immer wieder.

Rahuls Hand drang zum Reißverschluss von Anjalis Hose vor.

„Nein … nein …! Was machst du da?“ Anjalis Satz durchdrang die Dunkelheit, ein halb unbewusster Widerstand.

„Lass mich … bitte!“ Rahuls Worte zischten wie ein Windhauch.

„Nein! Nicht hier.“ Anjali drückte ihn noch fester an sich.

„Wo dann?“ Dieser Satz tauchte irgendwie an die Oberfläche.

Dann war ein dumpfes Geräusch zu hören. Als hätte jemand ein Buch aus dem Regal herausgezogen … Beide erstarrten. Wie eine Statue. Sie hörten sogar auf zu atmen.

Padma Shri Tiwari und Balram Pande suchten etwas im Schrank direkt an der Eingangstür des Saals. Ein Buch.

Rahul ließ Anjali ganz langsam herunter. Beide senkten die Köpfe und versteckten sich hinter dem Regal. Ihren heftigen Atem hielten sie krampfhaft unter Kontrolle.

Als Padma Shri Tiwari und Balram Pande nach draußen gingen, atmete Rahul auf. Da sah er, dass auf einem Brett des Regals, hinter dem er sich mit Anjali versteckt hatte, wo er zwischen Bücherreihen hindurch gelugt hatte, Jan Otčenášek's Roman ‚Romeo, Julia und die Dunkelheit‘ stand.

Mitten in dem Lärm von Stiefeln und Gewehren der Nazi-Soldaten zwei unschuldige, makellose und hilflose junge Leute in einem seit Jahren verschlossenen Zimmer. Ein Junge und ein Mädchen. Zwei gleichaltrige Kinder, jeden Augenblick zwischen der Angst vor dem Tod und der Liebe zueinander hin- und hergerissen.

Diesen Roman hatte Rahul gerade im vorigen Monat gelesen. Die schöne Übersetzung von Nirmal Verma, die einem Gedicht ähnlich war.

Inmitten des sich überallhin und jeden Moment ausbreitenden Schreckens und der Gewalt ein langsam heranwachsendes, sehr zartes Pflänzchen in einer Zimmerecke eines heruntergekommenen Gebäudes, das jeder Zeit zusammenbrechen konnte.

In der Dunkelheit der Sünde.

Eine allerheiligste Urblume, die sich in dieser barbarischen Zeit in einem gefährlichen Versuch abmühte, wie eine Gnade inmitten der Dunkelheit der Sünde zu blühen.

Rahul küsste Anjalis Handfläche.

„Dann sag, wann? Sag es mir“, fragte er. In seiner Stimme lagen die Unruhe und die Einsamkeit jenes Ozeans.

„Am Donnerstag.“ Es schien, als hätte Anjali von Anfang an diesen Tag festgelegt.

„Warum ausgerechnet Donnerstag? Das ist doch noch sieben Tage weit weg. Warum nicht morgen?“ Rahul war ungeduldig.

„Verrückter. An dem Tag haben wir nur zwei Unterrichtsstunden“, sagte Anjali.

„Ja, die über die ‚Bhakti-Epoche‘ von Dr. Loknath Tripathi und die über Vidyapati von Dr. Rajendra Tiwari.“ Sagte Rahul. „Du … brillant!“

Anjali brachte ihre Kleider in Ordnung, zog einen Kamm aus der Tasche und kämmte sich die Haare.

„Aber wo?“ Rahul dachte nach.

„Keine Ahnung“, antwortete Anjali und ging weg.

Rahul blieb in dem engen Zwischenraum zwischen den Regalen noch lange stehen, nahm wahllos Bücher heraus und blätterte ihre Seiten um.

Sonderbar war, dass aus den alternden Papierseiten der Bücher keine Feuchtigkeit oder Schimmel herauskam, sondern der frische und sinnliche Geruch von Anjalis Körper. Dieser Duft umgab Rahul von allen Seiten.

Nach einer ganzen Weile, kurz bevor er die Bibliothek verließ, atmete Rahul ganz lang und tief und saugte sich mit dieser Luft noch einmal die Lungen voll.

„Bette mich auf Berge von Begehren
wo ich wie ein Wasserfall ströme.
O Spiegel! Schreib' mich wie mit Tinte in den Himmel
Und lies mich.
O Spiegel!
Lächle und bring mich um.
O Spiegel!
Ich bin dein Leben …"

Langsam erschloss sich Rahul die Bedeutung dieser Zeilen von Shamsher. Es war das Leben selbst, das dieses Gedicht wahrhaft begriffen hat und es nun mit seinem Kommentar versah.

Ein Tag verging nach dem anderen. Die Zeiten änderten sich.

Eine Zeit mit noch nie da gewesenen historischen Widersprüchen.

Dr. Watson, ein Gelehrter von internationalem Ruf in der Geologie, verließ die Universität und ging nach Australien. Er reichte einfach seine Kündigung ein. Einen Tag vor seiner Abreise, am Abend, zog er noch einmal aus, um sich ein letztes Mal die Berge anzusehen. Kartikey Kajle war in seiner Abteilung.

Kartikey sagte: „Er war sehr traurig. Lange blieb er still an dem alten Brunnen stehen, in dem Sapam sich umgebracht hat. Er hob einen steinernen Brocken aus der verfallenen erhöhten Brunnenplattform hoch. Es war ein sonderbarer Stein, ein wenig durchsichtig.

Lange sah er sich diesen Stein an. Darüber wurden ihm die Augen feucht. Doch dann schmiss er urplötzlich diesen Stein voller Ingrimm in den Brunnen."

Kartikey sagte: „Ich warf einen Blick nach unten. Dort war es gar nicht so dunkel ... Da schwamm immer noch eine von Sapams Sandalen der Marke ‚Liberty' herum."

Dr. Watson sprach: „Es war ein Fossil … ein Schneckenhaus. Tausende von Jahren alt. Als hier ein Ozean oder ein totes Meer gewesen sein mag, ein Schneckenhaus aus dieser Zeit. Das Schneckenhaus, das ihr als Muschelhorn verehrt … ein Utensil im Gottesdienst der Vishnuiten."

Kartikey erzählte, sie hätten ihn gefragt, warum er von hier weggehe.

Dr. Watson lachte und sagte zu ihnen: „Weil ich mich hier nicht sicher fühle. Time has changed … Ich habe Angst."

„Auch ich habe Angst, Kartikey!", sagte Rahul mit schwächelnder Stimme.

„Wer hat denn etwa keine Angst? Ist hier etwa einer sicher?" Kartikey war zornig. „Sie werden wohl all diese verdorbenen, gefährlichen, verkommenen Konsumartikel aus dem Westen importieren. Glücksspiel, Börsengeschäft, Waffen, aufputschende Getränke, Alkohol, Pornographie, Pizza, Autos – das ganze Angebot an Spaß, Genuss, Glück, Rausch und Gewalt – in ihrer Gier danach haben sie den Verstand verloren. Sie wollen das gemeinste, verkommenste Produkt aus dem Westen, aber das beste, was er hervorgebracht hat, das wollen sie ausmerzen. Das sind seine Feinde und Mörder.

Kartikeys Augen waren rot vor Zorn. „Sie werden eine Pistole aus Amerika kaufen und damit Christus erschießen. Mit der gemeinsten Sache aus dem Westen werden sie das Erhabenste aus dem Westen ermorden, sie werden Autos aus Japan kaufen und damit Buddhas Kopf zerquetschen. Sie holen sich biochemische Waffen aus dem Irak und bringen damit den Propheten Muhammad um. Sie holen sich Raketenabschussrampen aus Israel und sprengen damit Jehovas Körper in die Luft. Diese Barbaren, diese Teufel!"

Kartikey war ganz außer Atem.

„Was sollen wir tun?" Dieser Satz, von irgendjemand eingeworfen, brach wie ein Donner los und ließ jeden erzittern. Wie ein verletzter Eidechsenschwanz.

Kartikeys Worte klangen in Rahuls Kopf nach. „... Sie holen sich Feuer aus dem Rigveda, und verbrennen damit alle Veden. Aus den alten Überlieferungen holen sie sich den Dreizack und bringen damit Shiva und Vishnu um. Sie werden die Vernichtungswaffe Brahmas an sich bringen und die ganze Schöpfung zerstören!"

„Alle Größen aus der Geschichte der menschlichen Zivilisation und der Überlieferung, die es bis heute gegeben hat, bringen sie gegeneinander auf und schlagen sie kaputt."

Sie sind die ‚Critters', vom Teufel selbst von wer weiß was für einem Stern hierher geschickte Kreaturen ...

Sie sind Nachkommen Ravans, die übers Meer zurückgekehrt sind, und halten jetzt alles in ihrer Hand: die Macht, das Geld, die Sprache, die Worte, die Zeitungen, die Computer, TV ... die Satelliten, die in den Weltraum fliegen, die Atombombe und einen unglaublich großen Markt.

„Was für eine großartige Erkenntnis soll das sein?", dachte Rahul.

Er dachte daran, dem amerikanischen Präsidenten eine E-Mail zu senden: „Wenn Sie sich für einen Anhänger des Herrn Jesus erachten, halten Sie sich von diesen mächtigen Zuhältern der Macht fern! Das sind die Mörder von Jesus, dem Barmherzigen."

Die Dinge änderten sich schnell. Neben dem ‚Max Computer Center' hatte ein Laden eröffnet, der Sachen verkaufte, die vom Zoll einkassiert werden. Es gab Buden für Pepsi, Cola und Mirinda. Zwei Fast-Food-Restaurants hatten aufgemacht, wobei in dem einen die Bedienung mit Turbanen und Uniformen im fürstlichen Stil ausgestattet waren. Die Hamburger, die es in Imbissbuden oder in mobilen Garküchen für fünf oder sechs Rupien gab, kosteten hier zwanzig Rupien. Die südindischen Dosas, die woanders sieben Rupien kosteten, waren hier für 22 Rupien zu haben. Erstaunlich war allerdings, dass dieser Laden am besten lief. Nudeln, Pizza, gegrilltes Hühnchen, Eis, Hamburger, mandschurische Küche ... eine neue Getränke- und Speisekarte war angekommen. Ein großer Laden für Grußkarten, Kuchen und Geschenkartikel hatte neben dem Supermarkt an der Universität aufgemacht. Vier Stände für Zigaretten und Betelhappen befanden sich direkt auf dem Campus. Einer davon direkt vor dem Wohnheim. Hier hatte man auch angefangen, Haschisch in Form von kleinen Pillen zu verkaufen, die als ayurvedische Medizin produziert wurden, außerdem so genannte ‚süße Rosinen', Marihuana und ‚brauner Zucker' sowie weißes Pulver. Kondome in- und ausländischer Produktion und Verhütungspillen waren zu etwas ganz Gewöhnlichem geworden. AIDS-Aufklärungsposter und entsprechende Slogans, Werbung für Ultraschalluntersuchungen für Schwangere und Abtreibungen gab es überall.

Der Fruchtsaftladen hinter dem Postamt verkaufte bis spät in die Nacht in Plastikbechern alles von Bonnie Scott, MacDowell's Diplomat, Director's Special, Old Monk bis zu dem Gesöff, das selbst Tote auferweckt, und billigem Sprit. Die Polizei zog dabei ihren wöchentlichen Bonus ein.

Wetten und Lotterie waren überall beliebt. Es gab drei lokale Fernsehkanäle, die spätabends Soft-Pornostreifen zeigten. Tagsüber liefen meistens Predigten von Asaram

Bapu, Murari Bapu und so weiter und so fort. Ebenso wie religiöse Versammlungen, Erweckungsfeiern und Predigten anstiegen, nahmen auch Diebstähle, Abtreibungen, Vergewaltigungen, Angriffe, Einbrüche und Raubmorde zu. In dem Maß, wie sich Schönheitswettbewerbe und Modevorführungen verbreiteten, gab es entsprechend auch mehr Handel mit Frauen und Gewalt gegen sie.

Überall entstanden Tempel. Dies war ein Mittel, sich Land anzueignen und illegale Einkünfte anzulegen. Ungeheure Mengen Geld wanderten zwischen wenigen Leuten hin und her. 45 von 100 Rupien im Land waren inoffiziell und – schwarz. Jeden Tag entstanden Unternehmen, die nur auf dem Papier bestanden. Nacht für Nacht zogen sie den Leuten das Geld aus der Tasche und lösten sich anschließend wieder auf. Bloße Briefkastenfirmen verkauften öffentlich ihre Aktien und prellten einfache Bürger um ihre lebenslang angesparten Einlagen. Bauern, arbeitslose junge Männer und gequälte Frauen brachten sich um. Öffentliche Schulen, die von NROs getragen wurden, schossen wie Pilze aus dem Boden und verdienten gut dabei.

Man merkte, dass zwanzig Mädchen aus dem Mädchenwohnheim regelmäßig im ‚Ashiyana' und im gerade in der Stadt eröffneten Dreisternehotel ‚Naurang' verkehrten, als Callgirls. Jeder kannte ihre Gesichter. Doch man schwieg. Sie hatten Beziehungen nach ganz oben. Vor dem Mädchenwohnheim tauchten immer mehr Autos auf. Das waren ‚mächtige' Frauen. Eine Art von Feminismus oder Frauenbewegung war entstanden, bei dem die Frauen, die sich anstrengten, ihr Leben lang Krankenschwestern, Lehrerinnen, Sekretärinnen, Schreibkräfte blieben oder aber zur ‚Haushaltshilfe' wurden. Oder sie wurde zur abgearbeiteten, heruntergekommenen Ehefrau, für die galt: ‚Lies die Gita, werd zur Sita'. Wenn sie aber anfing, mit ihrem Körper anschaffen zu gehen, dann brachte sie es, kaum hatte man sich versehen, zu einem stattlichen Haus und fuhr im Auto spazieren.

Was gab es schon dagegen zu sagen? Wenn eine Frau sich selbst auf dem Markt verkauft, wird nichts dagegen eingewendet. Doch wenn sie mit jemandem ein menschliches und persönliches Verhältnis aufbauen will, ist das auf einmal tabu!

Wenn Anjali zur Miss Femina Indien würde, dann würde dadurch Minister L.K. Joshi noch berühmter. Wenn aber Anjali mit mir ein persönliches menschliches und emotionales Verhältnis aufbauen will, dann geht ihr Ansehen dabei zugrunde. So dachte Rahul.

So gab der Markt Bargeld her. Einkommen wurden auf diese Weise erwirtschaftet. Alle Wege zum Reichtum waren von dieser Art.

Der ‚Hindu-Nationalismus' war beinahe schon Wirklichkeit. Man braucht jetzt nur noch auf einige blutige Unruhen und die Fertigstellung eines Tempels zu warten.

Rahul und OP aßen in der Mensa zu Abend. Es war halb zehn oder viertel vor zehn. Balbir schien sich heute über irgendetwas sehr zu freuen. Er servierte voll aufgeblasene heiße Rotis. Als Gemüse gab es Kartoffeln und Babykürbisse, dazu Kichererbsen-Dal. OP aß eine Menge grüne Chillies.

Plötzlich hörten sie von draußen lautes Stimmengewirr.

Rahul und OP liefen hinaus. Da hatte sich eine große Gruppe von Studenten im Kreis um Pratap, Kartikey, Parvez, Masud und Praveen versammelt.

Kaum hatte er Rahul gesehen, rief Pratap: „Komm hierher, Freund! Und bring auch deinen ‚Superstar' mit!"

OP war aber noch schneller gewesen und war bereits in der Mitte des Kreises angekommen. Es stellte sich heraus, dass Studenten aus dem Heim heute wieder Lacchu Guru verprügelt hatten, und zwar mitten in der Stadt, vor dem Ganesh-Kino. Das war die Revanche für deren Überfall auf Masud und Niketan.

Die ganze Unternehmung ging auf das Konto von Kartikey und Pratap. Zehn Mitglieder der SMTF hatten daran teilgenommen. Planmäßig waren Masud und Niketan ins Ganesh-Kino geschickt worden, und in einem Dreirad-Minibus Marke ‚Tempo', der draußen parkte, warteten Kartikey, Pratap, Parvez, Praveen, Niranjan und Atluri mit den übrigen.

Sobald Masud und Niketan am Ticketschalter ihre Portemonnaies aus der Tasche zogen, tauchten zwei Kerle auf und nahmen sie von beiden Seiten in die Zange. Es kam zu einem Handgemenge. Masud zeigte ihnen, was er konnte, und gewann die Oberhand über die beiden.

„Guru ...! Wir kommen dem Scheißkerl nicht bei", schrie einer von ihnen.

„Der beschnittene Drecksack frisst geschächtete Kühe und hält sich jetzt für den superstarken Gabbar Khan ... He, Guru!", rief nun der andere.

Auf einer Bank neben dem Betel-Stand saß Lacchu Guru mit einem weiteren Kumpan. Sie eilten den beiden zu Hilfe.

Die Jungen, die im ‚Tempo' saßen, sahen nun ihre Chance und gingen zum Angriff über. Wieder war Lacchu Guru das Hauptziel.

Innerhalb von 5 bis 7 Minuten wälzte er sich auf dem Boden. Der andere Gauner flehte um Gnade. Die beiden übrigen waren abgehauen.

Zwei Polizisten saßen am Teestand. Sie reckten ihre Glatzköpfe zum Himmel, wo Aishwarya Rai mit ihren grünen Augen verführerisch lächelte und mit hochgestreckten Armen ihre Achselhöhlen zeigte. Als diese Miss World in Delhi angekommen war, hatte auf ihrem Auto die Trikolore, die Staatsflagge Indiens, geflattert. Präsident und Premierminister ließen sich mit ihr fotografieren. Alle drei oder vier Löwen der Ashoka-Säule leckten ihr die Fußsohlen. Diese ‚Schönste der Welt' zeigte auf dem Plakat über dem Ganesh-Kino ihre Brüste, ihren Nabel und ihre Achselhöhlen und rief die Bürger auf: ‚Werft Geld ins Kästchen und seht das Spektakel!'

„Die beiden Ganoven, die abgehauen waren, müssen geradewegs zu Lacchu Gurus älterem Bruder gelaufen sein, zu Lakkhu Bhaiya, alias Lakhan Lal Pande, dem Vorsitzenden des Stadtrats ... Deswegen sind wir so schnell es ging hierher gekommen."

„Denen haben wir es gegeben. In Zukunft werden sie es sich zehnmal überlegen, bevor sie einen Wohnheimstudenten anfassen." Pratap triumphierte.

„Diese Botschaft wird auch bei VC Ashok Kumar Agnihotri und den anderen Amtsträgern ankommen. Wenn die nur auf die Gauner und Kriminellen hören, dann werden sie merken, dass wir nicht schwächer sind als die", sagte Kartikey.

In dieser Nacht herrschte noch lange Feierlaune.

Am nächsten Tag stand auf der ersten Seite der angeblich überregionalen, in Wirklichkeit lokalen Zeitung

‚Stimme des Volkes' folgende Schlagzeile: **Bürger der Stadt durch Hooliganismus von Universitätsstudenten drangsaliert**. Diesem Artikel zufolge lebten in den Wohnheimen kriminelle Studenten. In vielen Zimmern seien gefährliche Waffen gelagert worden. Aus glaubwürdigen Quellen habe man erfahren, dass darunter Agenten des pakistanischen Geheimdienstes ISI und Mitglieder militant maoistischer Gruppierungen seien. Studenten seien außerdem an Schmuggel und Handel von Narkotika beteiligt.

Der Artikel berichtete auch über die Ereignisse des Vorabends. Im örtlichen Ganesh-Kino hätten bewaffnete Studenten einen Angriff auf Angehörige des gegenwärtigen Stadtratsvorsitzenden Sri Lakhan Lal Pande verübt. Der Chef der ‚Städtischen Wirtschaftsvereinigung', Sri Lakshpati Lal Pande, sei in eine örtliche Klinik eingeliefert worden. Sein Zustand sei, wie verlaute, stabil und nicht lebensbedrohlich.

Zum Schluss appellierten einige prominente Bürger an den Vice Chancellor der Universität Sri Ashok Kumar Agnihotri und an den Polizeichef R.R. Dwivedi, sofortige Maßnahmen zu ergreifen, um Ruhe und Ordnung für die friedliebenden Bürger besser zu gewährleisten. Der Autor des Artikels hieß Rajiv Shukla.

Auf Seite vier der Zeitung, unter der Rubrik ‚Bildung, Kultur, Unterhaltung', waren ein Artikel von Dr. Chandramani Upadhyay zum Lob von Vice Chancellor Agnihotri, ein Gedicht von dessen Bruder Prashant Agnihotri, ein Reisebericht seines Privatsekretärs M.L. Soni und ein ‚Sprache und Globalisierung' betitelter Kommentar seines Finanzverwalters Dr. Agrawal abgedruckt.

Man durfte vermuten, dass sich der verkrachte Herausgeber dieser Zeitung heute im gemischten Gesellschaftsraum Nummer 2 des ‚Ashiyana' an Chivas Regal besaufen und soviel fressen würde, dass nicht einmal für einen Rülpser noch Platz wäre.

„Shit! In was für einer Zeit leben wir eigentlich?", dachte Rahul.

In der Hindi-Abteilung waren Shaligram, Shailendra George und Rahul in der gleichen Situation. Die drei gingen zur Bibliothek und ordneten in der Sektion für Hindi-Literatur die Namen der Buchautoren den verschiedenen Kasten zu. Dann überprüften sie im Lesesaal für Zeitungen und Zeitschriften die Kastenzugehörigkeit der Autoren und Herausgeber. Sie unterstrichen die Namen der Schriftsteller und Dichter, die Literaturpreise erhalten hatten, und die der Jurymitglieder. Sie stellten eine Liste der Amtsträger und Mitarbeiter aller mit Hindi verbundenen Organisationen, Akademien usw. zusammen. Sie untersuchten die Namen der Reporter, Chefredakteure, Bürochefs und Produzenten von Zeitungen und TV-Nachrichtensendern.

In der ganzen Welt gab es das nur einmal, dass eine einzelne Kastenclique eine ganze Sprache derartig unter ihre Kontrolle gebracht hat.

„Das ist die totale Sonnenfinsternis von Sprache, Kultur und Literatur dieses Landes! ... Die totale Sonnenfinsternis! Eklipse!"

Mit diesen Worten hatte es bisher zwar noch niemand gesagt, aber in den verschiedensten Wortkombinationen tönten Sätze von gleicher Bedeutung in den Köpfen von Shailendra George, Shaligram und Rahul.

Mit Rahuls Finanzen ging es bergab. Sobald er einen Job als Nachhilfelehrer bekam, tauchte innerhalb weniger Tage irgendjemand dort auf und verbreitete derartige Gerüchte über ihn, dass man ihm das Haus verbot. Die Mensarechnung hatte er schon seit zwei Monaten nicht bezahlen können. Er hatte kaum noch Zahnpasta, und um seine Kleider zu waschen, musste er OP um Waschpulver bitten.

Morgen war Donnerstag, der Donnerstag, auf den hin die Lebensuhr in Rahuls Herz trotz dieses ganzen Durcheinanders in jedem Augenblick getickt hatte.

In was für einer Zeit war diese Liebe in sein Leben getreten? Die erste, einzigartige, verzaubernde Erfahrung seines Lebens! Immer wieder geriet der gelbe Schmetterling im Dunkel und im Nebel dieser Zeit außer Sicht.

Vor zwei Tagen hatte Hemant Barua sie alle in die Cafeteria eingeladen. Er hatte eine Stelle bei IBM angenommen und den Plan aufgegeben, in Mathematik den MSc-Abschluss zu machen. „Was soll ich nur tun? Was für ein Gelehrter oder Lektor würde schon aus mir werden?" Er war sehr froh. Nach einem dreimonatigen Training würde er jährlich neunhunderttausend Rupien verdienen.

„Aus Kalifornien schicke ich euch E-Mails. Ihr müsst auf jeden Fall antworten." In Hemants stets lächelnden Augen lag auch Traurigkeit. „Ich weiß nicht, ob die Amerikaner sich Zeit zum Schachspielen nehmen."

Dann nahm er Rahul beiseite und sagte: „Rahul! Nimm das ernst, was ich dir sage. In zehn Tagen reise ich ab. Sieh zu, dass du aus diesem Mist herauskommst. Ich habe dich von Anfang an gewarnt. Ich habe dir alle Informationen gegeben. Mit diesem Hindi wirst du weder einen Job kriegen, noch wird aus dir ein Autor werden. Du bist ein neoromantischer idealistischer Einfaltspinsel, ein aus der Generation von Raj Kapoor und Guru Dutt übrig gebliebener sentimentaler Clown."

Nach kurzem Schweigen fügte Hemant dann hinzu: „Es wird dir nicht gefallen. Ich weiß nicht, ob ich es überhaupt sagen soll. Aber ich bin dein Freund und hab dich wirklich gern! Hör zu, das Mädchen, für das du dein Leben aufs Spiel setzt, auch das wirst du nicht kriegen. Du wirst am Ende als Verlierer dastehen ...! Ich garantiere dir, wenn es für sie darum geht, eine Entscheidung zu treffen, wird sie nicht dich, sondern einen von ihrer Kaste wählen. Verschwinde von hier, Rahul! Die haben dich schon im Visier, Kamerad!" Hemants Stimme war belegt. In seinen Augen standen Tränen.

In dieser Nacht fand Rahul keinen Schlaf. OP war schon eingeschlafen. Im Zimmer Nr. 252 des Tagore-Wohnheims, an dessen Fenster früher Madhuri Dixit logiert hatte, mit ihrem von einem Kügelchen verletzten kurvenreichen, leicht molligen Rücken und ihren verrückten, lüsternen und einfältigen Gazellenaugen, den Hals in Richtung Rahul gewandt ...

... und an dessen Fenster in den letzten Monaten ein gelber Fleck eingezogen war, der sich auf der halbkreisförmig am Fuß des Hügels hingezogenen Straße langsam voran bewegte, der sich zuerst in einen winzigen, gemächlich flatternden Schmetterling und einige Zeit später in einen gelben Schirm verwandelt hatte. Auf der anderen Seite dieses Fensters herrschte jetzt nichts als Stille und Dunkelheit. Eine furchterregende, angespannte, hoffnungslose, bedrückende Dunkelheit.

Weit in der Ferne versuchten vereinzelt glitzernde Sterne, aus dieser Finsternis hervorzutreten. In den kläglichen, schwermütigen Gitarrenklang der Grillen mischte sich ein mattes Gezwitscher aus der Kehle eines unruhigen Vogels.

Rahul war in einem tiefen Konflikt befangen und durchlitt innere Qualen. Warum kann ich meine Gemütsverfassung nicht ändern? Warum bereitet mir mein Herz solche Leiden? Warum beißt es mich immer wieder wie eine Kobra?

Warum habe ich mich in dieser garstigen, rauen Zeit auf den unmöglichen, dummen und blutrünstigen Versuch eingelassen, etwas, das im Inneren dieser Felsen vor langen Jahren zum Fossil versteinert ist, wiederzubeleben? Warum verderbe ich mir selbst damit mein eigenes Schicksal?

Er setzte sich im Bett auf, richtete den Schirm der Tischlampe zu sich aus und schlug im trüben Licht der 15-Watt-Birne die Seiten der *Ram ki Shakti Puja* auf:

„Fluch über das Leben, das nichts als Widrigkeit brachte!
Fluch über die Plage, die tägliche Nahrung zu sichern!

Ach, meine Janaki! Ich konnte die Liebste nicht retten!
Doch lebte in Ram ein anderer Geist,
der niemals verzagte ...
der sich nie unterwarf und niemals demütig flehte ..."

Rahuls Augen waren feucht geworden. Er blätterte weiter.

„Ravan ... Ravan, Lüstling und grausamer Frevler ..."

Die Tränen in seinen Augen verschleierten ihm den Blick. Warum war der so aufgewühlt, der diese Verse geschrieben hatte? ... Rahul stand jetzt ganz unter dem Bann dieser Verse.

Es war sein innerstes Wesen selbst, das diese Verse las und dem sich explosionsartig die Bedeutung jedes einzelnen Wortes erschloss.

Ich weiß nicht, ob ich dich in meinem Innersten liebe oder hasse, Miss Joshi! Aber ich werde in der Frühe auf dich warten.

Please, do come!

Rahul hatte OP alles erklärt. OP war derartig glücklich, als wenn anstelle von Anjali, die für Rahul kommen sollte, das in seiner Vorstellungswelt schon lang herbeigesehnte kleine schwarze Mädchen käme, um mit ihm zusammenzutreffen.

„Ich hänge von außen ein Schloss vor und gehe weg. Um halb fünf komme ich wieder. Mach dir keine Sorgen, Kumpel!", sagte der ein Meter neunzig lange Vogel Strauß, während er seinen Hals wie ein Kamel auf besonders reizvolle Art hin und her schwingen ließ.

Und es war dieses Kamel, das das kleine Päckchen besorgt hatte, von seinem eigenen Geld, das zu kaufen Rahul in den letzten sechs Tagen elend lange vor der Apotheke herumgestanden hatte, die Hände in die Tasche gesteckt – und wieder zurückgekehrt war, weil er sich schämte.

Rahul hängte sich OP an den Nacken und sagte, während er ihn nicht losließ: „Mein liebes Skelett, ich weiß nicht, ob ich dich mehr liebe oder sie!"

„Mogambo ist froh. He, he, he", brummte das Kamel.

Kaum war der Unterricht von Padma Shri Tiwari über Vidyapati vorüber, machte sich Anjali aus dem Seminar davon. Rahul musste heute nicht in die Abteilung. Anjali dagegen musste über die Straße, die um den Sportplatz herumführte, zwischen den beiden Berghängen am Schuppen für Sportgeräte vorbei und durch das Gestrüpp hindurch mit größter Vorsicht und so unauffällig wie möglich den Hügel hinaufsteigen.

OP musste die hintere Tür des Tagore-Wohnheims offen lassen, die sonst immer geschlossen blieb. Sie musste über die Hintertreppe, und nachdem sie im zweiten Stock angekommen war, sich an der Wand entlang halten und von dort aus bis zum Zimmer Nummer 252 gehen. Zu dieser späten Stunde gingen zwar alle Studenten schon in ihre Lehrveranstaltungen und es hingen die Schlösser an den Türen, doch falls durch einen bösen Zufall noch ein Junge auftauchen sollte, musste Anjali ohne Panik, mutig und mit ungetrübtem Selbstvertrauen die Rolle der Unbeteiligten spielen. Weil OP denen, die sie sahen, dann später erzählen musste, sie sei seine Schwester.

Der Unterricht von Padma Shri Rajendra Tiwari sollte um halb zwölf aufhören. Deshalb musste Anjali bis zwölf Uhr angekommen sein.

Rahul war von heftigem Verlangen ganz besessen. In seinem Inneren wirbelte alles durcheinander. Es war wie ein Hüpf-Spielzeug, das immer wieder seine Sprünge machte. Weil sein Aufzieh-Schlüssel einfach nicht aufhörte, sich zu drehen.

Rahuls Herz klopfte heftig. Es war die gleiche heftige Unruhe, die ihn überfiel, wann immer er von seinem Fenster aus dem gelben Schirm nachsah, wie er ganz langsam vorbeischlenderte.

Mit seinen eigenen Ohren konnte er das Klopfen seines Herzens ganz deutlich hören. Poch…poch…poch…poch.

Doch war das, was er in seinem Herz für Anjali empfand – Liebe oder Hass? Er wusste es selbst nicht.

Und um genau fünf nach zwölf kam sie an. Ihr Gesicht war vor Hitze und Erschöpfung ganz versengt und glänzte kupferfarben. Sie atmete heftig, sie stöhnte.

OP hatte eine Thermoskanne mit Tee und ein Päckchen Kekse hingestellt. Ohne zu warten, nahm er das Schloss, das auf dem Tisch lag, lächelte noch einmal Rahul zu, während er hinausging, und schloss die Tür von außen ab.

Sie hörten, wie von außen der Riegel vorgelegt und das Schloss daran gehängt wurde. Danach die sich entfernenden Schritte von OP.

Während er wegging, sang dieses liebenswerte Kamel mit seiner fürchterlich unmusikalischen Kehle:

Dil deewana, bin sajna ke maane na ...
ye to pagla hai, samjhane se ...

„Mein wahnsinniges Herz kann nicht
ohne seinen Schatz sein ...
Es ist verrückt. Selbst durch Erklären …"

Rahul sah Anjali an. Sie schaute sich in Rahuls Zimmer neugierig um.

„Nun denn, Miss Joshi, da sind Sie nun ... schlussendlich", sagte Rahul.

Anjali stellte ihre Tasche auf den Tisch und setzte sich auf OPs Bett.

„Mein Gott! War das ein schwieriger Anmarsch! Ich bin dauernd gestolpert und beinahe hingefallen." Auf Anjalis Gesicht war ein Siegeslächeln. Sie zog ihre Sandalen von den Füßen.

„Sie sind kaputtgegangen, sieh mal." Ihre Füße waren vom Straßenstaub verschmutzt.

Dann drehte sie ihren Ellbogen.

In Rahul blitzte ein kurzer Schmerz auf. Anjalis Ellbogen war aufgeschürft, es kam Blut heraus.

„Gib mir das Dettol", sagte Anjali in einer Art, als wäre dieses Zimmer ihr eigenes Zuhause und als ob sie wüsste, dass in dem mittleren Fach im Schrank links die Flasche mit dem Dettol stünde.

Dettol gab's aber nicht. Da nahm Rahul ein After-Shave-Spray, packte Anjalis Arm und sprühte ihren Arm ein ... pffff ...

Anjali biss die Zähne zusammen. Die Schärfe des After Shaves auf der frischen Wunde musste ihr ordentlich wehgetan haben.

Rahul blickte ihr ins Gesicht. Ihre Frisur war ganz durcheinandergeraten. Sie war erschöpft. An einer Zehe hatte sie eine kleine Schnittwunde. Der Ellbogen war ohnehin aufgeschürft. Doch was da für eine Unschuld auf ihrem Gesicht lag! Eine Leichtigkeit, wie sie einer nach einer weiten Reise mit ihren Irrungen und Wirrungen empfindet, wenn er schließlich zuhause ankommt.

„Wo ist der Schirm?", fragte Rahul besorgt.

„Ich habe ihn unter einem bestimmten Busch versteckt, als ich hergekommen bin ..."

„Wenn ihn da jemand findet, was dann?“ Rahul wurde ein wenig besorgt.

„Es wird ihn niemand finden.“ Anjali war unbesorgt.

„Warum?“

„Was soll dieses ‚Warum‘ bedeuten? Ich habe es doch gesagt. Niemand wird ihn finden“, sagte Anjali. In Rahul läuteten winzige Lach-Glöckchen, einfach so. Er nahm Anjalis Handfläche in seine rechte Hand. Und das war es. Ein Kuss und das Blitzen und Stürmen fing an. In seinem eigenen Körper. Sie beide würden darin augenblicklich wegfliegen.

Rahul küsste Anjalis Augen, dann die Stirn.

Dieser Sturm fing an, sich nun in einen Orkan zu verwandeln. Beide suchten etwas mit ihren Lippen im Gesicht des anderen.

„Das ist OPs Bett.“ Rahul atmete jetzt heftig.

„Ach!“, sagte Anjali. Sie stand auf. Rahul drückte sie auf sein Bett hinunter.

„Dieses Fenster hier, von hier war das, wo du ...?“, fragte Anjali.

„Ja! Dein gelber Schirm ist daran vorbeigeschlendert.“ Rahul zog den Vorhang zu.

Sonderbar war, dass sie in der Welt draußen, unter dem offenen Himmel, auf dem Universitätsgelände, niemals solche Freiheit gespürt hatten. Ist denn die Welt draußen noch enger als dieses kleine Zimmer, dessen Tür von außen verriegelt und bei dem ein Schloss vorgehängt ist?

Anjali versenkte ihren Blick in Rahuls Gesicht. Sie schlang ihre Arme um Rahuls Nacken, setzte sich auf und küsste ihn.

Und genau in diesem Augenblick ging Rahul schlagartig der Ausspruch von Hemant durch den Kopf.

Bin ich denn wirklich nur ein sentimentaler Clown, der nichts abbekommen wird? I am always a loser ... Wenn die Zeit der Entscheidung gekommen ist, die Frage, wer der Erwählte sein soll – entweder ich oder einer aus ihrer eigenen Kaste –, dann wird dieses Mädchen jemanden aus der eigenen Kaste wählen. Sie wird sich für Macht und Einfluss entscheiden. Nicht für mich!

Weil sie die Tochter des brahmanischen Ministers L.K. Joshi dieser korrupten Regierung ist. Jene Kaste, deren unmoralische Macht für mich und für Abermillionen von Leuten wie mich wie ein Fluch ist. Diese Heuchler, die seit Jahrhunderten die verdorbene Hölle hier aufgerichtet haben, die aus Unrecht, Regelübertretung, korruptem Verhalten und Genusssucht besteht. Diese Nachkommenschaft *Ravans*, die *Sita* entführt und *Rams* Leben im Exil vollkommen zerstört hat.

Vor Rahul erschienen die fürchterlich starrenden Augen von Acharya S.N. Mishra und Balram Pande, unter deren Nasen sich eine schwarze Motte niedergelassen hatte. Der Oberlippenbart des Führers. Diese Furcht, die ihn in jener Nacht nicht hatte schlafen lassen.

Diese unendlich durchtriebenen Gauner, die Abermillionen von Leuten wie mich mit einem Fingerschnippen wie mit einem Ruder durcheinander wirbelten.

Die Muskeln in Rahuls Oberarmen begannen sich zu regen. Im roten Fluss in den Adern seines Körpers, in dem bis jetzt, bis vor einigen Momenten, eine Art Lied erklungen war und wo zwei ganz kleine glitzernde Fischchen schwammen, war jetzt so etwas wie ein Orkan losgegangen.

Er streckte die Hand aus und fing an, die Knöpfe an Anjalis Bluse mit einem Ruck aufzumachen.

„Warte, warte! Was machst du da, Rahul?“ Anjali wollte sein Handgelenk packen. Doch es war nur ein schwächlicher Widerstand dabei. Alle Knöpfe an Anjalis Bluse waren schon offen. Rahuls Tatze war stark.

„Rahul!“, tönte die hinsinkende Stimme von Anjali. „Was machst du da …! Bitte! Why are you in a hurry?“

„Weil ich nicht mehr Rahul bin! Ich bin ein Panther. Ein Panther!“ Rahuls Hand hatte schon den Reißverschluss ihrer Hose geöffnet.

Der Panther griff sein Opfer mit seiner ganzen Wildheit an. Anjali gab jeden Widerstand auf. Starr blickte sie mit den Augen einer erschreckten Gazelle auf das Tier, das auf ihr lag.

„Mädchen mögen die Gewalt, nicht? ... Sie brauchen einen Shahrukh Khan … oder nicht? Diesen Shahrukh Khan aus dem Film ‚Angst'." Oder diesen Salman Khan, der Rehe und Gazellen frisst?

In Rahul war ein heftiger Sturm und gleichzeitig der Eifer eines gewalttätigen wilden Tieres erwacht.

Und nun nahm er mit ganzer Kraft, mit der konzentrierten Gegengewalt der unterdrückten Kasten Rache für das Unrecht, das ihnen seit Jahrhunderten angetan worden ist. Klatsch … klatsch!

Jeder seiner Stöße war eine Form der Revanche. Jede seiner Bewegungen war ein Racheakt.

Anjalis Augen waren halb geschlossen, ihr Mund war offen. Ihr Gesicht brannte wie glühende Kohlen.

Erstaunlich war, dass er sah, wie Anjalis Augen sich in einem glücklichen Begehren geschlossen hatten, je heftiger er seine Gegengewalt von Seiten der unterdrückten Kasten zur Geltung brachte. Auf ihren Lippen zeichnete sich ein zartes Lächeln ab! „Ah, ah!"

In Rahuls Erinnerung tauchte ein Film auf, nein … Coetzees Roman *Im Herzen des Landes,* in dem ein schwarzer Junge Rache für die Jahrhunderte alte Versklavung und Unterdrückung nahm, indem er seine weiße Herrschaft ermordete und deren Tochter vergewaltigte. Doch seine Revanche wurde für dieses Mädchen zu etwas, das ihr Freude und Glück vermittelte.

Das bedeutet, ist es möglich, dass auch sie …?

In den Strängen ihrer Erbanlagen steckte doch ohnehin das Erbe von rücksichtslosen Hedonisten und Sensualisten. In ihrer DNA war der Hedonismus verwurzelt. War sie denn etwa nur deswegen so weit bis zu diesem Zimmer hergekommen, auf den Berg gestiegen, über Steine gestolpert, durch stacheliges Gestrüpp gekrochen, um

Spaß und Freude zu haben und einen ‚Kick' abzubekommen?

Ein sonderbares Minderwertigkeitsgefühl nahm Rahul in Besitz. Bin ich für sie nichts als ein Spielzeug, mit dem man sich vergnügt? Ein Sex-Spielzeug? Ein Dildo?

Rahul verstand überhaupt nichts mehr. Der Panther sammelte alle seine Kraft und griff noch einmal an.

„Du bist wirklich verrückt!", sagte Anjali später. „Du hast gesagt, dass du alles ‚arrangiert' hast. Wenn nun etwas passiert ist, was dann?" Die Art, wie sie Rahul dabei anblickte, war für ihn eine ganz neue Erfahrung. Bis jetzt war in Anjalis Augen noch niemals eine solche Nähe, eine solche Bewegungslosigkeit, eine so tiefe sinnliche Zusammengehörigkeit spürbar gewesen.

Dann fiel Rahuls Blick auf das Bettlaken. Anjalis Blut war darauf. Eine ganze Menge. Rahul sah Anjali an und seine sämtlichen Sinne waren wie betäubt. Sein Kopf hörte auf zu denken. Es war wie ein heftiger Schlag.

Anjali blickte ihn unverwandt mit tiefer Zuneigung, Verbundenheit, Ergebenheit und Liebe an. Ihre Augen waren feucht, ein unbekanntes Sternbild blinkte in ihnen auf.

Der aufgeschürfte Ellbogen, der verletzte Fuß, die zerrissene Sandale, das auf dem Betttuch vergossene Blut, die Gewalt, die so lange gewährt hatte, die Kratzspuren an Armen und an der Brust ... all das hatte sie stillschweigend erduldet und blickte ihn unverwandt mit wortloser, tiefer Liebe, Sinnlichkeit und Stolz an.

Wie unschuldig, wie naiv diese Augen waren – diese seligen Augen eines unschuldigen Mädchens. Es lag keinerlei Staub der Zeit, keine Befleckung oder Verschmutzung in ihnen. Sie waren neu geboren und ungetrübt wie Knospen.

Rahul legte seinen Kopf in Anjalis Schoß. Bedauern und Wehleidigkeit brachen in ihm auf, so dass er nicht mehr an sich halten konnte.

Rahuls Kopf lag in ihrem Schoß und er brach wie ein Kind bitterlich in Tränen aus. Immer wieder küsste Anjali ihm die Stirn. Sie streichelte mit ihren Armen über seine Stirn und versuchte, ihn zu beruhigen.

Bis jetzt hatte sie immer noch keine Kleider an. Rahuls Tränen benetzten ihr Oberschenkel, Bauch und Brust. Tränentropfen vermischten sich mit dem auf dem Bettlaken verteilten Blut und den Spermaflecken.

„Was ist denn los? Ruhig ... ruhig! Sonst hört es noch jemand." Anjali verstand überhaupt nichts mehr. Immer wieder sagte sie. „Du bist ein Clown! Johnny, der Clown! Mein kleiner Verrückter!"

Schließlich ahnte sie den Grund für Rahuls Weinen und sprach, während sie seine Stirn küsste:

„Hör mal! Ich hab dich wirklich sehr gern! Und von nun an werden wir niemals mehr getrennt sein! Versprochen! ... Und jetzt beruhige dich."

„Ruuuhig!", sagte Anjali, laut drohend. Ohne dass sie Acht darauf gab, dass ihre Stimme die eines Mädchens war, die bis heute in diesem Wohnheim im Zimmer eines Jungen noch niemals gehört worden war. Und diese Stimme konnte schließlich von hier nach draußen durchdringen.

Rahul bekam Angst. Er küsste Anjali und lachte plötzlich los.

Ein Lachen eines hilflosen Gesichts – hilflos vor Scham, Reue und von Tränen überströmt.

In dem, was Anjali und Rahul an diesem Donnerstag vor vier Uhr nachmittags noch zweimal machten, war die Unruhe und die Rastlosigkeit, sich zu vereinen und zu vermischen, wie zwei kleine Fischlein, die in einem ruhelosen Ozean schwammen.

Eine selige, ursprüngliche, uralte, ewige, natürliche Rastlosigkeit.

Der Rest der Geschichte ist ganz kurz, und zwar, weil dies nicht der Tatsachenbericht eines Geschehens ist, das in grauer Vorzeit stattgefunden hat. Dies ist nur ein Teil einer Erzählung, deren Ereignisverlauf bis jetzt, bis heute andauert. Dies ist eine im Entstehen begriffene, fortlaufend konstruierte, immer weiter kreativ erfundene Geschichte, die Erzählung eines Lebens, das gerade jetzt, bis zu diesem Moment gelebt wird, das bis kurz vor diesen Moment reicht.

Ein undefinierbares Bruchstück einer nicht abgeschlossenen Erzählung. Ein gewöhnlicher Bericht eines Lebens, das in dieser unserer Zeit gelebt wird.

Innerhalb des folgenden Monats kam Anjali noch drei Mal in Rahuls Zimmer. Genau auf die gleiche Weise stolpernd und stürzend. Vor allen Augen verborgen. Indem sie den steinigen Hügel hinaufkletterte, der voll von dornigem Gestrüpp war. Mit Kratzern am Körper, mit aufgerissener Sandale, mit zerrissenen Kleidern, erschöpft, mit von der brennenden Sonne versengtem Gesicht und mit heftigen, stöhnenden Atemzügen.

So war es bestellt um jene Anjali Joshi, die Tochter des Ministers, superreichen Bauunternehmers und Brahmanen L.K. Joshi.

War diese Story dem Drehbuch eines klischeehaften Bollywood-Films entsprungen? Eine romantische Formel der sechziger Jahre im populären Drama von der Liebe zwischen arm und reich?

Eines Nachts während dieses Monats, es war etwa um zwölf Uhr, durchsuchte die Polizei das Wohnheim. Sechs bis sieben Räume waren schon durchgekämmt. Kartikey Kajle, Masud, Praveen, Madhusudan, D. Gopal Rajulu und Akhilesh Ranjan nahm sie mit. Rahuls Zimmer wurde nicht durchsucht, und das war reiner Zufall. Pratap Parihar war vielleicht nur deswegen noch mal davongekommen, weil sein Onkel bei der Polizei war.

Nach zwei Tagen kamen Praveen, Gopal Rajulu und Madhusudan zurück. Die Polizei hatte sie verprügelt, bevor sie sie freiließ. Doch Kartikey, Masud und Akhilesh Ranjan wurden weiter festgehalten.

In der regionalen Tageszeitung ‚Stimme des Volkes' war auf der ersten Seite eine Nachricht in dicken roten Buchstaben abgedruckt: **Waffen- und Rauschgiftlager im Wohnheim entdeckt: Drei Studenten verhaftet**. Praveen berichtete, dass Kartikey erst von der Polizei und dann von Lacchu Guru auf der Wache übel zugerichtet worden sei. Masud seien die Knie gebrochen worden. Die Polizei habe gefälschte Beweismittel vorgelegt, die angeblich aus ihren Zimmern stammten. Dabei sei tatsächlich eine Pistole in Prataps Zimmer versteckt gewesen, doch die Polizei habe gar nicht richtig danach gesucht.

Madhusudan berichtete, dass Kartikey klagte und heulte. Er war gerade dabei gewesen, sich auf die Eingangsprüfung für die Beamtenlaufbahn vorzubereiten. Seine ganze berufliche Karriere war zunichte. Dahinter standen der Chef der kommunalen Verwaltung, Lakkhu Bhaiya und Minister Joshi. Die Polizei war erst in das Wohnheim eingedrungen, als sie die Erlaubnis des Rektors dafür hatte. Nun waren sie in Untersuchungshaft, und nun wurden sie nicht nur wegen Drogenhandels und unerlaubten Waffenbesitzes, sondern auch noch wegen Verstoßes gegen das Antiterrorismusgesetz zu Unrecht angeklagt.

In dieser Zeit wurde die Fotografie eines jungen Sikhs vor dem Obersten Gericht in Delhi, der von der Polizei drangsaliert worden war, auf der Titelseite einer englischsprachigen Zeitung abgedruckt. Er hatte sich selbst mit Benzin übergossen und angezündet. Auf dieser Fotografie, wie er da von Flammen umzüngelt war, brannten seine beiden hoch erhobenen Hände. Um ihn herum war ein kleiner Auflauf von Schaulustigen.

Am selben Tag fand in der Hindi-Abteilung ein Seminar statt. Thema der ersten Sitzung war ‚Das Auftreten manieristischer Elemente in der gegenwärtigen Dichtung' und das Thema der zweiten Sitzung war ‚Die Frage der

Autonomie der Literatur'. Aus Delhi kamen Dr. Harihar Dwivedi, Dr. Sohan Lal Chaturvedi, Dr. Marudhar Pande, Prof. Ajayab Agraval und Sri K.L. Vajpeyi. Außerdem kamen aus Hauptstädten wie Delhi, Bhopal, Patna und Lucknow ungefähr ein Dutzend Dichter, unter denen abgesehen von einer kleinen Minderheit alle Namen auf Shukla, Tiwari, Dwivedi, Pande, Joshi, Sharma oder auf -al oder -val endeten, was deren Kaste deutlich machte.

Sie bekamen das Fahrgeld für klimatisierte Züge, Reisemittel und Tagegeld, sechs- bis siebentausend Rupien und darüber hinaus auch noch Blumenbouquets. Die Veranstaltung, für die ungefähr fünfhunderttausend Rupien ausgegeben wurden, hatte die Hindi-Abteilung der Universität mit Hilfe des Kultusministeriums der Regierung organisiert.

Die feierlichen Einladungsschreiben, die Broschüre und das Erinnerungsbuch waren im Verlag der ‚Stimme des Volkes' gedruckt worden.

Als Anjali zum vierten Mal ins Zimmer Nummer 252 des Tagore-Wohnheims kam und OP bis vier Uhr das Zimmer von außen mit dem Vorhängeschloss abgesperrt hatte und in seinem besonderen kamelartigen Stil singend fortgegangen war und als Rahul seine Hand auf ihre legte und ihre Finger sich ineinander verschränkten und als sich in beiden Körpern ein mächtiger elektromagnetischer Sturm erhob und als dieser zu einem Orkan oder zu den sich auftürmenden und zusammenstürzenden Wellen eines wilden Ozeans geworden war, in dem die beiden ihre Kleider abgestreift hatten und wie zwei winzige Fische zu schwimmen begannen und in dem Versuch, einander völlig zu durchdringen, zusammenprallten ...

... da hörte man es klopfen. Rahul und Anjali blickten bestürzt nach oben.

Durch den Lüftungsschacht des Zimmers hatten sich zwei Gesichter geschoben.

Das eine davon gehörte dem Hausangestellten des Wohnheimaufsehers Chandramani Upadhyay, das andere Gopal Dwivedi.

Demselben Gopal Dwivedi, der mit Acharya S.N. Mishra gesprochen und Rahuls Zulassung zur Hindi-Abteilung erreicht hatte. Rahul sei für ihn ‚wie ein Bruder', hatte er damals gesagt. Es überlief Rahul kalt. Das waren diese Augen. Unter der Nase saß als Schnauzbart eine berühmte schwarze Motte aus den dreißiger und vierziger Jahren des zwanzigsten Jahrhunderts. Furchteinflößend, wie ein böses Omen.

Die beiden verhüllten sich mit dem Betttuch.

Die beiden Gesichter waren aus dem Lüftungsschacht verschwunden.

Das Schlimmste war, dass absolut nichts zu machen war. Die Tür war von außen verriegelt. OP hatte das Schloss vorgehängt und würde erst um vier Uhr kommen.

Gegen halb drei hörte man draußen die Schritte mehrerer Leute. Das Gepolter schnell herankommender Schuhe. Vor der Tür blieben sie stehen. Dann das Geräusch des sich drehenden Schlüssels, des aufspringenden Schlosses, des zurückgeschobenen Riegels.

Und die Tür flog auf.

Draußen stand das ein Meter neunzig lange Skelett. Aus seinem Gesicht war alle Farbe gewichen. Sein langer Kranichhals war vor Furcht erstarrt und hochgereckt. Seine Lippen zitterten. Bei ihm waren fünf weitere Leute. Der Heimaufseher Dr. Chandramani Upadhyay, Anjalis Bruder D.K. Joshi und drei Unbekannte, bullige Typen mit ausdruckslosen Gesichtern.

„Komm mit", sagte ihr Bruder zu Anjali mit einer Stimme wie kalter Stahl. Weiter nichts.

Anjali nahm ihre Tasche, die auf dem Tisch lag, und ging schweigend hinaus. Rahul stand mitten im Zimmer.

Die übrigen Leute gingen mit Anjali weg. An der Tür neben OP war nur ihr Bruder D.K. Joshi stehen geblieben. Er sah Rahul mit kalten, bis ins Innerste dringenden Augen an und sagte:

„Ich will hier keine Szene machen ... Es ist eine Frage unserer Ehre ... Aber du sei jetzt verdammt vorsichtig: Halt nur ja dein Maul. Wenn du Schwein irgendetwas Krummes machst, dann wird deine Leiche ins städtische Krankenhaus eingeliefert ... zur Autopsie, wo auch der Leichnam dieses dreckigen Affen hingekommen ist."

Mit diesen Worten wandte er sich um und ging.

Nach einigen Schritten blieb er stehen, schaute zurück und sagte: „Hast du kapiert, was ich sagte? Denk nach, bevor du etwas tust!" Dann ging er weiter.

OP schaute Rahul sehr ernst und verängstigt an.

Bleibt noch der letzte Teil der unvollendeten Geschichte nachzutragen, der sich so oder auch anders zugetragen haben könnte:

Schauplatz ist ein Zug, der Rajdhani Express. Zug Nr. 2002.

Auf den Liegen 41 und 42 des Waggons S-8 sind Anjali Joshi und Rahul. Es ist Nacht, die Uhr zeigt elf Uhr dreiundzwanzig. Der Rajdhani Express eilt in rasendem Tempo davon.

Anjali und Rahul denken nicht an Schlaf. Sie sind hellwach und schauen einander an. Es scheint, als bleiben sie wach, weil sie einander fortwährend ansehen müssen.

Heute ist Anjalis Geburtstag. Sie ist im Zeichen des Steinbocks geboren.

Abha, Anima, Sharmishtha, Neera Didi, Parvez, Pratap, Shailendra George, Shaligram, Seema Philip, Chandra – sie alle waren in die Verschwörung eingeweiht. Nach einem ganzen Monat Hausarrest verschafften sie Anjali unter dem Vorwand, an ihrem Geburtstag einen Film zu sehen, eine Gelegenheit, das Haus zu verlassen. Nach der Pause, genau um halb neun, erreichte sie in ein Schultertuch gehüllt und mit vermummtem Gesicht den Bahnhof. Weder sie noch der dort wartende Rahul war allein. Das ganze Team der am Geheimplan beteiligten Freunde war bei ihnen, darunter auch der ein Meter neunzig lange Vogel Strauß.

Auf keinem der Gesichter zeichnete sich Angst ab, sondern vielmehr Freude, Wachsamkeit, Entschlossenheit, Kraft. Ihre Augen glänzten vor Mitgefühl.

Als der Zug sich in Bewegung setzte, hüpften sie alle auf und ab und nahmen lachend und winkend voneinander Abschied.

Rahul und Anjali blieben noch lange winkend an der Waggontür stehen.

Rahul schaute unverwandt zu dem auf einen überlangen Kranichhals gepflanzten, lächelnden und sich wiegenden Kopf, bis Tränen der Dankbarkeit und Rührung eine Wasserwand vor seinen Augen entstehen ließen.

Es war eine Reise ins Ungewisse, aber getragen von großen Hoffnungen und Hochgefühl.

Rahul und Anjali schauten einander wie zwei Fixsterne unverwandt an.

Es war genau ein Uhr siebenundfünfzig, als im Zug das kreischende Geräusch der Bremsen ertönte. Nach einem kurzen Schleifen über die Schienen kam der Zug zum Stehen.

Es war stockfinster, eine völlig unbekannte Gegend. Vielleicht hatte jemand die Notbremse gezogen, oder aus irgendeinem Grund hatte der Lokführer das rote Haltesignal bekommen.

Gleich darauf ging der Tumult los. Erst wurde an die Tür gehämmert, dann wurde sie aufgebrochen. Mindestens zehn bewaffnete Männer mit ausdruckslosen Gesichtern stürmten in den Waggon S-8. Zwei von ihnen ergriffen Anjali, ein anderer warf ihr eine schwarze Decke über, hob sie hoch wie ein Bündel und hatte sie im Nu mit sich genommen.

Auf Rahul stürzten sich mehrere von ihnen gleichzeitig.

Jemand hatte den Draht des Hauptschalters herausgerissen. Der ganze Waggon war in völliges Dunkel gehüllt.

Drei oder vier Leute hielten Rahul fest, der sich verzweifelt loszureißen versuchte. Das hieß also, dass irgendwo die Nachricht von ihrem Fluchtplan durchgesickert sein musste.

War jetzt alles aus?

Rahul nahm in der Dunkelheit wahr, dass einer von ihnen mit einem großen Blechtrog kam und ihn auf den Boden stellte. Dort hinein wurden Holzscheite geworfen. Etwas wie Ghee wurde darüber gegossen, dann wurde das Ganze mit Streichhölzern angezündet und schon schossen die Flammen empor.

Im Licht der Flammen erschien ein schwarzer Kerl wie ein Urmensch mit einem Stirnzeichen und einem Schnurrbart, der einer schwarzen Motte glich.

Om Bhuh Svaha, idam Agnaye na mama!
Om Bhuh Svaha, idam Vayave na mama!
Om Bhuh Svaha, idam Brahmane na mama!

Während der furchterregende Gorilla Mantras rezitierte, prasselte es laut im Feuer, wodurch die Flammen noch höher schlugen.[6]

Die Leute hatten sich allesamt im Kreis um den Feueropferplatz gesetzt. Sie hatten ihre Gewehre, Dolche, Schwerter und Schlagstöcke auf den Boden gelegt, und von Gott weiß woher hatte plötzlich jeder ein Buch in der Hand.

Om Bhuh Svaha ... idam na mama!

Rahul sah, dass einer von ihnen den Rig Veda in der Hand hielt, aus dem er eine Seite herausriss und sie ins Feuer warf ... *Svaha!*

Ein anderer fütterte das Feuer mit Seiten aus dem ‚Kapital' von Marx. *Om Bhuh Svaha ... idam ... na mama!* ... Einer hatte die Werke Gandhis in der Hand. *Om Bhuh ... Svaha ...*

Dann gingen die Seiten der Werke von Lohia und Narendra Deva, der buddhistischen Schriften, der Bibel und des Koran in den Flammen auf.

Om Bhuh
Om Bhuh Svaha!
Svaha! Svaha!

---

[6] Der folgende Text ist die Vision einer pervertierten Form einer vedischen Feueropferhandlung.

Die Flammen schlugen hoch bis an die Decke des Abteils. Die Leute, die auf den oberen Liegen geschlafen hatten, sprangen herab und flohen.

Hinten im Waggon standen Kommandos mit automatischen Gewehren, Marke AK 47, im Anschlag.

Und dann sah Rahul den feisten, dickwanstigen, furchterregenden, lüsternen, reich aussehenden Gauner und Börsenmakler aufstehen. Er tippte eine Nummer in sein Mobiltelefon ein und sagte:

‚Hallo ... hallo! Hier spricht Nikhalani ...! Im Auftrag des IMF! Stellen Sie mich zum Premierminister durch ... okay ...! Sagen Sie ihm, er soll mich auf dem Mobiltelefon zurückrufen!'

Er stellte sein Handy ab, dann hob er eine unten liegende Axt auf und ging langsam auf Rahul zu.

Om! Bhuh Svaha ... idam na mama! Svaha!

Vier der Gangster hielten Rahul auf seiner Liege Nr. 42 fest. Der dicke Mann hob die Axt ... Rahul erstarrte.

Das war Parashuram, barbarisch und gewalttätig. Seine Axt war blutbeschmiert. Es war dieselbe, mit der er seiner eigenen Mutter den Kopf vom Rumpf getrennt hatte. Aber sie hatte zehn Köpfe. Doch nein! Das war ja Ravan ...

Aber unter seiner Nase saß eine schwarze Motte. Auf seiner Stirn hatte er ein aufgemaltes Zeichen.

Jetzt gleich würde mit dieser Axt der Tod auf Rahuls Nacken niedersausen.

Der Augenblick rückte immer näher.

Tick ... tack ... tick ... tack ...

Noch schlug die lebendige Uhr seines Herzens, noch schwammen im roten Strom seiner Adern zwei winzige glänzende Fische...

Zwei tränenfeuchte Augen mit unverwandtem Blick ...

Da sauste die Axt auf seinen Hals nieder...

Rahul bäumte sich auf und schrie aus voller Kraft:

„He Raaam!"

Seine Augen öffneten sich. Anjali küsste ihn lachend auf die Stirn.

„So also schläfst du! ... Wenn ich dich nicht festgehalten hätte, wärst du glatt von der Liege gefallen", sagte Anjali. Du bist wirklich verrückt, gibst du's zu?"

Durchs Fenster schien jetzt die Morgensonne. Das angenehm milde Licht der kühlen Jahreszeit.

Glossar

2. Oktober – Geburtstag Mahatma Gandhis (1869-1948).

Adivasi – Stammesbevölkerung.

Agni – ‚Feuer'; vedischer Gott des Feuers.

AK 27 – Maschinenpistolentyp, entwickelt von dem sowjetischen Ingenieur Kalaschnikow.

Ambassador – Traditionelle repräsentative Automarke, die u.a. von Politikern bis heute verwendet wird.

Anthropological Survey of India – ein der indischen Zentralregierung unterstehendes Forschungsinstitut mit Sitz in Kalkutta, dessen Aufgabe in der Erforschung der so genannten ‚Scheduled Tribes', der indischen Stammesbevölkerung, besteht.

Arunachal Pradesh – Bundesstaat im Nordosten Indiens.

Ashoka-Säule – Kaiser Ashoka (ca. 300 v. Chr. – ca. 231 v. Chr.) war der bedeutendste Herrscher der altindischen Maurya-Dynastie. In seinem Reich, das fast den ganzen indischen Subkontinent umfasste, ließ er an vielen Orten Steinsäulen mit kaiserlichen Edikten aufstellen. Als Kapitelle waren die Säulen mit 4 Löwenköpfen gekrönt, die heute als Staatswappen Indiens dienen.

Assam – Bundesstaat im Nordosten Indiens.

Babri-Moschee – historische Moschee in Ayodhya, die im Dezember 1992 als Ergebnis einer jahrelangen politischen Kampagne der hindu-nationalistischen Bharatiya Janta Party von einem hinduistischen Mob gestürmt und zerstört wurde. Ziel der Kampagne war es, an deren Stelle den Geburtstempel des Gottes Ram wieder aufzubauen, der angeblich beim Bau der Moschee zerstört wurde.

Bande mataram – auch: ‚Vande mataram', Lied aus dem Roman *Anandmath* (1882) des bengalischen Autors

Bankimchandra Chatterjee, das während des Unabhängigkeitskampfes zu einer Art Nationalhymne wurde. Aufgrund des darin enthaltenen Vergleichs von Indien mit der Hindu-Göttin Durga wurde es von vielen Muslimen abgelehnt.

Baniya – neuindische Form für Sanskrit ‚Vaishya', die Händlerkaste.

Barfi – eine indische Süßspeise.

Baul – bengalischer Sänger von mystischen Liedern in der Tradition einer synkretistischen vishnuitisch-islamischen Religiosität.

Bhakti – Hingabe an Gott; Epoche in der älteren Geschichte unter anderem der Hindi-Literatur, die vorwiegend für ihre religiösen Dichtungen bekannt ist.

BHU – Banaras Hindu University.

Biri – billige, sehr kleine Zigarillos.

Bose, Subhas Chandra (1897-1945) – führender Aktivist der Indischen Unabhängigkeitsbewegung, gründete während des 2. Weltkriegs die Indian National Army (INA), die auf japanischer Seite unter anderem beim Versuch der militärischen Intervention in Nordostindien von Burma (Myanmar) aus mitwirkte.

Brahmanist – Anhänger der Ideologie der Kastenordnung (‚Brahmanvadi'), der gemäß Menschen durch Geburt einer Kaste zugehören.

Braj – 1. Region im Umland der Stadt Mathura, die besonders mit den Legenden um Krishna verbunden ist; 2. Sprache dieser Region, eine Variante des Hindi.

BSF (Border Security Force) – eine Art indischer Bundesgrenzschutz.

Chaitanya Mahaprabhu – bengalischer mystischer Ekstatiker (1486-1533), Gründergestalt einer krishnaitischen Erweckungsbewegung, der auch unter Hindus in den Nordoststaaten Indiens große Verehrung genießt. Chaitanya und seine Anhänger sind für Straßenprozessionen und den dabei gesungenen Lobgesang Gottes (Kirtan) bekannt.

Chanakya (etwa 350-283 v. Chr.) – anderer Name: Kautilya. Premierminister am Hofe des ersten Maurya-Herrschers Chandragupta und Verfasser des Arthashastra, des bedeutendsten Werkes der altindischen Staatstheorie. Chanakya wird häufig als der ‚indische Machiavelli' angesehen.

Chatterjee, Bankimchandra (1838-1894) – bengalischer Dichter, Romancier, Essayist und Journalist. Vgl. **‚Bande mataram'**.

CPI (Communist Party of India) – eine der beiden traditionellen marxistischen Parteien.

CRPF (Central Reserve Police Force) – militärähnliche Polizeieinheiten mit schweren Waffen, die speziell in Unruhegebieten eingesetzt wird.

Dal – indisches Linsengericht.

Daler Mehndi (geb. 1967) – indischer Sänger, der vor allem durch seine Lieder im Bhangra-Stil populär geworden ist.

Dalit – ‚Niedergetrampelter'. Nachdem die Angehörigen als unrein geltender Berufe früher als ‚Unberührbare', dann später von Mahatma Gandhi als ‚Harijan' (Kinder Gottes) bezeichnet wurden, nennen sie sich in neuerer Zeit selbst ‚Dalits'.

Desai, Bhula Bhai (1877-1946) – indischer Freiheitskämpfer und Rechtsanwalt.

Dettol – in Indien sehr gebräuchliches Desinfektionsmittel.

Deva, Narendra (1889-1956) – sozialistischer Denker und politischer Aktivist.

Dhoti – indisches Wickeltuch, das von Männern traditionell als Beinkleid getragen wird.

Didi – ältere Schwester, auch Anrede für eine Frau, die älter als der Sprecher ist.

Dixit, Madhuri – Bollywood-Schauspielerin, verheiratet mit dem Arzt Sriram Nene.

Dosa – Pfannkuchengericht der südindischen Küche.

Ekadashi – der elfte Tag im Mondmonat, für gewöhnlich ein Datum für religiöses Fasten, wie es von Hindu-Frauen aufgrund freiwilliger Gelübde eingehalten wird.

FIR (First information report) – Strafanzeige.

Gabbar Khan – eigentlich Amjad Khan, 1940-1992, Filmschauspieler, berühmt durch die Rolle des bärenstarken Räubers Gabbar Singh in dem Film ‚Shole' (‚Flammen'), 1975.

Ghee – Butterschmalz.

Godse, Nathuram – Mörder Mahatma Gandhis am 30. Januar 1948.

Griechen – Hindi ‚Yavan' (= Ionier, Sanskrit-Lehnwort). Nach seinem Sieg über den Achämenidenkönig Darius III (Schlacht von Gaugamela 328 v.Chr.) stieß Alexander der Große bekanntlich bis in Industal vor. Nachfolgend entstand ein griechisches Satrapenreich (‚Baktrien'), das sich mehrere Jahrhunderte lang im Gebiet des heutigen Afghanistan hielt und von einem anhaltenden griechisch-indischen Kulturaustausch begleitet war.

Gutka – „Happen"; Zutaten für den Pan (Betelnusshappen).

Hanuman – Affe und hingebungsvoller, kämpferischer Diener Rams im Ramayana-Epos.

He Ram! – ‚Gott!' oder ‚Du, mein Gott!'. Die überlieferten letzten Worte Mahatma Gandhis, nachdem ihn am 30. Januar 1948 die Kugel seines Mörders, des Hindu-Nationalisten Nathuram Godse, getroffen hatte. ‚He Ram' wird nicht als Ausruf des Entsetzens verstanden, sondern eher als Gruß eines religiösen Mannes, der innerlich auf den Tod vorbereitet ist, an seinen Gott, dem er jetzt unmittelbar gegenübersteht.

Hizbul (Hizbul Mujahiddeen) – eine islamistische Guerilla aus Kashmir.

Ho – eine Munda-Sprache mit ca. 1 Mio. Sprechern. Das Verbreitungsgebiet der Munda-Sprachen, die zur austro-asiatischen Sprachfamilie gehören und von Adivasis verwendet wird, ist Ost- und Mittelindien.

Hummel – die schwarze indische Hummel, die von Blüte zu Blüte fliegt und den Nektar sammelt, ist ein altes Bild des Liebenden, besonders des Gottes Krishna, der die Hirtinnen von Braj mit seinem Spiel betört.

Ibrahim, Dawood – Chef einer muslimischen Mafia, dem Einflussnahme auf die indische Filmindustrie nachgesagt wird und der für die verheerenden Bombenanschläge in Mumbai 1988 verantwortlich sein soll. Er hielt sich u.a. in Dubai und in Karachi auf.

IMF (International Monetary Fund) – Internationaler Währungsfonds.

Indian National Army (INA) – Vgl. **Bose, Subhas Chandra**.

Jalebi– indische Süßspeise.

Jallianwala Bagh – ein Park in Amritsar, in dem der britische General Reginald Dyer am 13. April 1919 auf friedliche Demonstranten das Feuer eröffnen ließ. Bei dem Massaker kamen mindestens 379, nach anderen Angaben mehr als tausend Zivilisten ums Leben.

Jataka – buddhistische Fabel, Lehrerzählung aus den früheren Existenzen des Erleuchteten.

Jujube – so genannte ‚chinesische Dattel', Pflanze aus der Gattung der Kreuzdorngewächse.

Kabir – klassischer Bhakti-Dichter, Lebenszeit traditionsgemäß 1398-1518. Kabir war von Geburt her Julaha, Mitglied einer sozial unberührbaren, doch islamisierten Weberkaste.

Kargil-Krieg – zwischen Mai und Juli 1999 bekämpften sich pakistanische und indische Truppen in einem regional begrenzten Krieg in der Gegend von Kargil, nachdem die pakistanische Armee in einer Nacht- und Nebel-Aktion auf unwegsames indisches Bergterritorium vorgedrungen war.

Katechu-Akazie – eine in Südasien beheimatete Akazienart, deren Pflanzensaft medizinisch, als Gerbstoff und als Haarfärbemittel (hellbraun) verwendet wird

Kauri – eine Muschel, deren Schale in der Vergangenheit in vielen Ländern Asiens als Geldmittel verwendet wurde. Auch: ‚Kleingeld'

Kayasth – eine Kaste unklarer Positionierung in der Hierarchie, die einen wichtigen Anteil beim Verwaltungspersonal im islamischen Indien hatte.

Kher, Anupam – bekannter Hindi-Filmschauspieler. Hier wird insbesondere auf seine Halbglatze angespielt.

Kotnis, Dr. Dwarkanath Shantaram (1910-1942) – indischer Arzt, war Mitglied einer medizinischen Einheit, die während des 2. Weltkrieges nach China geschickt wurde, um an der Seite der Chinesen gegen die Japaner zu kämpfen. Dort starb er in japanischer Gefangenschaft.

Krishna – Verkörperung Vishnus, der als Kuhhirte in Vrindavan groß wird. Mit seinem Flötenspiel lockt er die Hirtenmädchen an.

Kushanas – chinesisch Yüe-Chi, indo-europäisches Volk und Herrscherdynastie, deren Reich sich zwischen ca. 100-250 n.Chr. vom heutigen Tadschikistan bis weit in das nordindische Zweistromland erstreckte.

Lohia, Ram Manohar (1910-1967) – Held des Unabhängigkeitskampfs und sozialistischer Parteiführer.

Lutyens, Sir Edwin Landseer (1869-1944) – führender britischer Architekt, der für die Planung und Errichtung New Delhis (1912-1931) verantwortlich war.

Madhya Pradesh – indischer Bundesstaat (Zentralindien).

Mahabharat – populäre Fernseh-Verfilmung des Sanskrit-Epos Mahabharata.

Maharshi Arvind (1871-1950) – i.e. Aurobindo Ghose, indischer Politiker, Philosoph, Yogi und Guru.

Manipur – Bundesstaat im Nordosten Indiens.

Meithei – die dominante Bevölkerungsgruppe im Bundesstaat Manipur.

Mira Bai (1498-1547) – Prinzessin aus Rajputen-Geschlecht, wandelte sich zur ekstatischen Krishna-Mystikerin, die es wagte, vor aller Augen für Krishna zu tanzen. Sie gilt als Autorin zahlreicher Lieder der krishnaitischen Bhakti.

Mizoram – Bundesstaat im Nordosten Indiens.

Moguln – aus Zentralasien stammende Dynastie, deren Begründer Babur nach der Eroberung von Delhi 1526 ein indisches Großreich begründete, das formal bis 1858 Bestand hatte.

MSc (Master of Science) – Studienabschluss in naturwissenschaftlichen Fächern.

Mullah – muslimischer Religionsgelehrter.

Nagaland – Bundesstaat im Nordosten Indiens.

Nana Patekar (geb. 1951 in Mumbai) – Filmschauspieler und -regisseur.

Naxaliten – maoistische geprägte Guerilla-Kämpfer. Die Guerilla entstand in den späten 1960er Jahren. Sie wurde nach dem Ort Naxalbari in Westbengalen genannt, wo 1967 ein Bauernaufstand begann. Heute sind die Naxaliten hauptsächlich in Bihar, Jharkhand, Andhra Pradesh und Chhattisgarh aktiv.

Neem – Baum, von dem u.a. Stöckchen zum Reinigen der Zähne gewonnen werden.

Nehru, Jawaharlal (1889-1964) – langjähriger führender Aktivist im Unabhängigkeitskampf und erster Premierminister im unabhängigen Indien (1947-1964).

NIIT – National Institute of Information Technology mit Hauptsitz in Neu-Delhi.

Notstandsregierung– Premierministerin Indira Gandhi ließ 1975 für zwei Jahre den Notstand ausrufen, das Parlament ausschalten und zahlreiche Oppositionelle verhaften.

Padma Shri – hoher indischer Zivilorden für herausragende Verdienste.

Padma Vibhushan – ein noch prestigeträchtigerer Zivilorden als der Padma Shri.

Pan – Betelnusshappen, wie er an kleinen Buden an der Straße zum sofortigen Verzehr vorbereitet und verkauft wird.

Pandit-ji (‚gelehrter Herr!') – respektvolle Anrede für einen Brahmanen, vor allem für ‚Pandit' Jawaharlal Nehru, auch für Atul Bihari Vajpeyi (Premierminister der Koalitionsregierung unter der Führung der Bharatiya Janata Party 1998-2003).

Parashurama – eine der zehn klassischen Inkarnationen Vishnus. P. rottete gemäß der mythischen Erzählung mit seiner Axt die gesamte Kriegerkaste aus.

Parvati – Gattin des Gottes Shiva.

PCO (Public Call Office) – öffentliche Telefonzelle in privatem Besitz.

PF (Provident Fund) – staatliche Rentenversicherung.

PLA (People's Liberation Army) – eine militante separatistische Bewegung in Assam.

Pokharan – Ort in der Wüste von Rajasthan, wo 1998 fünf nukleare Sprengkörper versuchsweise zur Explosion gebracht wurden. Damit katapultierte sich Indien in die Riege der Atommächte.

Pulastya – im Hinduismus einer der zehn Prajapatis bzw. geistgeborenen Söhne Brahmas.

Purana – Gattung von religiöser Literatur in Sanskrit.

Purohit – brahmanischer (hinduistischer) Priester.

PWA– Progressive Writers' Association (gegr. 1936), sozialistisch orientierter Schriftstellerverband.

PWD (Public Works Department) – eine Institution des Bauministeriums, das Aufträge an Unternehmen für Baumaßnahmen vergibt. Das PWD gilt in Indien als besonders korruptionsanfällig.

Raghupati – Beiname von Ram.

Rahman, Allah Rakha (geb. 1966) – indischer Komponist und Sänger, wurde durch seine Lieder für Bollywood-Filme populär (u.a. ‚Slumdog Millionaire').

Rai, Aishwarya (geb. 1973) – Filmschauspielerin und Model. Sie gewann die Miss World-Wahl 1994. Ist seit 2007 mit Abhishek Bachchan verheiratet.

Rakhi – das bunte Band, das am Rakshabandhan-Tag Schwestern ihren Brüdern ums Handgelenk binden.

Rakshabandhan – indischer Festtag (August/September), an dem Frauen ihren Brüdern und anderen etwa gleichaltrigen Männern bunte Bänder als Zeichen ihrer symbolischen geschwisterlichen Beziehung umbinden. Dies bedeutet gleichzeitig auch, dass eine Affäre zwischen den beiden ausgeschlossen ist.

Ram (Sanskrit: Rama) – eine der Inkarnationen Vishnus und Held des Epos Ramayana. Ram ist der Inbegriff des gerechten Herrschers.

Ramayana – altindisches Epos, das hauptsächlich über das Leben und die Heilstaten Rams berichtet.

Ram Lala – ‚Der Liebling Ram': Gott Ram als Kind.

Raman, Chandrasekhara Venkata (1888-1970) – indischer Physiker, erhielt 1930 den Nobelpreis für Physik.

Ramanand – historisch unverbürgter hinduistischer Meister des 14./15. Jahrhunderts, der Lehre und Praxis der Bhakti als neues religiöses Paradigma aus dem Süden Indiens im Norden eingeführt haben soll. Angeblich Lehrer Kabirs.

Ranbir Sena – eine Art Privatarmee von reichen Landbesitzern in Bihar.

Ras Lila – Theateraufführung von Krishna-Geschichten mit Gesang und Tanz.

Ravan – Dämonenkönig, Entführer der Sita und Gegner Rams im altindischen Epos ‚Ramayana'. Ravan residiert auf der mythischen Insel ‚Lanka', die heute in Indien meist mit Sri Lanka identifiziert wird.

Rishi – hinduistischer Asket und Waldeinsiedler.

Roti – indisches Fladenbrot, wird ohne Hefe mit Vollkornweizen gebacken.

Rukmini – Gattin Krishnas.

Samosa – in Öl gebackene Teigtasche mit würziger Füllung, meist aus Kartoffeln und Erbsen.

Sankrityayan, Rahul (1893-1963) – indischer Gelehrter, Freiheitskämpfer, Schriftsteller und passionierter Reisender; war sowohl vom Buddhismus als auch vom Kommunismus beeinflusst.

Satsai – die Sammlung von 700 Versen des Dichters Biharilal (1603-1663), eines berühmten Vertreters der höfischen Kunstdichtung des Hindi.

SC – ‚Scheduled Caste' (im Sinne der indischen Verfassung), vgl. Dalit.

Shakas – Volksgruppe (‚Saken') nordostiranisch-zentralasiatischer Herkunft, und Bezeichnung der indo-skythischen Dynastie (ca. 90 v.Chr. bis Mitte 1. Jahrhundert n.Chr.), die ein nordwestindisches Großreich beherrschte.

Shamsher (Shamsher Bahadur Singh, 1911 – 1993) – Hindi-Lyriker.

SHO (Station House Officer) – Chef eines Polizeireviers.

Shudra – niedrigste der vier varnas (‚Kasten').

Shiva – Gott der Vernichtung und Neuschöpfung.

Sita – Gemahlin Ramas, die nach dem Ramayana-Epos von dem Dämonenkönig Ravan nach Lanka entführt wurde.

SPG (Special Protection Group) – polizeiliche Leibwache für hoch stehende Personen des öffentlichen Lebens.

SMTF – Special Militant Task Force.

UGC (University Grants Commission) – zentrale Vergabestelle für staatliche Mittel zur Förderung von Forschung und Lehre. Die Kommission ist eine nationale Einrichtung für die Koordinierung, Aufstellung und Einhaltung der Standards bei der Hochschulbildung. Sie dient als Verbindungsglied zwischen den Regierungen und den Hochschuleinrichtungen, gibt finanzielle Zuschüsse an die Universitäten und berät die Regierungen in Fragen der Verbesserung der Hochschulausbildung.

Ustad – (muslimischer) Meister, religiöser Führer.

Valmiki – mythischer ‚Ur-Dichter', Verfasser des Epos ‚Ramayana', an seinem Namen als Angehöriger einer niedrigen Kaste erkennbar.

Vice Chancellor (‚Vizekanzler') – faktisch der Leiter einer Universität, entspricht dem Rektor oder Präsidenten bei deutschen Universitäten.

Vidyapati – Dichter (1342?-1448?) in Sanskrit und Maithili.

ZAP (Zapnet Computers) – Hardwareproduzent mit Hauptsitz in Chennai.

Zitierte Verse aus dem Hindi und anderen indischen Sprachen

S. 38 – *Bachpan ki mohabbat …* aus dem Film *Baiju Bawra* (1952) über den gleichnamigen Sänger (1542-1613) am Fürstenhof von Gwalior.

S. 38 – *Ye rishta char ankhon ka ...* aus dem Film *Aansu* (‚Tränen', 1953).

S. 39 – *Soniye ni soniye …* aus dem Musik-Album *Chorni* des Punjabi-Sängers Hans Raj Hans.

S. 40 – *Chappa, chappa charkha chale …* aus dem Film *Maachis* (‚Streichhölzer', 1996).

S. 48 – *Ham jiyenge aur marenge ...* aus dem Film *Karma*, 1986.

S. 97 – *Vaishnava jan to tene kahiye …* Anfangsverse des Lieblings-Bhajans von Mahatma Gandhi über die Ideale der Verehrer des Gottes Vishnu, verfasst und komponiert von dem Gujarati-Dichter des 15. Jh. Narsi Mehta.

S. 98 u. a. – *Saiyoni Chain ik pal nahim ...* Song der pakistanischen Rock-Band *Junoon*.

S. 105 u. a. – *Main nashe mein talli ho gaya ...* aus einem Song des Punjabi-Sängers Hans Raj Hans.

S. 119 – *Dil ka bhanvar kare pukaar ...* aus dem Film *Tere Ghar ke samne* (‚Vor deinem Haus', 1963).

S. 126 – *Mar diya jaye ki chhod diya, bol tere sath …* aus dem Film *Mera Gaon Mera Desh* (‚Mein Dorf, mein Land', 1971).

S. 129 – *… vaqt aane de tujhe, batlayenge ai asman …* aus dem Gedicht *Sarfaroshi ki tamanna* des revolutionären Unabhängigkeitskämpfers Bismil Azimabadi, auch Ram Prasad Bismil genannt (geboren 1897, hingerichtet 1927).

S. 172 – *Jina yahan, marna yahan, iske siva …* populäre Liedzeile aus dem Film-Klassiker *Mera naam joker* (‚Mein Name ist Schalk', 1970).

S. 191 – *Dil deewana, bin sajna ke maane na …* aus dem Erfolgsfilm *Maine Pyar Kiya* (‚Ich habe geliebt' mit Salman Khan, 1989).

Sonstige Lyrik-Zitate

S. 69 – *The night has a thousand eyes …* Gedicht des englischen Lyrikers Francis William Bourdillon (1852-1921).

S. 146 – *Jetzt singt das Herz mit allen seinen tausend Stimmen …* Anfang des Gedichts *The Gateway* des australischen Dichters A.D. Hope (1907-2000).

Die Übersetzer

Ines Fornell lehrt Hindi und neuzeitliches Indien am Seminar für Indologie und Tibetologie der Universität Göttingen.

Reinhold Schein hat als Deutsch-Lektor an indischen Hochschulen gearbeitet und übersetzt Literatur und Sachtexte aus dem Englischen und dem Hindi.

Heinz Werner Wessler ist Privatdozent für Indologie an der Universität Bonn und Gastprofessor an der Universität Uppsala (Schweden).